Erika Kroell
Du siehst mich nicht

Bisher von der Autorin bei KBV erschienen:

*Dunkle Schwestern*
*Irre*
*Erst eins, dann zwei*

**Erika Kroell** lebt und arbeitet als Rundfunk-Journalistin und Schriftstellerin im Ahrtal. Sie hat mehrere Krimis und phantastische Romane verfasst und ist Autorin zahlreicher Kurzgeschichten in beiden Genres. Sie ist Mitglied im Deutschen Sherlock-Holmes-Club, bei MinD, bei den »Sisters in Crime« und im Verband deutscher Schriftsteller.

Erika Kroell

# Du siehst mich nicht

KBV

Originalausgabe

www.kbv-verlag.de
E-Mail: info@kbv-verlag.de
Telefon: 0 65 93 - 99 86 68
Fax: 0 65 93 - 99 87 01
Redaktion: Nicola Härms, Rheinbach
Satz: Volker Maria Neumann, Köln
Druck: Aalexx Buchproduktion GmbH, Großburgwedel
Printed in Germany
ISBN 978-3-940077-72-1

Für meine Mutter

# 1. Kapitel

*Heute*

Viola parkte den Wagen am Straßenrand direkt vor ihrem Haus und sah sich nach allen Seiten um. Die Straße war menschenleer, wie üblich am späten Vormittag. Da es sich um eine Sackgasse handelte, gab es keinen Durchgangsverkehr. Hier traf man nur Anwohner und Lieferanten, aber auch davon war jetzt nichts zu sehen.

*Okay, alles klar.*

Sie wischte sich den Schweiß von der Stirn und atmete dreimal tief durch. Dann entriegelte sie die Autotüren, sprang hinaus und öffnete den Kofferraum. Sie griff nach einer vollen Plastiktüte, wuchtete ein Sechserpack Mineralwasser heraus und schleppte beides so schnell wie möglich über den mit grauen Steinplatten belegten Weg bis zur Haustür. Dort stellte sie Tüte und Flaschen ab und rannte die wenigen Meter zum Auto zurück. Aus dem Nachbarhaus trat ein älterer Mann mit einem großen zottigen Hund an der Leine und winkte Viola zu, bevor er die entgegengesetzte Richtung einschlug und auf ein brachliegendes Feld hinter der Siedlung zusteuerte. Viola erwiderte kurz den Gruß, nahm zwei weitere prall gefüllte Tüten aus dem Kofferraum und war schon wieder auf dem Weg zur Haustür, als sie vom gegenüberliegenden Parkplatz eine Autotür zuschlagen hörte. Rasch sah sie sich um und erschrak.

»Mutter!« Überrascht ließ sie die beiden Taschen auf den Gehsteig sinken. »Ist etwas passiert?« Schon jetzt war Viola schweißgebadet, und der Anblick ihrer Mutter trug nicht eben zu ihrer Beruhigung bei.

Margret überquerte rasch die Straße, wie immer tadellos gekleidet und frisiert, und umarmte Viola. Ihr silbernes Haar verströmte einen zarten Lavendelduft, der Viola immer an ihre Großmutter erinnerte. Sie hatte das gleiche Parfüm benutzt.

»Hallo, mein Schatz. Nein, es ist nichts passiert. Ich war zufällig in der Gegend und dachte, ich schaue mal auf einen Kaffee vorbei.«

Sie ließ Viola los und blickte in den Kofferraum ihres Wagens. »Meine Güte, Großeinkauf, was?« Kurz entschlossen ergriff sie zwei Tüten und wuchtete sie heraus. »Da komme ich ja gerade recht, um dir zu helfen.« Sie schien nicht zu bemerken, dass Viola überhaupt nicht reagierte, und schleppte die Tüten an ihr vorbei zur Haustür.

Von wegen ‚zufällig in der Gegend', dachte Viola. In dieser Ecke der Stadt gab es rein gar nichts, das Margret zufällig hätte hierherführen können.

Seufzend wischte sie sich den Schweiß von der Stirn, griff nach den Tüten auf dem Gehweg und trug sie zur Haustür.

Margret steuerte schon wieder den Kofferraum an.

»Mutter, lass doch. Das ist zu schwer für dich.«

Aber Margret winkte nur ab und ließ sich nicht aufhalten.

Schließlich standen alle Tüten und Flaschen vor der Haustür, und Viola schloss schnell den Wagen ab.

»Sag mal, du hast ja wirklich eine Riesenmenge eingekauft. Hast du was Bestimmtes vor? Eine Party oder so was?« Mit in die Taille gestemmten Händen bestaunte Margret den Berg aus Lebensmitteln und Getränken.

»Ja, ganz sicher gebe ich eine Party.« Viola lächelte schief. »Ich kaufe so viel, damit ich nicht zu oft in die Stadt muss.«

Margret nickte verständnisvoll. »Ich könnte jetzt wirklich einen Kaffee vertragen.« Forschend beobachtete sie Violas Reaktion, die die Arme vor der Brust verschränkte und verlegen zu Boden blickte.

»Bitte, Mutter, nicht heute, okay? Ich habe viel zu tun.«

»Aber ich könnte dir helfen bei ... was auch immer du tun musst.«

»Nein. Nein, dabei kannst du mir nicht helfen. Es ist ... kompliziert.«

Margret legte beide Hände auf Violas Oberarme und streichelte darüber. »Liebling, du sperrst mich immer mehr aus deinem Leben aus. Das ist falsch.«

»Oh, Gott.« Viola seufzte und lehnte sich gegen die kalte Haustür. Wie lange war sie jetzt schon draußen? Sie musste ins Haus, verdammt!

»Bitte, nicht schon wieder. Ich weiß ja, dass du recht hast. Aber ... ich kann nicht. Versteh das doch.«

Margret war noch nicht bereit aufzugeben. Energisch verschränkte sie die Arme vor der Brust. »Nein, ich verstehe das nicht. Seit Monaten lässt du mich nicht mehr in deine Wohnung. Ich will jetzt endlich wissen, was los ist. Schließlich geht es nicht nur um dich, sondern auch um Anna.«

Stöhnend schlug Viola die Hände vors Gesicht. »Anna geht es gut, okay?«

»Das ist nicht wahr, und das weißt du«, sagte Margret eindringlich. »Sie wird immer trauriger und stiller.«

Kopfschüttelnd griff Viola nach einer Tüte. »Ich kann jetzt wirklich nicht mehr länger hier herumstehen, Mutter. Ich bitte dich, geh jetzt. Wir kommen wie immer am Sonntag zum Kaffee.«

Sie wandte sich ab und schob den Schlüssel ins Türschloss. Doch Margret ließ sich nicht abwimmeln. Entschlossen griff sie nach zwei Taschen und folgte Viola ins Treppenhaus.

»Tut mir leid. Ich bestehe darauf, mit hineinzukommen. Finde dich damit ab.«

»Aber warum denn?« Viola war den Tränen nahe. »Du willst das nicht wirklich sehen, glaub mir.«

Margret krümmte sich innerlich vor Mitleid und Schmerz. Das Letzte, was sie wollte, war, ihre Tochter zum Weinen zu bringen. Aber sie wusste: Es ging nicht anders. Sie musste sehen, was Viola seit Monaten vor ihr verbarg. Und zwar jetzt.

»Schatz, es tut mir sehr leid, aber es muss sein.« Sie spürte ebenfalls Tränen aufsteigen und wischte sich schnell über die Augen. »Bringen wir es hinter uns.«

Viola begann zu weinen, sträubte sich aber nicht länger und trug die Tüten in den ersten Stock. Vor ihrer Wohnungstür setzte sie sie ab, trat an Margret, die ihr gefolgt war, vorbei und ging wieder hinunter. Als der gesamte Einkauf den Flur vor der Wohnung blockierte, schob Viola den Schlüssel ins Schloss.

»Bitte«, flüsterte sie und ließ Margret an sich vorbei treten.

Voller Angst vor dem, was sie erwartete, drehte Margret den Schlüssel und schob die Tür auf.

Weit kam sie nicht, denn schon nach zwei Schritten blockierten mehrere übereinander gestapelte Kartons ihren Weg. Sie schob sie mit dem Fuß beiseite und wagte zwei weitere Schritte. Ihr Blick fiel geradeaus in den Flur, nach links in die kleine Küche, nach rechts ins Wohnzimmer.

»Mein Gott«, hauchte sie und schlug eine Hand vor den Mund.

Wohin sie auch sah, stapelten sich Lebensmittel zu hohen Türmen und Mauern auf. Tüten, Pakete, Flaschen, Konservendosen zu Tausenden. An den Wänden, auf Tischen, Stühlen und Schränken, sogar vor den Fenstern. Dazwischen gab es nur schmale Pfade, nicht mehr als zwei Fuß breit.

Diese Wohnung war eine Festung aus Lebensmitteln.

Viola sah das Entsetzen ihrer Mutter und schluchzte laut auf.

»Es tut mir leid, Mutter«, weinte sie. »Es tut mir so leid.«

Mühsam fasste Margret sich wieder, wandte sich um und nahm ihre Tochter fest in den Arm. »Nein, mein Schatz. Das muss es nicht. Das muss es nicht.«

Gemeinsam zogen sie sie letzten Plastiktüten in die Wohnung. Viola schloss schnell die Tür hinter sich, drehte den Schlüssel zweimal um und lehnte sich erschöpft gegen das Türblatt. Wieder zu Hause. Gott sei Dank.

Margret blickte sich in der Küche nach einer Sitzgelegenheit um, aber da es keine gab, blieb sie in dem schmalen Fußweg mitten in der Küche stehen und beobachtete ihre Tochter.

Viola schob den linken Ärmel ihres T-Shirts hoch und löste eine Messerscheide, die mit Klettband um ihren Arm befestigt war.

Margret schüttelte fragend den Kopf und trat näher. »Du trägst ein Messer bei dir?«

Viola wischte die letzten Tränen von den Wangen. »Es gibt mir ein wenig Sicherheit«, erklärte sie verlegen und zog das Messer aus der Scheide, um es ihrer Mutter zu zeigen. Es war schmal und insgesamt nur zwanzig Zentimeter lang, aber die Klinge war nadelspitz und beidseitig scharf geschliffen. Viele Stunden hatte Viola darauf verwendet, das kleine Messer zu schleifen, bis es ihren Vorstellungen von einer effektiven, leicht handhabbaren Waffe entsprach. Seither schnallte sie es jedes Mal um, wenn sie einkaufen ging. Sie gestand sich ein, dass sie nicht wusste, ob sie das Messer im Ernstfall tatsächlich benutzen würde, aber es gab ihr ein Gefühl der Sicherheit. Es half ihr, die Wohnung zu verlassen, und das war mehr, als man gemeinhin von einem toten Gegenstand erwarten konnte.

Margret drehte das Messer hin und her und betrachtete es staunend, bevor sie es Viola zurückgab, die es wieder in die Scheide schob und auf einem Regal neben der Wohnungstür deponierte.

»Liebling, was hat das zu bedeuten?«, fragte Margret und deutete mit einer weitgreifenden Handbewegung auf die Lebensmitteltürme, die die Wohnung ausfüllten.

Viola schlug eine Hand vor den Mund in der unbewussten Geste, nicht darüber sprechen zu wollen. Aber ihr war völlig klar, dass Margret, wo sie nun schon einmal so weit gekommen war, es sicher nicht auf sich beruhen lassen würde.

Sie seufzte. »Ich kann es dir nicht wirklich erklären. Ich fühle mich sicherer, seit ...«, sie brach ab und dachte nach, was sie da eigentlich sagte und ob das irgendeinen Sinn machte. »... seit ich damit angefangen habe. Ich habe zu Hause keine Angst mehr.«

Sie griff nach einer Plastiktüte.

»Ich verstehe es nicht, und du musst es auch nicht verstehen, okay?« Ihr Tonfall war resigniert. »Ich räume das schnell weg.«

Viola leerte den Inhalt der Tasche auf den Boden und begann, die Lebensmittel auf ihrem Arm aufzustapeln. Margret hatte ihr Angebot, dabei zu helfen, innerlich bereits zurückgezogen. In dieser Wohnung konnten sich nicht zwei Menschen gleichzeitig bewegen. Also blieb sie einfach im Türrahmen zur Küche stehen und beobachtete ihre Tochter.

»Einen Moment, Mutter«, sagte Viola, schob sich in dem schmalen Gang an Margret vorbei in die Küche und legte die Nudeltüten auf die bereits vorhandenen Stapel vor dem Fenster. Zufrieden nickend betrachtete sie das Ergebnis und blickte sich um. Die Küche war im Grunde genommen fertig und gut geschützt. Hier und da könnte sie vielleicht noch ein wenig aufbauen, aber viel Platz war hier nicht mehr. Auf dem Herd neben der Tür stapelten sich Nudelpackungen bis knapp unter den Hängeschrank, nach vorne abgesichert durch eine Reihe Konservendosen. Kochen konnte sie hier leider nicht mehr, aber Viola hatte die Prioritäten ihres Lebens längst festgesetzt. Kochen gehörte nicht dazu.

Milchtüten, Keksschachteln und ein Stapel Prospekte setzten den Wall nach rechts fort bis zur Kaffeemaschine, die relativ ungeschützt stand, aber nur so zu bedienen war. Ein Zugeständnis, das Viola hatte machen müssen, denn ansonsten gäbe es keinen Kaffee mehr. Undenkbar.

Hinter der Kaffeemaschine folgten Bier- und Limokästen bis zur Spüle. Das Fenster war halbhoch mit Konserven gesichert. Die Lücke zwischen einem deckenhohen Regal und einem Sideboard füllten Stapel mit Prospekten und Zeitungen aus und schlossen den Ring bis zur Tür. Der freigehaltene Gang in den Flur war breit genug, dass Viola hindurchgehen konnte, ohne den Wall zu berühren und damit zu gefährden.

»Mach dir doch einen Kaffee«, sagte sie beim Vorbeizwängen zu Margret und schien nicht zu bemerken, dass ihre Mutter mit offenem Mund dastand und ihr Entsetzen nicht verbergen konnte.

Mit zwei schweren Tüten schlängelte sie sich ins gegenüberliegende Wohnzimmer. Hier gab es noch einiges zu tun. Die Fenster waren zwar durch Jalousien geschützt, doch das reichte Viola nicht mehr. Sie nahm die Konservendosen aus den Tüten und baute sie auf der Fensterbank zu sicheren Mauern auf. Jede Reihe versetzt über der anderen. Erbsen und Möhren. Sie achtete darauf, dass die Etiketten gleichmäßig nach vorn ausgerichtet waren und ein ansprechendes rotgrünes Muster bildeten, das einer Bordüre glich. Ihr Einkauf reichte nicht aus, die Mauer zu vervollständigen, denn das Regal im Supermarkt hatte leider nicht mehr hergegeben. Nächste Woche würde sie die restlichen Dosen besorgen.

Ein prüfender Blick durch den Raum offenbarte weitere Lücken im Wall an der Tür. Möglicherweise hatte Anna ein paar Dosen weggenommen, als sie Hunger hatte. Rasch zog Viola eine weitere Einkaufstüte durch den schmalen Gang und füllte mit Obstkonserven auf. Jetzt war der Flur an der Reihe.

Margret folgte ihr und beobachtete sie still. Es war viel schlimmer, als sie beim Anblick der Wohnung befürchtet hatte. Viola hatte jede Verlegenheit verloren und deponierte ihre Einkäufe, als sei es das Selbstverständlichste auf der Welt, eine Wohnung mithilfe von Lebensmitteln in eine Festung zu verwandeln.

Jetzt hielt sie einen Moment inne und blickte sich prüfend um. Eine besondere Schwachstelle bildete der Eingang zu Annas Zimmer. Anna weigerte sich, in ihrem Zimmer Wälle aufzubauen, und so musste der Eingangsbereich besonders gut geschützt werden. Die Basis rund um die Tür hatte Viola aus Getränkekisten geschaffen, ein solider und standfester Schutz. Darauf türmten sich Bücher und Zeitschriften bis über den oberen Rahmen hinaus. Viola war nicht völlig zufrieden mit dieser Lösung, aber sie musste selbstverständlich auf Anna Rücksicht nehmen.

In ihrem eigenen Schlafzimmer war der Schutz perfekt. Rund um das breite Bett erhob sich ein Wäscheberg neben dem anderen. Am linken Kopfende begann der Wall mit frischer, sauber zusammengelegter Wäsche. Zuerst ein Stapel T-Shirts, dann Pullover, Hosen, Unterwäsche und Bettwäsche bis zur Mitte des Fußendes. Dort begann die schmutzige Wäsche, die in unordentlichen Haufen bis fast an den Nachttisch am rechten Kopfende heranreichte. Die Lücke zwischen Wäsche und Nachtschrank reichte, um ins Bett zu steigen.

Mit einigen Konservendosen und Paketen mit Kartoffelpüree und Knödelpulver vervollständigte Viola den äußeren Wall um die Schlafzimmertür. Die restlichen Lebensmittel verteilte sie im Flur und vor dem Bad. Das Bad selbst war zu klein, um es ausreichend zu schützen. Wann immer Viola es dennoch versuchte, räumte Anna die Wälle sogleich wieder ab und bestand darauf, das Bad freizuhalten. Immerhin hatte Viola mehr oder weniger unauffällig einen kleinen Wall aus Shampoo- und Duschgelflaschen vor dem Fenster aufgebaut.

Anna hatte ihn bisher nicht beanstandet, möglicherweise, weil diese Dinge im Bad sinnvoll erschienen, wenn auch nicht in dieser Menge.

Endlich waren alle Vorräte verstaut. Violas Arme und Hände schmerzten von der Anstrengung. Erschöpft ließ sie sich im Wohnzimmer auf die rote Samtcouch fallen. Hier hatte sie nur einen Platz frei gelassen, rechts und links erhoben sich Türme aus Wolldecken und Kissen. Sie würde gern für Anna einen weiteren Platz frei räumen, aber es war lange her, dass Mutter und Tochter gemeinsam hier gesessen, einen Film angesehen oder zu Abend gegessen hatten.

Plötzlich fiel ihr Margret wieder ein, und sie sah sich rasch um. Ihre Mutter lehnte in der Wohnzimmertür, ganz grau im Gesicht.

»Wie wär's jetzt mit einem Kaffee, Mutter?«

# 2. Kapitel

*Zwölf Jahre früher*

Seine Hände waren ganz rot vom Schrubben mit der harten Bürste und der groben Handwaschpaste, aber seine Fingernägel wiesen immer noch schwarze Ränder auf. Berufskrankheit. Nicht zu ändern, dachte er, zog seine Jeans und ein halbwegs sauberes T-Shirt an und warf seinen schmutzigen Overall in den Spind. Dann stieg er wieder in seine Arbeitsschuhe. Seine Sneakers hatten heute Morgen auf dem Weg zur Werkstatt ihren Geist aufgegeben. Die rechte Sohle schlappte lose herum und hatte ihn fast zu Fall gebracht. Sie waren gleich in der Mülltonne gelandet.

Seit Marion vor ein paar Wochen ausgezogen war, hatte er sich ziemlich gehen lassen. Heute Morgen hatte er nicht ein einziges sauberes Hemd gefunden. Jetzt musste er wohl auch noch anfangen, Wäsche zu waschen. Blöde Kuh.

Er hatte seinen Augen nicht trauen wollen, als Marion eines Abends mit einem fremden Kerl in der Tür stand und verkündete, es sei aus. Sie packte ihre Sachen, und der Kerl ließ ihn keinen Moment aus den Augen. Vermutlich hatte sie ihm gesteckt, dass er gerne mal zuschlug. Bei Kerlen von dieser Größe sparte er sich das allerdings lieber. Also konnte er nichts tun, als ihr wütend beim Packen zuzusehen. Nach einer halben Stunde war sie mit Sack und Pack verschwunden. Seitdem hatte er sie nicht mehr gesehen. War auch besser für sie.

Im Spiegel des Waschraums überprüfte er sein Aussehen, strich noch einmal über die struppigen Haare und nickte sich selbstgefällig zu. In diesem Moment betrat der Meister den Waschraum und erhaschte noch einen Blick auf sein eitles Grinsen. Er schmunzelte.

»Na, Achim, noch was vor heute?«

»Das kann man wohl sagen, Meister«, grinste er. »Eine blonde Schnuckelmaus wartet auf mich im *Spezi*.«

Der Meister nickte. »Na, dann streng dich mal an. Und mach keine Dummheiten.«

Der Meister war der einzige von den Kollegen, der wusste, dass Achim schon öfter wegen seines Jähzorns mit dem Gesetz in Konflikt geraten war. Jedenfalls hoffte Achim, dass er der einzige war. Jedes Mal hatte er ihm eine Standpauke gehalten, das letzte Mal sogar mit Kündigung gedroht. Seitdem hatte Achim versucht, sich zusammenzureißen.

Jetzt nickte er dem Meister zu und verließ den Waschraum.

Schon seit zwei Wochen baggerte er Kathrin an, die erst seit Kurzem zum Mitarbeiterstab der Werkstatt gehörte. Genau seine Kragenweite. Schlank, blond und nicht zu eingebildet, um mit einem einfachen Kfz-Mechaniker auszugehen.

Im Hinausgehen winkte er den Kollegen zu, die noch ein paar Überstunden vor sich hatten, um fest zugesagte Termine einzuhalten.

Das *Spezi* gehörte zu der Art von Kneipen, in denen sich seit fünfzig Jahren nichts verändert hatte. Einfaches Nachkriegs-Mobiliar, abgetretene Holzdielen und eine Theke, die ein früherer Besitzer vermutlich selbst gezimmert hatte, getönte Scheiben und die typischen hässlichen Kneipenblumen vor den Fenstern. Aber es lag auf halbem Weg zwischen der Werkstatt und seiner Wohnung, weshalb er fast jeden Tag auf dem Heimweg einen kleinen Zwischenstopp einlegte.

Um diese Zeit war es im *Spezi* noch relativ ruhig. Ein paar Arbeiter aus der Papierfabrik tranken ihr Feierabendbier, zwei Jungen und ein Mädchen spielten Flipper und veranstalteten einen Höllenlärm bei jeder Kugel, die durchflutschte, auf dem Hocker vor dem Glücksspielautomaten hockte ein unrasierter Penner und warf sein mühsam erbetteltes Kleingeld aus dem Fenster.

Er entdeckte Kathrin im hinteren Teil des Gastraums, vor sich eine Tasse Kaffee, den Blick unverwandt auf die Tür gerichtet. Ein Lächeln breitete sich auf ihrem hübschen Gesicht aus, als Achim eintrat und sein suchender Blick sie traf.

»Zwei Bier, zwei Korn!«, rief er im Vorbeigehen zur Theke hinüber. Der Wirt nickte nur.

»Na, so spät noch Kaffee? Ob das gesund ist!«, sagte er zur Begrüßung und setzte sich auf den Stuhl ihr gegenüber. Kathrin lächelte verlegen.

Achim wusste schon nicht mehr, was er sagen sollte. Konversation war eindeutig nicht seine Stärke, und er war froh, als der Wirt kam und die Getränke vor sie hinstellte.

»Trink mal was Vernünftiges«, schlug er vor und schob den Schnaps zu ihr hinüber. Sie rümpfte die Nase. Bisschen zickig, dachte Achim.

»Ich trinke selten Alkohol. Was ist das denn?«

»Bier und Korn. Prost!«

Er schüttete den Schnaps in einem Zug hinunter und trank gleich anschließend einige großzügige Schlucke Bier. Kathrin beobachtete ihn und versuchte, es ihm gleichzutun, bekam aber nach dem ersten Schluck Schnaps einen Hustenanfall und verschluckte sich.

»Wie gefällt's dir denn in deinem neuen Job?«, fragte er, nachdem sie sich erholt und vorsichtig das Bier probiert hatte.

Das schien ein gutes Thema zu sein, denn sie begann sofort, von den Kolleginnen und ihren verschiedenen Aufgaben zu erzählen. Sie kümmerte sich um die Rechnungen und kontrollierte die Zahlungseingänge in den Fällen, in denen nicht bar bezahlt wurde. Natürlich befand sie sich noch in der Anlern-Phase, aber mit jedem Tag kam sie besser zurecht, und die Kolleginnen lobten sie.

Blablabla, dachte Achim, wusste aber, dass sein geheucheltes Interesse der Preis dafür war, dass sie später in seinem Bett landen würde. Also hörte er scheinbar zu, nickte hin und wieder und orderte zwischendurch neue Getränke.

Zwei Stunden später begleitete sie ihn nach Hause in seine Eineinhalb-Zimmer-Wohnung im Souterrain eines heruntergekommenen Mehrfamilienhauses. Entgegen seinen Befürchtungen zierte sie sich nicht lange, sondern hüpfte gleich mit ihm ins Bett. Noch nicht einmal die schmuddelige Bettwäsche und die Unordnung im Zimmer schienen sie zu stören. Die drei Schnäpse, die er ihr aufgenötigt hatte, zahlten sich offenbar aus. Allerdings hatte der Alkohol nicht nur bei ihr seine Wirkung getan.

Er mühte sich redlich ab, doch nach zwanzig Minuten stieß sie ihn beiseite und sagte kühl: »Lassen wir's.«

»Scheiße, verdammt!«, fluchte er und rollte sich auf den Rücken. Das war jetzt schon das dritte Mal, dass er keinen hochkriegte. Das musste an den blöden Schlampen liegen. Bei Marion hatte er es am Schluss auch nicht mehr gebracht.

Kathrin drehte sich seitlich zu ihm und stützte den Kopf in eine Hand. »Mach dir nichts draus. Das kann doch jedem mal passieren!«

Ihre Stimme klang aufrichtig, doch als er sie ansah, entdeckte er das typische gönnerhafte Lächeln, das, wie er wusste, besagte: Du siehst mich hier nie wieder, du Versager.

»Das ist mir noch nie passiert«, log er barsch, und ihr Lächeln wurde zu einem Grinsen. Dann tätschelte sie ihm die Wange. Das war zu viel. Er holte aus und schlug ihr mit der flachen Hand ins Gesicht. Sie schrie auf und sprang aus dem Bett.

»Du verdammter Mistkerl! Was fällt dir ein?« Ihre Stimme gellte so laut, dass es im ganzen Haus zu hören sein musste.

»Halt's Maul, verdammt!« Mit einem Satz war er bei ihr und rammte ihr die Faust in den Magen. Aus ihrem Mund kam nur noch ein Gurgeln, und sie sackte vornüber auf dem schmutzigen Teppich zusammen.

Wütend stampfte er in die Kochecke und riss eine Flasche Wodka aus dem Kühlschrank.

Diese Schlampen machten ihn verrückt. Erst geilten sie ihn auf und dann schafften sie es nicht, dass er einen hochkriegte. Zum Kotzen. Blöde Weiber.

Er warf sich aufs Bett und trank den Wodka direkt aus der Flasche. Kathrin zog sich mühsam an der Bettkante hoch und versuchte aufzustehen. Ihre Hände hielt sie auf den Magen gepresst. Aus ihrer Nase lief Blut über das Kinn.

»Du Schwein«, keuchte sie und fischte ihre Jeans vom Boden auf. »Das wirst du bereuen.«

Ohne lange nachzudenken, holte er aus und trat sie mit einem Fuß ins Gesicht. Sie stürzte wie ein gefällter Baum hintenüber und rührte sich nicht mehr.

* * *

Anna schrak auf, als Viola den Kofferraumdeckel zuschlug. In der Mittagshitze war sie trotz des ungemütlichen Gittersitzes im Einkaufswagen eingeschlafen. Sofort verzog sich ihr müdes kleines Gesicht, und Viola ahnte, dass sie jeden Moment anfangen würde zu weinen. Rasch hob sie die Kleine aus dem Wagen und schaukelte sie auf dem Arm.

»Schon gut, Liebling, du kannst gleich im Auto weiterschlafen. Hast du Durst?«

Anna nickte erschöpft und legte ihr verschwitztes Köpfchen auf Violas Schulter.

Mühsam dirigierte Viola den Einkaufskarren mit einer Hand zum Depot zurück. Die Hitze schlug auch ihr aufs Gemüt. Bei diesen Temperaturen spürte sie die ersten Auswirkungen ihrer Schwangerschaft. Alles schien plötzlich ein bisschen mühsamer zu sein als üblich.

Kein Wetter zum Einkaufen, dachte sie. Zu Hause würde sie das Planschbecken mit eiskaltem Wasser füllen und ihre Füße kühlen, während Anna herumplanschte. Schon der Gedanke daran belebte sie etwas.

Sie schleppte das Kind zum Auto zurück und öffnete die Beifahrertür. Ein Schwall heißer Luft schlug ihr entgegen. Sie ließ die Hitze ausströmen, bevor sie den Sitz vorklappte und Anna in den Kindersitz auf der Rückbank sinken ließ. Noch während sie das Mädchen anschnallte, griff es nach seiner Teeflasche und begann gierig, die lauwarme Flüssigkeit zu saugen. Sein dünnes blondes Haar kringelte sich in feuchten Locken über der Stirn, und die runden Bäckchen leuchteten fiebrig rot.

Viola klappte den Sitz zurück, schloss die Beifahrertür, ging um das Auto herum und öffnete die Fahrertür. Erschöpft stützte sie sich auf den Türrahmen und wartete, dass sich die Luft im Innenraum etwas abkühlte. Der Parkplatz des Einkaufszentrums am Ende der Stadt war fast leer, wie meistens. Deshalb bevorzugte Viola diesen Supermarkt. Es war kaum Betrieb, und man war schnell wieder draußen. Die wenigen Autos, die hier parkten, gehörten vermutlich den Angestellten.

Über dem heißen Asphalt flirrte die Luft. Eine alte Frau mit kurzen grauen Haaren und einem geblümten Sommerkleid zog eine Einkaufstasche mit Rädern hinter sich her und sah aus, als würde sie jeden Moment zusammenbrechen. Alle paar Schritte blieb sie stehen und wischte sich mit einem weißen Taschentuch über die Stirn. Unwillkürlich ahmte Viola ihre Bewegung nach und wischte sich den Schweiß ab.

Im Schatten des Vordachs am Eingang stand ein junger Mann und rauchte. Vielleicht wartet er auf seine Freundin, dachte Viola. Oder auf ein paar Kumpels.

Das grelle Sonnenlicht und die flirrende Hitze, gepaart mit

der Leere des Parkplatzes, erinnerten sie an eine Filmkulisse. So etwas wie: Tankstelle an einer einsamen Wüstenstraße, junge Familie hat sich verfahren, im Kassenraum erwartet sie das Grauen. Schönen Gruß von Stephen King.

Sie merkte, wie die Hitze sie in einen Tagtraum drängte und stieg ins Auto, schob den Zündschlüssel ins Schloss und startete. Anders als in einem Horrorfilm sprang der Wagen sofort an.

* * *

Das war wohl der beschissenste Tag seines Lebens. Er hatte die ganze Nacht gesoffen, und jetzt war er müde und wütend. Immer noch.

Das Gefühl des Versagens schnürte ihm die Kehle zu, und immer wieder sah er das Gesicht der kleinen Schlampe vor sich, das höhnische Grinsen, die Verachtung.

Heute Morgen lag sie immer noch neben dem Bett und rührte sich nicht. Er stellte sich vor, wie sie im Laufe des Tages zu den Bullen marschieren und ihre gar traurige Geschichte erzählen würde. Diesmal käme er nicht mehr mit einer Verwarnung davon, das stand fest.

Und später in der Werkstatt würde sie unter Tränen berichten, was passiert war. Er hörte förmlich das Gelächter der Kollegen und ihre höhnischen Bemerkungen. Und der Meister würde diesmal wohl zu mehr als einer Standpauke greifen. Er war erledigt. Dort konnte er sich nie mehr blicken lassen.

Die ganze Nacht hatte er kein Auge zugetan und stattdessen ein Bier nach dem anderen getrunken. Seine Wut auf die Menschen im Allgemeinen und Schlampen im Besonderen war immer tiefer und beißender geworden. Obwohl er seinen Vater hasste, musste er dem Alten doch in einem Punkt recht geben. Lass dich mit einer blonden Schlampe ein, hatte er mehr als einmal zu Achim gesagt, und sie macht aus deinem beschissenen Leben ein noch beschisseneres.

Am Morgen war er wie von Sinnen. Kathrin hatte sich die ganze Nacht nicht bewegt. Er hockte sich neben sie und suchte an ihrem Hals nach einem Lebenszeichen. Ganz schwach fühlte er das Blut in der Schlagader pulsieren. Wie ferngesteuert legte er beide Hände um ihre Kehle und drückte zu. Langsam und stetig. Es dauerte überraschend lange, bis ihr Körper unter seinem Druck völlig erschlaffte. Noch einmal suchte er nach der Halsschlagader, aber diesmal fand er keinen Puls mehr. Zur Sicherheit legte er seinen Kopf auf ihre Brust und lauschte. Das Einzige, was er hörte, was das Rauschen des Blutes in seinen Ohren und das Hämmern hinter seiner Stirn.

Dann hatte er wahllos eine Handvoll Küchenmesser in seinen Rucksack gepackt und war einfach losgelaufen. Irgendwohin. Ihm war völlig klar, dass er aus dieser Nummer nicht mehr heil herauskommen würde. Aber irgendjemand würde für die ganze Scheiße bezahlen müssen. Irgendjemand war heute dran.

Ohne Ziel lief er durch die Stadt, ließ die letzten Häuser hinter sich, rannte einen Waldweg hoch, fand sich eine Stunde später schwitzend auf einer Weinbergsmauer wieder. Ein Arbeiter mit grauem Schlapphut und grüner Latzhose, der aus einem Tank auf seinem Rücken eine milchigweiße Flüssigkeit auf die Weinreben spritzte, beäugte ihn misstrauisch. Achim zeigte ihm den Finger und lief weiter, den Berg wieder hinab, zurück in die Stadt, an der Ahr entlang. Sein Rucksack schien immer schwerer zu werden, und die glühende Hitze machte ihm zu schaffen. In einem Supermarkt kaufte er sich ein Sechserpack eiskaltes Bier, stellte sich in den Schatten des Vordachs am Eingang und öffnete eine

Flasche mit seinem Feuerzeug. Dann zündete er sich eine Zigarette an und überlegte, was er als Nächstes tun sollte.

Etwas entfernt auf dem Parkplatz lehnte eine junge Frau an ihrem Auto und starrte Löcher in die Luft. Eine Sekunde lang glaubte er erschrocken, es sei die Kleine aus der Buchhaltung. Aber dann erkannte er seinen Irrtum. Sie sah ihr nur ein wenig ähnlich. Blondes Haar, schlanke Figur. Alles Schlampen, dachte er mit neu aufflammendem Zorn, warf die Zigarettenkippe auf den Asphalt und zermalmte sie mit dem Absatz seines schweren Arbeitsschuhs. Als die Frau in ihren Wagen stieg, rannte er los.

# 3. Kapitel

*Heute*

Schon an der Wohnungstür bemerkte Anna, dass ihre Mutter aufgefüllt hatte. Genervt kniff sie die Lippen zusammen.

»Hi, Mom«, rief sie in den Flur hinein. Viola antwortete aus dem Wohnzimmer. »Hallo, Schatz. Wie war's in der Schule?«

»Wie immer.« Im Vorbeigehen zog Anna eine Dose Ravioli aus einem Wall im Flur, der dadurch gefährlich ins Wanken geriet, und schlug die Tür ihres Zimmers hinter sich zu. Wie an jedem Tag sandte sie erst einmal einen prüfenden Blick durch den ganzen Raum. Gott sei Dank. Viola hatte nicht wieder heimlich irgendwelche Schutzmauern aufgebaut.

Anna warf ihren Rucksack aufs Bett und ließ sich gleich daneben fallen. Sie hatte es so satt. Als Großmutter sich vor Wochen Einlass in die Wohnung erzwungen hatte, war wieder einmal Hoffnung in Anna aufgekeimt. Jetzt, wo Violas zwanghaftes Auftürmen von Lebensmitteln kein Geheimnis mehr war, könnten sie gemeinsam versuchen, ihre Probleme zu lösen. Doch ihre Hoffnungen hatten sich zerschlagen. Nach einigen zaghaften Versuchen, ihre Schutzwälle abzubauen, hatte Viola schnell wieder aufgegeben, und alles blieb, wie es war.

Sie stand auf und reckte sich. Jetzt erst einmal was essen, und dann Hausaufgaben.

Sie öffnete die Konservendose und schüttete die Ravioli in einen kleinen Topf. Neben dem Fenster, das einen romantischen Ausblick auf den Landskroner Berg gewährte, hatte sie eine winzige Küchenecke improvisiert: eine zweiflammige elektrische Kochplatte, die Großmutter ihr geschenkt hatte, nachdem der letzte Versuch vor einigen Wochen gescheitert war, zwei Töpfe, eine Pfanne, Teller, Tassen, Besteck. Margret hatte ihr angeboten, jeden Mittag bei den Großeltern zu essen, aber Anna hatte dankend abgelehnt. Sie konnte ihre Mutter nicht so vor den Kopf stoßen. Egal, wie verrückt sich Viola auch gebärden mochte, sie war doch ihre Mom, und Anna war alles, was sie hatte.

Immerhin hatte Anna es geschafft, Violas Trauma aus ihrem Zimmer auszusperren. Konsequent hatte sie jeden Versuch Violas unterbunden, irgendwelches Zeug in ihrem Zimmer aufzustapeln. Zuletzt war sie so wütend gewesen, dass sie die Milchtüten und Konservendosen, die Viola in ihrem Zimmer aufgebaut hatte, während sie in der Schule war, einfach hinaus in den Flur geworfen und eine Schutzmauer zum Einsturz gebracht hatte. Eine der Milchtüten war beim Aufprall aufgeplatzt, aber Anna hatte einfach die Tür ihres Zimmers zugeknallt und Viola zugehört, wie sie weinend den Flur putzte und ihre Mauer wieder aufbaute. Seitdem akzeptierte Viola Annas Zimmer als Tabuzone.

Zufrieden blickte Anna sich jetzt um. In diesem Raum konnte sie das Chaos der übrigen Wohnung ausblenden. Hier war die Welt in Ordnung. Sie liebte ihr breites, gemütliches Bett mit den vielen bunten Kissen und dem alten Teddy, den sie aus Kindertagen verwahrt hatte, die hohen, mit Büchern gefüllten Regale, ihren Schreibtisch, der die Form eines altmodischen Sekretärs hatte und mit seiner kleinen Schreibfläche zwar nicht sonderlich praktisch, aber sehr dekorativ war, und schließlich den riesigen, mit rotem Samt bezogenen Ohrensessel, der ursprünglich Teil der Sitzgruppe im Wohnzimmer gewesen war. Als er eines Nachmittags vor ein paar Monaten unter Zeitungen und Decken vollständig verschwunden war, hatte sie ihn kurzerhand in ihr Zimmer gerettet. Jeden Abend setzte sie sich in Schlafanzug und Bademantel hinein, schaltete die grüne Stehlampe neben dem Sessel an und las, entweder in einem Roman oder in einem Schulbuch, oder sie schaltete den kleinen Fernseher an, der auf einem Schränkchen dem Sessel gegenüber stand. Schon mehrfach hatte sie erwogen, auch den zweiten Samtsessel, der ebenfalls seit Monaten unsichtbar war, zu okkupieren und Viola zu einem gemeinsamen Fernsehabend in ihr Zimmer einzuladen. Hinter dieser Idee stand die vage Hoffnung, Viola möge erkennen, dass auch ein Zimmer ohne Nudel- und Dosenwände sicher war und eigentlich viel netter als ihre Trutzburg. Aber die Furcht, damit die Grenze, die Viola bislang akzeptierte, wieder freizugeben, hatte stets die Hoffnung überwogen.

Die Ravioli blubberten jetzt im Topf, und Anna schaltete die Kochplatte ab. Zum Essen setzte sie sich an ihren Schreibtisch, schaltete den Rechner ein und las ihre E-Mails, während sie die Ravioli direkt aus dem Topf löffelte.

Obwohl sie sich vor gerade mal zehn Minuten von Elena verabschiedet hatte, fand sie schon eine E-Mail mit ihrem Absender vor. Sie musste lächeln. Elena war derart mitteilungsbedürftig, dass sie keine fünf Minuten ohne Kontakt ertragen konnte. Wenn sie mit Anna zusammen war, in der Schule oder auf dem Heimweg, plapperte sie ununterbrochen, und sobald sie getrennt waren, telefonierte sie oder schrieb Mails. Obwohl das mitunter lästig werden konnte, war Anna doch dankbar dafür. Es verhinderte immerhin, dass sie in ihrem chaotischen Zuhause vereinsamte.

Elena mit nach Hause zu nehmen, wäre ihr nie in den Sinn gekommen. Elena würde nicht nur ihre Mutter, sondern auch sie für völlig übergeschnappt halten, und damit wäre ihre Freundschaft wohl beendet. Ganz zu schweigen von den Gerüchten, die fortan in der Schule über sie kursieren würden. Der erste Platz auf der Freak-Hitliste wäre ihr sicher.

Der Topf war leer. Ohne es recht zu bemerken, hatte sie die ganze Dose Ravioli weggefuttert. Sie trug den Topf in die Küche, spülte ihn und nahm ihn wieder mit in ihr Zimmer.

In ihrer Mail schlug Elena vor, sich später zu einem Spaziergang zu treffen. Anna warf einen Blick auf die Uhr und verabredete sich für vier Uhr nachmittags mit ihr. Bis dahin hatte sie ausreichend Zeit, ihre Hausaufgaben zu machen.

* * *

Im Wohnzimmer hockte Viola mit hängenden Schultern auf der Couch und lauschte den Geräuschen, die Anna in dem Bemühen verursachte, ein halbwegs normales Leben zu führen. Viola konnte sich kaum erinnern, wann sie das letzte Mal gemeinsam eine warme Mahlzeit eingenommen hatten. Spätestens als sie den Herd in der Küche zugebaut hatte, war es damit vorbei gewesen. Auch der Tisch im Wohnzimmer war bedeckt mit Konserven, Tüten und Zeitungen und ließ für gemeinsame Abendessen keinen Platz mehr. Anna lebte in ihrem Zimmer fast wie in einer eigenen Wohnung.

Manchmal, wenn Anna in der Schule war, öffnete Viola ihre Zimmertür und betrachtete den schönen Raum. Anna hatte zweifellos Talent, was Inneneinrichtung betraf. Das hatte sie wohl von Viola geerbt, auch wenn das heute niemand mehr glauben würde. Viola stellte sich dann vor, wie ihre Tochter in diesem Zimmer lebte, in dem Sessel saß und las oder es sich im Bett gemütlich machte. Letztendlich war sie froh, dass Anna es geschafft hatte, ihr kleines Reich zu verteidigen.

Müde stand Viola auf und trat ans Wohnzimmerfenster. Durch die halb geöffneten Lamellen der Jalousie betrachtete sie die Welt außerhalb ihrer Trutzburg. Die große Wiese vor dem Haus war saftig-grün. Rundherum standen Mehrfamilienhäuser wie das, in dem sie wohnten, erbaut in den Sechzigerjahren und entsprechend einfach gestaltet. An den Hauswänden hatte ein offenbar völlig durchgeknallter Gärtner vor vielen Jahren hässliche Büsche gepflanzt, die jetzt etwa zwei Meter hoch waren, wie Geschwüre an den Wänden klebten und von einem Arbeitertrupp regelmäßig zu scheußlichen Halbkugeln zurechtgestutzt wurden. Mächtige Kastanienbäume und schlanke Birken, dicht belaubt im warmen Sommersonnenschein, luden förmlich ein, sich in ihren Schatten zu setzen und ein Buch zu lesen. Alles schien so friedlich.

Warum konnte sie nicht einfach an diesen Frieden glauben. Es wäre so schön, mit Anna dort draußen zu sitzen und zu plaudern. Sie könnten einen Tisch und Stühle auf die Wiese stellen, Kaffee trinken, vielleicht Karten spielen. Ihre Eltern würden sie sonntagnachmittags besuchen und von ihren Freunden und Nachbarn erzählen, ohne sich ständig besorgte Blicke zuzuwerfen.

Viola seufzte. Ich müsste es noch einmal versuchen, dachte sie und spürte sofort ein flaues Gefühl im Magen. Einfach mal versuchen. Die Angst ignorieren. Vielleicht verschwindet sie, wenn ich sie nicht zur Kenntnis nehme. Aber sie wusste aus Erfahrung, dass es so nicht funktionieren würde.

Seit ihre Mutter sich Einlass in Violas Wohnung verschafft hatte, war sie ständig bemüht, das Leben ihrer Tochter zu verbessern. Zweimal hatte sie Viola bereits zu einem Spaziergang überredet. Der erste Versuch war relativ schnell an einem Panikanfall Violas gescheitert. Beim zweiten Mal hielt sie es etwas länger aus und konnte tatsächlich ein paar Minuten in Freiheit genießen. Margret hatte den nächsten Versuch bereits angekündigt.

Nach ihrem ersten Besuch in der Wohnung hatte sie außerdem vorgeschlagen, Viola einmal in der Woche zum Einkaufen zu begleiten. So wollte sie ihr einerseits Sicherheit geben und andererseits verhindern, dass sie weiterhin Berge von Lebensmitteln nach Hause schleppte. Es war jedes Mal ein mühsames Unterfangen, wurde aber von Montag zu Montag spürbar besser. Viola kaufte nicht mehr so furchtbar viel ein, und die Angst, das Haus zu verlassen, war etwas geringer geworden.

Sie hörte Annas leichte Schritte im Flur und wandte sich um.

»Ich bin noch mal weg. Zu Elena. Bis später.«

Ohne eine Antwort abzuwarten, verschwand sie.

Viola wandte sich wieder dem Fenster zu. Ich muss es versuchen, dachte sie wieder.

Als die Angst sich damals in ihrem Leben einzurichten begann, konnte sie das Haus zunächst überhaupt nicht mehr verlassen. Noch während sie versuchte, die Wohnungstür zu öffnen, wurde ihr schlecht. Ihre Knie und Hände zitterten, und Panik verschleierte ihren Blick. Jedes Mal war sie sofort wieder in ihr Zimmer zurückgekrochen. Doch auch in der Wohnung fühlte sie sich nicht mehr sicher. Es war alles so offen, so ungeschützt.

Einkaufen war jedes Mal eine entsetzliche Anstrengung. Wie gehetzt rannte sie durch den Supermarkt, raffte zusammen, was sie brauchte, und wurde fast verrückt vor Angst, bis sie endlich wieder die Wohnungstür hinter sich schließen konnte. Schließlich begann sie, immer mehr Lebensmittel einzukaufen, um die Intervalle zwischen den Einkäufen zu verlängern. Irgendwo mussten die ganzen Tüten und Päckchen hin, also stapelte sie sie auf Schränken und an den Wänden. Und eines Tages spürte sie ein Gefühl der Sicherheit, als sie nach Hause kam und die Stapel erweiterte. Ihre Wohnung wurde zu einer Burg mit unüberwindlichen Wällen. Später baute sie Stapel aus Zeitungen und Prospekten und räumte die saubere Wäsche nicht mehr in die Schränke.

Seitdem ging es ihr besser. Die Wohnung war sicher. Wenn die Angst dennoch kam, zog sie sich hinter ihre Schutzwälle zurück. Und schloss damit, ohne es zu wollen, mehr und mehr Anna aus ihrem Leben aus. Ihre Beziehung war inzwischen auf einem Tiefpunkt angekommen. Sie sprachen kaum noch miteinander, und Anna verbrachte viel Zeit mit ihrer Freundin außerhalb des Hauses. Elena, die Viola noch nicht einmal kannte.

Das Bild, das der Blick aus dem Fenster bot, war so friedlich. Niemand muss sich fürchten, dort hinaus zu gehen, dachte Viola und knetete ihre Hände. Niemand. Auch ich nicht. Zum Einkaufen schaffe ich es ja auch. Irgendwie.

Ich versuche es, dachte sie und tat in Gedanken die ersten Schritte. Die Treppe hinunter, Haustür öffnen, heraustreten, tief einatmen, über die Wiese laufen, kurz stehen bleiben und das warme Sonnenlicht auf dem Gesicht spüren, wieder zurückgehen, ganz langsam, ohne Eile, das Haus betreten, die Tür schließen. Ruhig bleiben. Ich schaffe es, sagte sie sich noch einmal. Ich war ja schon mit Mutter draußen, ich war schon allein einkaufen, es macht keinen Unterschied.

Im Flur band sie das Messer um das linke Handgelenk, steckte den Wohnungsschlüssel ein und öffnete die Tür. Sofort spürte sie ein flaues Gefühl im Magen. Ihre Hände begannen zu schwitzen. Mit geschlossenen Augen atmete sie ein paarmal tief durch. Das Treppenhaus war vollkommen ruhig. Die meisten Nachbarn waren wohl noch bei der Arbeit.

Kurz entschlossen zog sie die Tür hinter sich ins Schloss, trat auf die Treppe zu und packte das Geländer. Tief durchatmen.

Langsam stieg sie Stufe für Stufe hinab. Auf dem Treppenabsatz legte sie eine Pause ein, prüfte ihren Zustand, schritt weiter hinab, der Freiheit entgegen.

Die Haustür aus Aluminium und gewelltem Glas stellte wie jedes Mal die größte Hürde dar. Im Haus war sie noch einigermaßen sicher, solange kein anderer Mensch ins Treppenhaus treten würde. Draußen aber lauerte die Ungewissheit, die Gefahr, das Grauen. Jedes Mal, wenn sie diese Tür öffnete, um zum Supermarkt zu fahren, überfiel sie eine heftige Übelkeit, die sich erst etwas legte, wenn sie die Autotüren hinter sich verschlossen hatte. Die Idee, das Haus ohne gewichtigen Grund zu verlassen, schien absurd.

Viola merkte, dass sie schwitzte und wischte mit der Hand über die Stirn. Tu es, befahl sie sich selbst. Tu es jetzt!

Sie griff nach der kalten Metallklinke und drückte sie herunter. Vorsichtig zog sie die Tür ein kleines Stück ins Innere und spähte hinaus. Keine Menschenseele zu sehen.

Jetzt oder nie.

Mit einem Ruck öffnete sie die Tür ganz und trat zwei Schritte ins Freie. Nicht so schlimm, wie sie befürchtet hatte. Ein wenig flau, aber zu ertragen.

Okay, jetzt weiter.

Sie öffnete die Augen wieder und prüfte noch einmal die Umgebung. Außer ihr schien sich niemand im Freien aufzuhalten. Entschlossen machte sie zwei weitere Schritte in Richtung Wiese. Ein leichter Wind umspielte ihre feuchte Stirn und wehte blonde Haarsträhnen über ihr Gesicht. Was für ein schönes Gefühl. Sie horchte in sich hinein. Ihr Magen hatte sich beruhigt. Nach ein paar weiteren Schritten spürte sie Gras unter den Füßen, weich und doch elastisch. Sie streifte die Schuhe ab und setzte die nackten Fußsohlen auf das Gras. Wo die Sonne es nicht erreichte, war es angenehm kühl. Ein paar Meter weiter wurde es warm und feucht. Im Schatten des ersten Baumes trat sie auf Blätter und kleine, vom Wind abgebrochene Zweige. Mit beiden Händen betastete sie die Rinde der Birke, hier glatt wie Seide, dort rau und borkig. Sie umarmte den Stamm, legte ihre Wange an die Rinde und schloss die Augen. Ich hab's geschafft, dachte sie, völlig verblüfft über diesen Gedanken. Ich bin draußen. Ohne Grund. Und ohne Hetze. Sie horchte in sich hinein. Da war nur noch ein sanftes, ängstliches Flattern, aber es schien längst nicht so unüberwindbar wie sie angenommen hatte. Sie konnte darüber hinwegatmen, es so tief in sich hineindrängen, dass sie es kaum noch spürte.

»Mom?«

Erschrocken sah sie sich um und entdeckte Anna auf dem Weg zur Haustür. Ungläubig starrte sie zu ihrer Mutter hinüber, die mitten auf der Wiese unter einem Baum stand und den Stamm umarmte.

Jetzt erst entdeckte Viola, wie weit sie tatsächlich hinausgegangen war. Mindestens zwanzig, vielleicht sogar dreißig Meter.

Mit langsamen Schritten kam Anna auf sie zu. »Mom? Bist du das wirklich?« Verwirrt schüttelte sie den Kopf. »Du bist draußen? Einfach so?«

Viola ließ den Stamm los und ging Anna entgegen.

»Ich hab es geschafft«, sagte sie und sah Anna mit großen Augen an. »Ich hab es tatsächlich geschafft.«

Mitten auf der Wiese fielen sie sich in die Arme.

# 4. Kapitel

*Zwölf Jahre früher*

Sie stieg ein, schob den Zündschlüssel ins Schloss und startete. Der Wagen sprang sofort an.

In diesem Moment wurde die Beifahrertür aufgerissen, und ein Mann schwang sich auf den Sitz. Viola starrte ihn verblüfft an und erkannte den jungen Mann vom Eingang des Supermarktes. Sie begriff nicht, was passierte. Er schlug die Tür zu und hielt ihr im selben Moment ein Messer an den Hals.

»Fahr los!« Seine Stimme klang gehetzt. Schweißtropfen perlten seine Schläfen hinab. Nervös sah er sich auf dem Parkplatz um. »Nun fahr schon!«

Violas Hände umklammerten das heiße Lenkrad. Sie wollte den Kopf schütteln, doch die Messerspitze drückte schmerzhaft in ihre Haut.

»Nein«, flüsterte sie. Übelkeit stieg heiß in ihrer Kehle auf. Gleich würde sie sich erbrechen. Ihre Hände begannen zu zittern. Sie tastete nach dem Türöffner, legte die Hand aber rasch wieder zurück aufs Lenkrad. Sie konnte nicht weglaufen und Anna allein zurücklassen.

Der Mann blickte sich wieder nach allen Seiten um und entdeckte das schlafende Kind auf dem Rücksitz. Ach, du Scheiße. Die Schlampe hatte ein Baby. Na ja, auch egal.

»Fahr sofort los, sonst stech' ich das Kind ab«, schrie er, riss die Hand mit dem Messer nach hinten und schlitzte mit einem heftigen Ruck die Rückbank über dem Kopf des kleinen Mädchens auf. Viola schrie auf. Anna wurde wach und begann zu weinen.

»Schon gut, ich fahre. Tun Sie dem Kind nicht weh.« Ihre Stimme zitterte vor Angst. Schnell legte sie einen Gang ein und ließ den Wagen anrollen.

»Wohin soll ich fahren?«

»Das sag ich dir schon noch. Fahr erst mal los.«

Der Mann wandte sich wieder nach vorn und richtete die Hand mit dem Messer auf Violas Taille. Viola begann zu weinen. Tränen und Schweiß liefen ihr übers Gesicht, und ihre Hände zitterten und schwitzten so sehr, dass sie kaum das Lenkrad halten konnte. Während sie über den Parkplatz fuhr, suchte ihr gehetzter Blick nach Menschen, die ihr helfen würden. Aber da war niemand, außer der alten Frau, die sich kaum aufrechthalten konnte.

»An der Straße rechts«, knurrte der Mann. Vom Parkplatz des Supermarktes bog Viola auf die Heerstraße ein. Nur wenige Autos warteten vor der roten Ampel. Viola versuchte, Blickkontakt mit einem Fahrer in einem silbernen Kleinwagen aufzunehmen, doch der Mann starrte geradeaus und wandte nicht ein einziges Mal den Kopf.

»An der Ampel links, und dann geradeaus den Berg hoch.«

Viola schluchzte auf. Das bedeutete, sie fuhren zur Bengener Heide hinauf. Das bedeutete, sie verließen die Stadt, die Menschen. Das bedeutete: absolute Einsamkeit. Ihre Beine gehorchten ihr nicht mehr, und beim Anfahren würgte sie den Motor ab. Ihre Hand zitterte heftig, als sie den Zündschlüssel drehte und startete. Hinter ihr hupte jemand, und eine Sekunde lang hoffte sie, derjenige würde aussteigen und wütend an ihre Scheibe klopfen. Stattdessen sprang der Motor an, und der Wagen rollte los.

Nach weniger als einem Kilometer ließen sie die letzten Häuser hinter sich. Hier gab es nur noch Wald und Wiesen. Oben auf der Höhe befand sich ein Sportflugplatz, aber Viola konnte nicht darauf hoffen, dort Hilfe zu finden. Mitten in der Woche würde sich da oben niemand aufhalten. Sie war auf sich allein gestellt. Ihre Gedanken überschlugen sich panisch. Sie musste den Mann in ein Gespräch verwickeln.

Vielleicht konnte sie sein Vertrauen gewinnen und ihn von dem abbringen, was auch immer er vorhatte. Im Rückspiegel sah sie, dass Anna wieder eingeschlafen war. Gott sei Dank.

»Was wollen Sie von mir?« Ihre Stimme war kaum mehr als ein zittriges Flüstern. »Ich habe Geld dabei. Das kann ich Ihnen geben.«

»Halt die Fresse«, antwortete er nur und sah sie dabei nicht einmal an.

Der Wagen holperte über die kurvige Straße. Links breiteten sich Weinberge aus, rechts lag dichter Laubwald.

»Da vorne rechts rein.«

Viola erblickte einen schmalen Waldweg zwischen dicht stehenden Birken und Buchen und steuerte den Wagen hinein. Ihre Sicht war von Tränen getrübt.

»Weiter.«

Der Weg wurde schmaler und das Blätterdach der Laubbäume dichter. Das grelle Sonnenlicht wich einer grünlich schimmernden Dämmerung.

»Halt an!«

Viola zuckte erschrocken zusammen und würgte den Wagen ab. Der Mann zog die Handbremse hoch, stieg aus, rannte um das Auto herum und riss die Fahrertür auf.

»Raus!«

Vor Angst begann sie zu weinen. »Bitte, tun Sie mir nichts.« Ihre Beine zitterten so sehr, dass sie kaum stehen konnte. Verzweifelt klammerte sie sich am Türrahmen fest. »Bitte nicht!«

Der Mann packte ihren Oberarm und zerrte sie vom Auto weg in den Wald hinein. Weinend stolperte sie hinter ihm her und wandte immer wieder den Kopf, um nach Anna zu sehen. Die Kleine schlief immer noch fest.

Er zog sie tiefer in den Wald hinein, bis sie den Wagen kaum noch sehen konnte.

Plötzlich blieb er stehen und riss sie mit einer kräftigen Bewegung seines Arms nach vorn. Sie prallte heftig gegen einen Baumstamm und schrie auf.

»Halt's Maul, du Schlampe«, brüllte er und schlug ihr mit der flachen Hand ins Gesicht. Ihr Kopf flog zur Seite und schrammte an der rauen Baumrinde entlang. Sie umklammerte den Stamm, konnte aber den Schwung nicht abfangen und stürzte zu Boden.

Sie versuchte sich aufzurappeln, aber er stellte einen Fuß auf ihren Rücken und stieß sie wieder zu Boden. Dann spürte sie, wie ihre Hände nach hinten gezerrt und zusammengebunden wurden. Hilflos lag sie auf dem Bauch, das Gesicht in den muffigen Blätterteppich gepresst.

»Jetzt zeige ich dir, was du für mich tun kannst«, knurrte der Mann, und Viola hörte, wie er seinen Gürtel und den Reißverschluss seiner Jeans öffnete.

*Heute*

Um die Staffelei wurde es allmählich eng. Sie würde wohl oder übel etwas mehr Platz schaffen müssen, wenn sie weiterhin malen wollte. Und das wollte sie, denn von irgendwas mussten sie schließlich leben.

Sie stellte den Pinsel, dessen Spitze orange gefärbt war, in das Wasserglas auf dem Tisch neben der Staffelei, trat einen Schritt zurück und betrachtete das angefangene Gemälde. Die Farben leuchteten ihr regelrecht entgegen. Noch unscharf zeigte es eine Landschaft mit Blumen, Sträuchern, Bäumen. Dort hinten, dachte sie, könnte vielleicht ein See sein. Sie wusch den Pinsel nachlässig in dem Wasser aus, tupfte ihn in den blauen Farbklecks auf ihrer Palette und markierte mit der überraschenden Mischung aus blau und orange einen Bereich im hinteren rechten Teil der Leinwand. Genau dort. Ein See.

Dann ließ sie sich auf den Barhocker vor der Staffelei sinken, auf dem sie während des Malens nur selten saß, und blickte ratlos um sich. Alles voller Zeitungen und Kartons. Sie konnte sich kaum noch bewegen.

Vorsichtig schob sie mit dem Fuß die Zeitungsstapel so weit wie möglich ineinander. Schon besser. Immer noch Schutz genug. Die Kartons würde sie heute noch in den Keller tragen und bei der nächsten Altpapiersammlung hinausstellen. Sie griff wieder nach dem Pinsel und tauchte ihn, ohne ihn vorher auszuwaschen, in die orange Farbe.

Ein Schlüssel drehte sich im Schloss der Wohnungstür. Viola hielt inne, den Pinsel in der erhobenen Hand.

»Hi, Mom!«

Der Pinsel setzte seinen Weg zur Leinwand fort und hinterließ einen kleinen, unregelmäßigen Fleck, der später einmal eine ungewöhnlich gefärbte Blüte in einem Strauch sein würde.

»Hallo, Schatz.« Viola wandte sich um und öffnete die Arme. Anna schlängelte sich durch den schmalen Gang an der Couch vorbei und umarmte ihre Mutter kurz.

»Wie war's in der Schule?« Viola trat einen Schritt zurück und betrachtete Anna forschend.

»Ganz gut.« Anna lief in die Küche und raschelte mit irgendetwas Essbarem herum. Mit einem Blick umfasste sie die Schutzwälle und sah sofort, an welchen Stellen ihre Mutter nachgebessert hatte.

»Und wie war dein Einkauf heute?«

Viola lächelte. »Mühsam. Großmutter hat ständig hinter meinem Rücken Sachen aus dem Wagen genommen und wieder ins Regal zurückgestellt. Wir haben uns schließlich in der Mitte getroffen.«

Anna lachte. »Na, das ist doch ein Fortschritt, oder?«

Seit Viola die ersten Schritte ins Freie getan und Anna damit Hoffnung auf ein besseres Leben gegeben hatte, betrachtete sie die Schutzwälle mit deutlich mehr Nachsicht. Dem ersten Schritt folgte ein zweiter und dann ein dritter. Nur Geduld.

Mit einer Handvoll Keksen und einem Glas Milch schlenderte sie ins Wohnzimmer zurück und setzte sich auf die Couch.

»Ein neues Bild«, stellte sie fest. »Eine Parklandschaft?«

Viola neigte den Kopf zur Seite und kaute auf dem Pinselstiel herum. »Ja, schon möglich. Mal sehen, was draus wird.«

Anna grinste und entblößte Zähne voller Schokokrümel. Das war typisch für ihre Mom. Einfach mal drauflosmalen und ein geniales Bild produzieren.

Als Viola ihr den Rücken kehrte, wischte sie die Krümel vom Schoß auf den Boden und stand auf.

»Mittlerweile hast du genug Bilder für eine Ausstellung. Was hältst du inzwischen davon?«

Viola hatte nicht ein einziges Mal in den letzten Minuten den Blick von der Leinwand gewendet. Ohne sich umzudrehen, zeigte sie jetzt mit der linken Hand auf den Boden und sagte: »Aufkehren.« Anna seufzte und holte Handfeger und Schaufel aus der Küche.

Nachdem sie die Krümel aufgekehrt hatte, blieb sie abwartend hinter Viola stehen.

»Mom?«

Viola ließ die Schultern sinken und wandte sich um.

»Ich weiß nicht, ob ich das schaffe«, sagte sie leise. »Das sind mehrere Stunden, die ich in der Galerie verbringen müsste. Jede Menge fremder Leute. Journalisten. Stell dir vor, ich bekomme eine Panikattacke. Das wäre entsetzlich … peinlich.«

Anna legte die Schaufel beiseite und ließ sich wieder auf die Couch fallen. Mit einem Schwung schubste sie den linken

Stapel Decken und Kissen über die kurze Armlehne auf den Boden und klopfte auf den jetzt freien Platz neben sich.

»Komm her«, sagte sie, und Viola gehorchte zögernd.

Anna legte den Arm um die Schulter ihrer Mutter und zog sie an sich.

»Wir schaffen das. Ich weiche keine Sekunde von deiner Seite.« Viola kuschelte ihren Kopf an Annas Schulter.

»Oma und Opa werden auch dabei sein und auf uns aufpassen. Du wirst keinen Grund für eine Panikattacke haben, verstehst du? Gerade, weil so viele Menschen da sein werden, gibt es keinen Grund, Angst zu haben.«

Viola nickte zaghaft. Anna hatte ja recht. Deswegen hatte sie sich für den Montag als Einkaufstag entschieden. Viele Menschen mussten nach dem Wochenende ihre Vorräte wieder aufstocken. Sie war nie allein, weder im Laden noch auf dem Parkplatz. Auch in der Galerie würde sie nicht allein sein. Niemand könnte sie ungehindert angreifen.

Seit sie vor einigen Wochen den ersten selbstständigen Schritt hinaus auf die Wiese und in die Freiheit gewagt hatte, hatte sich ihr Leben deutlich verbessert. Gemeinsam mit Anna und ihren Eltern hatte sie einen Gartentisch mit vier Stühlen gekauft, praktisches weißes Plastik, und auf der Wiese vor dem Haus aufgestellt. Jetzt saßen sie bei schönem Wetter regelmäßig draußen, plauderten oder lasen, und ein paarmal war sogar Annas Freundin Elena zu Besuch gekommen, ein hübsches, quirliges Mädchen, das nicht zwei Minuten den Mund halten konnte. Natürlich hatten sie Elena nicht mit in die Wohnung genommen. An deren Zustand hatte sich nichts geändert. Noch nicht.

Viola richtete sich auf und straffte die Schultern. Sie dachte an ihren Entschluss, die störenden Kartons in den Keller zu schaffen.

»Ja, ich denke, wir schaffen das«, sagte sie und lächelte ihre Tochter zuversichtlicher an, als sie sich fühlte. Sie hatte sich lange genug versteckt. Jetzt musste sie wieder raus und Bilder verkaufen. Menschen treffen. Ihre Angst verlieren. Allmählich wurde auch das Geld knapp.

»Ich rufe gleich Marie an und mache einen Termin aus.«

Anna küsste sie auf die Wange.

»Mom, ich bin stolz auf dich.«

*Zwölf Jahre früher*

Schwer atmend rollte er sich von ihrem Rücken herab auf den Waldboden. Viola versuchte, sich nicht zu bewegen, doch ihr ganzer Körper zitterte vor Angst und Entsetzen.

»Verdammte Scheiße! Das ist nur deine Schuld, du miese Schlampe.« Er stand auf und trat Viola heftig in die Taille. Sie schrie auf vor Schmerz, rollte sich auf die Seite und zog die Knie an den Leib.

Der Mann starrte auf sie herab, sein Gesicht eine verzerrte Maske voller Wut und Hass.

»Bitte«, flüsterte Viola und konnte nicht verhindern, dass ihr die Tränen in Strömen aus den Augen schossen. »Ich kann doch nichts dafür!«

Wieder schoss sein Fuß heran und traf ihre Hüfte. Der Schmerz war fürchterlich. Viola rutschte ein paar Schritte von ihm weg und versuchte aufzustehen. Doch ihre Hände waren immer noch auf dem Rücken gefesselt und sie kam kaum vom Boden hoch. Schließlich schob sie sich mühsam an einem Baumstamm hinauf.

Der Mann wühlte in seinem Rucksack und nahm ein Messer heraus.

»Nein, bitte nicht!« Entsetzt schloss Viola die Augen, öffnete sie aber gleich wieder und begann zu rennen. Bloß weg von hier. Sie stolperte zwischen den Bäumen hindurch tiefer in den Wald hinein, doch sie hatte keine Chance, ihm zu entkommen. Schon nach wenigen Schritten hatte er sie erreicht und riss sie an den Haaren zurück. Im nächsten Moment spürte sie einen unglaublichen Schmerz in der linken Seite. Ihre Knie knickten ein und sie sackte zu Boden. Durch einen Schleier aus Tränen und rot glühendem Schmerz sah sie, wie er das Messer herauszog. Hellrotes Blut troff von der Klinge auf die braunen Blätter hinab. Brutal griff er in ihr Haar und zog sie wieder hoch. Mit aller Kraft stieß er das Messer in ihre Brust. Viola spürte den Schmerz nicht mehr, doch sie hörte ein hässliches Krachen, als die Klinge auf eine Rippe stieß und brach. Mit einem wütenden Knurren riss er die Waffe heraus, warf sie hinter sich in den Wald und nahm ein neues Messer aus seinem Rucksack. Viola realisierte kaum noch, was geschah. Sie fiel auf die Knie und hob mühsam den Kopf.

»Bitte«, flüsterte sie. »Ich bin schwanger.«

Danach wurde alles noch schlimmer.

# 5. Kapitel

*Heute*

Das ist nicht dein Ernst!«

Marie Giebeler fiel fast der Telefonhörer aus der Hand, als Viola endlich einer Ausstellung zustimmte. Seit mindestens drei Jahren setzte sie ihr nun schon zu, und endlich war es so weit. Violas Bilder verkauften sich immer noch recht gut, doch seit die Malerin vor Jahren in der Versenkung verschwunden war, ging die Nachfrage spürbar zurück. Die Kunden liebten es, den Künstler zu sehen und mit ihm zu sprechen, bevor sie seine Bilder in ihr Wohnzimmer hängten. Der eine oder andere Zeitungsartikel könnte ebenfalls nicht schaden.

Noch während sie mit Viola telefonierte, ließ Marie den Blick durch die Galerie schweifen und plante die Ausstellung. Dort an dieser Wand würde sie etwas Großes, Buntes platzieren, das in exponierter Stellung die erste Aufmerksamkeit der Besucher einfing. Eine Reihe kleinerer Bilder an der linken Seite, einige größere gegenüber. Zwei, drei auf Staffeleien im Raum verteilt.

»Wie viele Bilder hast du?«

Mit gerunzelter Stirn blickte Viola um sich und zählte im Geiste auch die Bilder mit, die im Schlafzimmer auf den Wällen und in den Schränken standen.

»Ich schätze, so vierzig, fünfzig vielleicht.«

Marie jubelte. »Mein Gott, das ist fantastisch. Wir werden beide stinkreich!«

Viola lächelte gerührt. In all den Jahren seit ihrem Rückzug hatte Marie nie den Glauben an sie verloren. Ihre Überschwänglichkeit überwältigte sie jedes Mal, wenn sie mit ihr zu tun hatte. Woher nahm diese kleine Frau nur ihre überbordende Begeisterung?

»Okay, sagen wir, Samstag in drei Wochen?«

Schon so bald. Aber jetzt war es zu spät für einen Rückzieher. Violas Hals wurde trocken.

»Okay, einverstanden.«

»Ich werde meine besten Kunden einladen und natürlich die Presse. Bist du für Interviews gewappnet?«

In Violas Kopf breitete sich ein flaues Gefühl aus. Sie sah rasch aus dem Fenster und nahm das durch die Metalllamellen verzerrte Bild in sich auf. Eine Wiese, ein paar Bäume, Häuser hinter der Wiese, noch mehr Bäume. Ihr Kopf wurde wieder klar.

»Ich werde es zumindest versuchen. Vielleicht könntest du bei mir sein und mir notfalls zur Seite stehen.«

Marie lachte. »Selbstverständlich, Schätzchen. Ich sitze permanent auf deiner Schulter.«

Viola lachte, und die heftige Anspannung fiel wie ein schwerer Mantel von ihr ab. Sie zuckte die Schultern.

»Gut. Ruf an, wenn du die Bilder abholen willst. Ich bereite dann alles vor.«

Langsam legte sie den Hörer auf. Ein Schaudern durchzuckte ihren Körper. Was hatte sie getan? Sie war im Begriff, ihren mühsam aufgebauten Schutzwall zu durchbrechen und sich in Gefahr zu begeben. Plötzlich fühlte sie wieder die Angst, die sie schon halb überwunden geglaubt hatte.

Als sie sich umwandte, sah sie Anna am Türrahmen lehnen. Ihre Augen waren feucht, als sie sich durch den Gang schlängelte und ihre Mutter in den Arm nahm.

»Wir fangen ein neues Leben an, Mom.« Sie drückte Viola fest an sich. »Wir schaffen das. Diesmal schaffen wir das.«

* * *

Mit jedem Tag, der verging, wuchs Violas Vorfreude auf die Ausstellung. Wie hatte sie es früher geliebt, mit den Besuchern zu plaudern, über ihre Bilder zu sprechen, den Journalisten Interviews zu geben und später am Abend, wenn alle Gäste weg waren, mit Marie in Ruhe ein Glas Wein zu trinken.

Gleichzeitig wuchs auch ihre Angst davor. Ihr war völlig klar, dass die Angst absolut irreal war. Der Täter saß seit zwölf Jahren hinter Gittern und würde wohl nicht so bald wieder frei sein. Das hoffte sie jedenfalls inständig. Er war zu lebenslanger Haft mit anschließender Sicherungsverwahrung verurteilt worden. Wegen besonderer Schwere der Schuld, hatte der Richter sein Urteil begründet. Und die Wahrscheinlichkeit, dass sie ein zweites Mal einem solchen Gewaltverbrechen zum Opfer fiele, war mehr als gering. Zumindest statistisch betrachtet.

Aber auch eine irreale Angst war eine Angst, die einfach da war, die wie eine Mauer vor ihr stand, sie umgab und gefangen hielt. Es wurde Zeit, diese Mauer zu durchbrechen. Die ersten Schritte dazu hatte sie bereits getan. Jetzt galt es, weiter voranzuschreiten und die Angst endlich hinter sich zu lassen.

Hin und her gerissen zwischen Freude und Furcht hatte sie die Bilder für die Ausstellung zusammengetragen. Morgen Nachmittag würde Marie mit einem Gehilfen kommen und sie abholen.

Viola überlegte, ob Marie schon jemals in ihrer Wohnung gewesen war. Nein, eher nicht. Früher, als die Welt noch in Ordnung war, hatte Marie sie regelmäßig besucht, bei einem Kaffee über die Kunstszene und einige ihrer seltsamen Vertreter getratscht und Bilder mitgenommen. Dann hatte sich die Welt auf unbegreifliche und unwiderrufliche Weise weitergedreht, und jetzt führte Viola ein anderes Leben in einer anderen Wohnung.

Tja, was soll's. Sie konnte unmöglich fünfzig Bilder in das Treppenhaus stellen, nur um zu vermeiden, dass Marie ihre

Wohnung betrat. Die Nachbarn würden nicht mehr gefahrlos die Treppe benutzen können und sich beschweren.

Viola seufzte und betrachtete die Stapel von Bildern, die sich im Wohnzimmer und neben der Wohnungstür häuften. Egal, wie sie die Bilder verteilen würde, ihre Schutzwälle konnten sie nicht verbergen.

*Zwölf Jahre früher*

Die letzten hundert Meter zu seiner Wohnung rannte er, obwohl er völlig erschöpft und kaum noch in der Lage war, sich aufrecht zu halten. Er stolperte die Treppe hinunter, fiel gegen die Wohnungstür und schloss mit zitternden Fingern auf. Drinnen lehnte er sich gegen das Türblatt und sank, ohne es zu wollen, einfach zu Boden.

Oh, Mann, in was für eine Scheiße hatte er sich da geritten. Das würde ihn lebenslang in den Knast bringen.

Aus seinem Rucksack fummelte er eine Flasche Bier hervor und trank die lauwarme Brühe. Seine Hände waren voller Blut und blieben an der Flasche kleben. Hatte er die Frau umgebracht?

Er konnte sich erinnern, wie ein Irrsinniger auf sie eingestochen zu haben, aber am Ende lebte sie noch. Aber wer weiß, wie lange?

Außerdem war da ja noch Kathrin.

Er leerte die Bierflasche, ließ sie im Flur stehen und rappelte sich mühsam auf. Gebückt schleppte er sich ins Zimmer und ließ sich auf das Bett fallen. Einen Moment lang schloss er die Augen und hoffte, Kathrin wäre heute Morgen doch nicht gestorben. Dann wälzte er sich auf die hintere Bettseite und betrachtete den leblosen Körper, gelblich-weiß und bereits von Fliegen umschwirrt in der Hitze.

Mord und mindestens schwere Körperverletzung. Das hieß lebenslänglich. Definitiv.

Er setzte sich auf und ließ den Kopf auf die Knie sinken.

Andererseits: Mord war es erst, wenn man Kathrin auch findet. Oder die andere Frau den Geist aufgibt. Und dann müsste man ja auch noch herausfinden, dass er es war.

Mit neuer Energie sprang er auf und griff nach einer kühlen Flasche Bier aus dem Kühlschrank.

Okay, in Ruhe nachdenken.

Niemand wusste, dass er mit Kathrin verabredet gewesen war. Im *Spezi* war gestern Abend niemand gewesen, den er kannte. Er wusste natürlich nicht, ob Kathrin mit ihren Kolleginnen über ihre Verabredung gesprochen hatte, glaubte es aber eher nicht. Sie war noch nicht so lange da, dass man solch persönliche Gespräche führte.

Okay. Im günstigsten Fall wusste also niemand etwas von ihm und Kathrin, und deshalb konnte auch niemand annehmen, dass ihre Leiche neben seinem Bett lag.

Er musste sie nur noch beseitigen.

Was war mit der anderen Geschichte?

Er kannte die Frau nicht, also konnte niemand eine Verbindung zwischen ihnen herstellen. Niemand hatte sie gesehen, als sie zur Bengener Heide hochfuhren. Und von da an waren sie ganz allein gewesen. Bis auf das dumme Gör natürlich. Aber das war so klein, dass es zum Zeugen mit Sicherheit nicht taugte.

Er leerte eine weitere Flasche und sah seine Zukunft bereits in rosigerem Licht.

Ganz schlecht war natürlich, dass er heute nicht zur Arbeit erschienen war. So was war immer verdächtig. Also würde er morgen in der Werkstatt aufschlagen, als wenn nichts passiert wäre, und seine Arbeit tun.

Sein Plan gefiel ihm immer besser.

Morgen Abend würde er Kathrins Leiche beseitigen. Wie, würde er sich im Laufe des Tages überlegen.

# 6. Kapitel

*Heute*

Der Bus hat wohl Verspätung.« Anna sah auf ihre Armbanduhr. »Wir schaffen es nicht pünktlich zur ersten Stunde.«

Elena nickte seufzend. »Ja, schon wieder. Müller wird nicht begeistert sein.«

Sie saßen auf der blauen Plastikbank im Buswartehäuschen und spähten in die Richtung, aus der längst der Schulbus hätte auftauchen müssen. Noch war die Luft frisch, aber es würde ein heißer Tag werden, und beide trugen nur Jeans und T-Shirts.

»Was machst du heute Nachmittag?« Elena plante gern voraus. Dann hatte sie etwas, auf das sie sich während des Unterrichts freuen konnte. »Wie wär's mit Eis beim Italiener am Residenzplatz?«

»Geht nicht.« Anna schüttelte bedauernd den Kopf. »Meine Mom hat demnächst eine Ausstellung, und heute Nachmittag werden die Bilder abgeholt. Da muss ich helfen.«

Schweigend starrten sie wieder auf die Straßenecke, um die jeden Moment ihr Bus einbiegen musste. Stattdessen rannte jemand den Bürgersteig entlang auf sie zu, in einer Hand einen Rucksack schwenkend. Als er näher kam, erkannten sie, dass es ein junger Mann war. Weder Anna noch Elena hatten ihn jemals gesehen.

»Ist der Bus schon weg?«, keuchte er, als er sie erreichte und sich neben sie auf die Bank im Wartehäuschen fallen ließ. Die Mädchen schüttelten die Köpfe.

»Gott sei Dank. Gleich am ersten Tag zu spät. Das fehlte noch.«

Völlig außer Atem stützte er die Ellbogen auf die Knie und ließ den Kopf vornüber hängen.

Elena stupste Anna mit dem Ellbogen an und warf ihr einen anzüglichen Blick zu. *Schnuckelig*. Anna grinste und nickte zustimmend. Der Junge war vielleicht achtzehn, schätzte sie. Groß. Hübsch. Dunkles Haar. Viel mehr konnte sie von ihm nicht sehen, so wie er auf der Bank hing und versuchte, wieder zu Atem zu kommen.

Jetzt hob er den Kopf und sah zu ihnen auf. »Hi, ich bin Sven. Geht ihr aufs PJG?«

Elena schüttelte den Kopf. »Nein, aufs Are.«

Die beiden öffentlichen Gymnasien der Stadt, das Are-Gymnasium und das Peter-Joerres-Gymnasium, lagen an derselben Buslinie, etwa zwei Kilometer voneinander entfernt.

»Bist du neu hier?« Elena starrte ihn interessiert an.

»Letzte Woche zugezogen. Mein Vater ist Soldat, und wir ziehen ständig um.« Er stand auf und überragte sie mindestens um Haupteslänge.

»Na dann, herzlich willkommen in Bad Neuenahr-Ahrweiler, dem Tor zum wunderschönen Ahrtal«, deklamierte Elena wie eine Weinkönigin und reichte ihm die Hand. »Ich bin Elena, und das ist meine Freundin Anna.«

Sven lächelte Anna zu und streckte ihr die Hand entgegen. Sie nahm sie zögernd und schüttelte sie leicht.

Endlich rollte der Bus in ihre Straße ein, mindestens fünfzehn Minuten zu spät, und Anna ließ Svens Hand rasch los und griff nach ihrem Rucksack.

»Dann sehen wir uns jetzt wohl öfter«, sagte Sven und zwinkerte, bevor er den Mädchen mit einer Handbewegung den Vortritt ließ.

Im Bus setzten sich die Mädchen auf die nächsten freien Plätze gleich hinter dem Busfahrer. Sven ging an ihnen vorbei bis ganz nach hinten, wo er sich in die Mitte der Sitzbank fallen ließ und seine langen Beine ausstreckte.

»Mann, ist der süß!« Begeistert rollte Elena mit den Augen und stupste Anna in die Seite.

»Ja, wirklich ganz nett«, gab Anna zu. Elena verliebte sich alle drei Tage in einen anderen Jungen und war jedes Mal Feuer und Flamme. Anna dagegen hatte eine engere Freundschaft mit dem anderen Geschlecht noch niemals wirklich in Erwägung gezogen. Ihr schien, als ließe sich so etwas mit ihrem verkorksten Leben nicht vereinbaren. *Hey, darf ich dir meine bekloppte Mom vorstellen? Sie sammelt Lebensmittel. Und Zeitungen.* Nein, das ginge gar nicht. Damit würde sie wohl warten müssen, bis sie irgendwo allein lebte, studierte oder arbeitete. Dann vielleicht …

*Zwölf Jahre früher*

Irgendetwas drängte sie, die Augen zu öffnen. Doch ihre Lider wogen schwer wie Blei. Sie war unglaublich müde. Nur ein Viertelstündchen, dachte sie und lächelte bei dem Gedanken an den alten Spruch, den ihre Großmutter auf ein Sofakissen gestickt hatte. Nur ein Viertelstündchen …

*Nein, nein, du musst jetzt aufstehen.* Die Stimme war herrisch und ungeduldig, und sie wagte nicht, sich ihr zu widersetzen. Mit aller Kraft öffnete sie die Augen, sah ihr Schlafzimmer, das halbdunkle Fenster. Sonnenaufgang. Dann bemerkte sie, dass ihre Augen immer noch geschlossen waren und öffnete sie wirklich.

Bäume. Blätter. Himmel. Sonnenschein.

Wo war sie? Wahrscheinlich träumte sie immer noch. Sie kniff die Lider zusammen und öffnete sie dann wieder. Immer noch Bäume. Über ihr wölbte sich ein dichtes Blätterdach aus hellem Grün. Sonnenlicht fiel in schmalen Streifen hindurch. Irgendetwas behinderte ihre Sicht, und ihr Blick war verschleiert. Es roch nach Wald und nach Erde und irgendwie metallisch.

*Jetzt aufstehen.*

Sie hob den Kopf und ließ ihn gleich wieder zurückfallen. Schmerzen hämmerten hinter ihrer Stirn und legten das Gehirn in Ketten. Aus irgendeinem Grund konnte sie die Arme nicht bewegen, und ihre Erschöpfung war so groß wie nie zuvor. Sie versuchte es noch einmal, diesmal ganz langsam, und konnte den Kopf mit Mühe oben behalten. Um sich herum sah sie nichts als Baumstämme und Sträucher. Dazwischen abgestorbenes Unterholz und umgestürzte Bäume. Sie hatte keine Erinnerung daran, wie sie in diesen Wald gekommen war, und auch nicht, warum. Sie ließ sich wieder fallen, rollte sich auf den Bauch, zog langsam die Knie unter den Leib und wollte sich hochdrücken. Doch sie konnte ihre Hände nicht bewegen. Irgendetwas fixierte sie auf ihrem Rücken. Vor Anstrengung wurde ihr schwarz vor den Augen, und sie verharrte eine Weile halb kniend, halb liegend, das Gesicht in den weichen Waldboden gedrückt. Mit geschlossenen Augen versuchte sie, zu ergründen, was passiert war. Ihr Körper sandte diffuse Schmerzsignale aus, nicht zu lokalisieren und irgendwie dumpf, als sei er weit von ihrem Kopf entfernt. Vielleicht bin ich gestürzt, dachte sie. Das erklärte aber nicht, was sie im Wald zu suchen hatte. Ihre Gedanken drifteten ab, und sie wollte eigentlich nur noch schlafen. Aber das durfte sie nicht. Sie wusste zwar nicht genau, warum nicht, aber sie spürte, dass Einschlafen schlecht wäre. Ganz schlecht.

Mit Gewalt riss sie den Kopf vom Boden hoch und lehnte ihr Gesicht an den Baumstamm vor ihr. Die Rinde war rau und kühl und gab ihr Halt. Doch kaum hatte sie einen Fuß auf den weichen Boden gestellt, verlor sie das Gleichgewicht und fiel zur Seite. Erschöpft blieb sie liegen und atmete zitternd ein. Was war nur los mit ihr?

Die Schmerzen waren jetzt stärker, und sie spürte sie in ihrer Brust, in der Seite, im Bauch. Langsam senkte sie den Kopf und sah an sich hinab. Ihr türkisfarbenes T-Shirt war voller Blut. Die ursprüngliche Farbe schimmerte nur noch an wenigen Stellen durch die rotbraune Färbung, die sich weit über Brust und Bauch zog. Auch ihre helle Jeans war blutgetränkt. Jetzt konnte sie es sogar riechen. Es roch nach Kupfer und nach Tod.

Mit dem Geruch kam die Erinnerung zurück. Der Mann. Das Messer. Die Messer. Anna.

Ein Schub von Angst und Panik durchfuhr sie und drängte die Schmerzen in den Hintergrund. Sie versuchte, sich wieder auf die Knie zu stemmen. Sie musste raus aus diesem Wald. Zu Anna. Hilfe holen. Doch sie schaffte es nicht. Völlig erschöpft und fast ohnmächtig fiel sie immer wieder auf den Rücken. Sie ließ den Kopf zur Seite sinken und blinzelte ein paarmal, um die Schleier vor den Augen zu vertreiben. Ihr Blick glitt suchend zwischen Bäumen und Büschen dahin. Weit hinten glaubte sie, den Waldrand zu erkennen. Dort musste auch der Weg sein, auf dem das Auto stand. Und darin saß Anna. Ganz allein. Wie lange schon?

Versuchsweise rollte sie sich auf die Seite, dann weiter auf den Bauch. Stechende Schmerzen verursachten ihr Übelkeit, aber sie rollte weiter. Auf den Rücken. Auf den Bauch. Immer weiter in Richtung Waldrand.

*Heute*

»Marie kommt!«

Anna schoss vom Balkon, auf dem sie Ausschau gehalten hatte, in den Flur und riss die Tür auf. Viola stand mit ängstlich aufgerissenen Augen im Eingang zur Küche.

»Ich gehe ihr entgegen und nehme die ersten Bilder mit. Du empfängst ihren Hiwi und drückst ihm zwei weitere Bilder in die Hand, hier, im Treppenhaus. Klar?«

Viola nickte nur, während Anna schon mit den ersten Gemälden in der Hand die Treppe hinabrannte.

Wahllos griff Viola nach zwei Bildern und stellte sich vor die oberste Treppenstufe.

Schritte auf den Marmorstufen kündigten den jungen Mann an, bevor Viola ihn sehen konnte. Sie ignorierte die aufflackernde Angst. Er war langhaarig, schlank und auf eine bübchenhafte Weise hübsch. Genau Maries Typ, dachte Viola und lächelte, als sie ihm die Bilder entgegenstreckte.

»Hi, ich bin Georg«, strahlte er sie an und fasste die Gemälde vorsichtig an den Holzrahmen.

»Viola. Hallo.«

Georg war noch nicht halb die Treppe herunter, als Anna schon wieder hochgeflitzt kam.

»Das scheint zu klappen«, keuchte sie, schnappte sich zwei weitere Bilder und lief wieder nach unten. Viola bewaffnete sich ebenfalls mit zwei neuen Gemälden und wartete auf Georg.

Es dauerte über eine halbe Stunde, bis sie die fast fünfzig Bilder nach draußen getragen und in Maries Transporter sicher verstaut hatten.

»Jetzt musst du runterkommen, Mom«, raunte Anna ihr zu, als sie die letzten Bilder mitnahm.

Viola folgte ihr langsam die Treppe hinab. Erst vor der Haustür fiel ihr ein, dass sie das Messer nicht umgeschnallt hatte. Sie wollte schon wieder umkehren, schüttelte aber den Kopf und fasste sich ein Herz.

Mit einem Lächeln auf den Lippen trat sie durch die Haustür ins Freie. Ein schneller Blick über die Wiese. Kein Mensch zu sehen. Ich bin nicht allein, sagte sie sich und trat auf den Weg, der zur Straße führte.

Am Straßenrand parkte Maries dunkelblauer Kleintransporter, randvoll bepackt mit ihren Gemälden.

Marie entdeckte sie auf dem Plattenweg zum Haus und lief ihr entgegen. Sie trug eine bunte Tunika, die mit einem Gürtel aus goldenen Kettengliedern geschnürt war, darunter eine hautenge schwarze Leggins und hochhackige rote Pumps. Modisch war sie irgendwie in den Siebzigern steckengeblieben, dachte Viola, schimpfte sich dann aber selbst arrogant angesichts ihrer verwaschenen Jeans und der langweiligen gestreiften Bluse.

»Schätzchen, du warst ja richtig fleißig. Tolle Bilder, jedenfalls, was ich so im Vorbeifliegen sehen konnte.« Marie umarmte Viola und schob sie dann mit beiden Händen ein Stück von sich.

»Du siehst gut aus. Wie es scheint, hast du dich ein wenig erholt.«

Viola nickte.

»Es geht mir wieder ganz gut. Und ich freue mich auf die Ausstellung.«

Sie nickte mit dem Kinn zu Georg hinüber, der gemeinsam mit Anna die Bilder im Laderaum zurechtrückte und die Heckklappe schloss. »Wie es scheint, geht es dir auch nicht so ganz schlecht, du kleines Luder.«

Maries Grinsen reichte von einem Ohr bis zum anderen. »Da liegst du ganz richtig, meine Süße. Ist er nicht ein Schatz?« Sie warf Georg, der mindestens zwanzig Jahre jünger war als sie, einen verliebten Blick zu.

»Ein Traum, dieser Junge.« Sie riss sich von Georgs Anblick los und strahlte Viola an.

»Nächste Woche ist es so weit. Ich habe schon jede Menge Zusagen.« Ihr Blick flog zur Armbanduhr. »Ich muss jetzt los. Wir sehen uns Samstagnachmittag spätestens um vier, okay?«

»Okay«, flüsterte Viola, wartete noch eine Minute, um Marie nachzuwinken, und folgte Anna ins Haus.

Im Wohnzimmer fiel Anna erschöpft auf die Couch. »Na, wenn das nicht gut geklappt hat, dann weiß ich es nicht«, keuchte sie und schloss die Augen. »Ich bin mindestens zwanzigmal die verdammte Treppe rauf- und runtergewetzt. Ich glaube kaum, dass ich heute noch tanzen kann.«

Seit einigen Monaten besuchte Anna freitagabends einen Linedance-Kurs in Altenahr. Die ersten Wochen hatte das an jedem Freitag heftige Kämpfe mit ihrer Mutter bedeutet, die ihre Ängste auf sie übertrug und nicht selten weinend zurückblieb, wenn Anna trotzdem das Haus verließ. Inzwischen hatte sich Viola an das Hobby ihrer Tochter gewöhnt, wenngleich sie es immer noch nicht gern sah, dass Anna abends allein unterwegs war. Immerhin musste sie mit dem Zug fahren und vom Bahnhof allein nach Hause laufen.

Viola setzte sich neben sie und streichelte ihr schweißfeuchtes Haar. »Vielen lieben Dank, mein Schatz. Ich weiß nicht, was ich ohne dich getan hätte.«

Abrupt setzte sich Anna auf. »Ich schon. Du hättest deiner lieben Freundin einen kleinen Einblick in dein merkwürdiges Leben geben müssen. Was meinst du wohl, was sie dazu sagen würde?« Mit einer weitgreifenden Handbewegung umfasste Anna die Schutzwälle aus Zeitungen, Konserven und Kartons.

»Na ja, so verrückt, wie sie ist, würde sie es vielleicht sogar als Kunst betrachten.« Sie sprang auf.

»Genau, das ist überhaupt die Idee. Du solltest all das hier in die Galerie tragen und als Objektkunst verhökern. Was hältst du davon?«

Viola verharrte starr auf ihrem Platz, völlig konsterniert vom plötzlichen Wutausbruch ihrer Tochter. Annas Gesicht war hochrot vor Aufregung und Zorn. Mit in die Hüften gestemmten Händen stand sie in dem schmalen Gang zwischen Couch und Fenster und starrte ihre Mutter an. »Vielleicht könnten wir ja auch hier eine Ausstellung veranstalten. Wo doch alles so perfekt inszeniert ist.« Sie breitete die Arme aus und umfasste das ganze Elend ihrer beider Leben mit einem Griff. Viola traten Tränen in die Augen.

»Dann könnte ich vielleicht auch mal jemanden mit nach Hause bringen und einfach behaupten, das alles sei Kunst!«

Anna schlug die Hände vors Gesicht und atmete ein paarmal tief durch. Dann ließ sie die Arme sinken und sah, dass ihre Mutter tief getroffen auf der Couch saß und weinte.

Sofort stürzte sie zu ihr, kniete sich vor sie hin und nahm sie in die Arme. »Tut mir leid, Mom. Ich hab's nicht so gemeint.« Jetzt liefen ihr ebenfalls Tränen übers Gesicht. »Es tut mir so leid. Verzeih mir.«

Eine Weile lagen sie sich in den Armen und weinten leise. Jede spürte die Verzweiflung der anderen und verstand sie.

Schließlich stand Anna auf und wischte sich die Tränen vom Gesicht. »Ich muss mich fürs Tanzen fertig machen.« Sie wollte gehen, doch Viola hielt sie am Arm zurück.

»Setz dich, mein Liebling«, flüsterte sie. »Nur einen Moment.« Zögernd ließ Anna sich neben ihrer Mutter auf der Couch nieder.

Viola ergriff ihre Hände.

»Du hast es nicht leicht mit mir. Das weiß ich«, begann sie und streichelte Annas Hände. »Aber ich denke, wir sind auf einem guten Weg. Ich glaube, diesmal schaffen wir es wirklich. Wir haben doch schon viel erreicht in den letzten Wochen.« Ein tiefer Atemzug rasselte durch ihre Kehle. »Ich werde zu der Vernissage gehen, ich werde Interviews geben, und ich werde nicht ausflippen.« Ihr flehentlicher Blick heftete sich auf Annas verweintes Gesicht. »Wenn du nur bei mir bleibst. Das ist alles, was ich will. Was ich brauche. Ich brauche dich.«

Anna sah sie aus geröteten Augen an. »Ich weiß, Mom. Ich bin da. Ich bleibe bei dir. Aber es muss sich etwas ändern. Sonst werde ich verrückt.«

# 7. Kapitel

Fünf Uhr. Mit Schwung klappte Daniela Flegel die Akte über eine Einbruchsserie in der Grafschaft zu, mit der sie sich in den vergangenen zwei Stunden vergnügt hatte. Dann schob sie ihren Bürostuhl zurück, stand auf und reckte sich.

»Feierabend. Und Wochenende.« Sie griff nach ihrer Jacke und sah zu ihrer Kollegin hinüber, die auf den Bildschirm ihres Rechners starrte und den Bericht eines Streifenkollegen über eine Schlägerei in der vergangenen Nacht studierte.

»Hey, Kraut!«

Kraut zuckte zusammen und blickte sich um. »Was?«

»Feierabend!« Dani schnappte ihre Handtasche und stöckelte in Richtung Tür. »Du hast doch sicher noch nichts vor heute Abend.«

Kraut schüttelte den Kopf. »Natürlich nicht.«

Dani lächelte sie an. »Dann hole ich dich um halb acht ab. Bis dann.«

Verblüfft runzelte Kraut die Stirn. »Und wohin geht's?« Sie hasste Überraschungen.

Doch Dani war bereits aus der Tür. »Zieh dich nicht um«, rief sie noch vom Flur aus und verschwand.

Nicht umziehen? Kraut sah an sich hinab. Lederhose, Cowboystiefel. Wie immer. Warum sollte sie sich umziehen? Oder nicht umziehen? Sie verstand kein Wort.

* * *

Pünktlich um halb acht klingelte Dani an Krauts Haustür. Kraut lebte mit ihrem Bruder zusammen in einem kleinen Fachwerkhaus in Rech, das sie von ihren Eltern geerbt hatten, die vor Jahren bei einem Autounfall gestorben waren.

Bei Danis Anblick zog Kraut überrascht die Augenbrauen in die Höhe.

»Jetzt weiß ich zumindest, warum ich mich nicht umziehen sollte«, sagte sie und musterte Danis ungewöhnlichen Aufzug. Dani hatte ihr elegantes dunkelblaues Kostüm mit passenden Pumps gegen Jeans, Karohemd und Cowboystiefel ausgetauscht, ein Ensemble, das Kraut zum ersten Mal an ihr sah. Ihr langes dunkles Haar hatte sie mit einem bunten Band zum Pferdeschwanz gebändigt, und über ihrer Schulter hing eine braune Lederhandtasche mit Fransen.

»Besuchen wir ein Rodeo?«

Dani grinste breit.

»Oder nehmen wir gar an einem teil?« Krauts Gesichtsausdruck wurde immer zweifelnder.

Jetzt lachte Dani. »Nicht ganz. Aber die Richtung stimmt.«

In Danis nagelneuem Peugeot 207 fuhren sie das Ahrtal hoch.

»Ich habe Lukas gar nicht gesehen. Ist er nicht zu Hause?«

Lukas war Krauts zwei Jahre jüngerer Bruder.

»Er bleibt heute länger in der Werkstatt. Sie veranstalten einen Grillabend«, erklärte Kraut. »Ein Betreuer wird ihn später nach Hause bringen.« Lukas hatte das Down-Syndrom und verbrachte seine Tage glücklich in den Caritas-Werkstätten in Sinzig, wo er als Gärtner und in einer Schreinerei arbeitete.

»Jetzt verrate mir endlich, wo wir hinfahren.«

»Du wirst es gleich sehen.« Dani lenkte den Wagen durch die enge Ortsdurchfahrt von Altenahr. Touristen schlenderten auf den schmalen Bürgersteigen an den wenigen Geschäften entlang und betrachteten die Auslagen. Direkt hinter einer kurzen Brücke über die Ahr bog Dani nach rechts auf einen großen Parkplatz ab.

»Da sind wir!«

Kraut blickte verblüfft auf ein großes Restaurant mit Außenterrasse, auf der einige Gäste bei einem Glas Wein oder Bier saßen und den warmen Abend genossen. Die Frontseite des Hauses zierte ein riesiges Schild mit dem Namen des Lokals. Kraut starrte es an. »*Wild Horses Saloon*? Bist du bekloppt?«

Dani grinste fröhlich und stieg aus. »Na, komm schon. Das wird lustig.«

Energisch stiefelte sie voraus. Kraut folgte zögernd und misstrauisch. Sie betraten einen großen Gastraum, der rundherum mit Bänken, Tischen und Stühlen ausgestattet war. An einer Theke rechts saßen einige wenige Männer, die die beiden Neuankömmlinge neugierig anstarrten. Kraut starrte wütend zurück, bis die Männer sich abwandten. Dani war am Eingang stehen geblieben und wartete breit grinsend auf Krauts Reaktion, die sich jetzt mit gerunzelter Stirn im Lokal umsah.

In der Mitte des Raums befand sich eine Tanzfläche, auf der etwa zwanzig Frauen und Männer in Reihen hinter- und nebeneinander standen. Die meisten trugen ebenfalls Jeans und Cowboystiefel, manche sogar einen Cowboyhut oder Federnschmuck im Haar. Aus den Lautsprechern drang Countrymusik. Kraut kannte das Lied nicht. Plötzlich ertönte eine laute weibliche Stimme: »Five, six, seven, eight«, und die Tänzer marschierten alle gleichzeitig nach vorn, vollführten einige merkwürdige Tanzschritte, bewegten sich dann nach rechts, drehten sich, stampften auf, klatschten.

Kraut riss die Augen auf. »Ach, du Scheiße! Das ist nicht dein Ernst!«

Dani schlug ihr lachend auf die Schulter. »Mein voller Ernst. Wir werden Linedancer.«

*Zwölf Jahre früher*

»Ist es nicht schön hier?« Marianne schob ihre Hand in Walters und atmete tief ein. »So ruhig und friedlich. Ich bin froh, dass wir den Sommer hier verbringen und nicht weggefahren sind.«

»Ich auch.« Walter drückte sanft ihre Hand und blickte sich um. Nur Wälder und Wiesen, gelegentlich ein Weinberg. Strahlend blauer Himmel. Sonnenschein. »Ich denke jedes Mal, wenn wir aus dem Urlaub nach Hause kommen, dass wir eigentlich besser hiergeblieben wären. Andere Leute kommen ins Ahrtal, um Urlaub zu machen, und wir fahren weg. Was für ein Unsinn.«

Er legte einen Arm um Mariannes Schulter und drückte sie leicht an sich. Gemächlich wanderten sie weiter den Berg hinauf. Ihr Ziel war der Sportflugplatz auf der Bengener Heide. Dort würden sie eine kleine Rast im Restaurant des Luftsportvereins einlegen, vielleicht ein paar Flugzeuge beobachten und dann wieder zurück spazieren.

»Wir könnten auch einen Rundflug machen. Was meinst du?«

Marianne sah auf die Uhr. »Ist es dafür nicht schon ein wenig spät?«

Bevor Walter antworten konnte, raschelte es rechts von ihnen am Waldrand. Marianne kniff die Augen zusammen und versuchte auszumachen, um was für ein Tier es sich handelte. Vielleicht ein Eichhörnchen. Oder ein Kaninchen. Beides war ihnen auf ihrem Spaziergang schon über den Weg gelaufen. Es raschelte wieder, diesmal begleitet von leisen Klagelauten.

»Warte mal«, flüsterte Marianne und blieb stehen. »Da ist irgendwas im Wald. Vielleicht ein verletztes Tier.« Beide verharrten ganz still und lauschten.

Ein paar Meter entfernt bewegten sich die Äste eines kleinen Strauchs. Dann hörten sie eine leise Stimme.

»Hilfe.«

Walter runzelte die Stirn und versuchte zu erfassen, was er gehört hatte, doch Marianne lief bereits los, zerteilte die Sträucher mit den Händen und schrie auf. Zwischen den Zweigen lag eine Gestalt auf dem Boden, die Kleidung blutgetränkt, das Gesicht zerschlagen und verschwollen. In der blutigen Masse öffneten sich plötzlich zwei Augen. »Bitte, helfen Sie mir.« Die geflüsterten Worte waren kaum zu verstehen.

Marianne schlug entsetzt die Hände vor den Mund und schnappte nach Luft. »Walter, komm schnell. Hier liegt eine Frau. Sie blutet ganz schrecklich.« Noch während er zu seiner Frau lief, griff Walter nach seinem Handy und wählte den Notruf.

Dankbar ließ Viola sich zurück in das Bett aus Blättern und Moos sinken. Endlich durfte sie schlafen.

* * *

Als sie das nächste Mal erwachte, lag sie in einem weiß bezogenen Bett, umgeben von medizinischen Überwachungsgeräten und Metallhaltern für Infusionsbeutel. Sie kam nur langsam zu sich, betrachtete verwundert den Schlauch, der von einem der Beutel bis in ihren linken Arm führte, registrierte den piepsenden Computermonitor und fragte sich, was zum Teufel ...

»Da sind Sie ja wieder«, unterbrach eine Stimme ihre Ratlosigkeit. Eine Frau im weißen Kittel trat an ihr Bett und ergriff ihr Handgelenk. »Wie fühlen Sie sich?«

Viola schüttelte benommen den Kopf. »Ich weiß nicht ... Was ist passiert?«

Mit einer Hand zog die Frau einen Drehhocker ans Bett und setzte sich. »Sie sind im Krankenhaus. Sie sind schwer verletzt, aber wir haben Sie wieder einigermaßen zusammengeflickt. Sie werden noch ein paar Operationen überstehen müssen, aber ich denke, Sie werden wieder gesund.« Sie lächelte. »Ich bin Dr. Klöckner, Ihre Ärztin.«

Viola starrte sie verständnislos an. Schwer verletzt. Zusammengeflickt. Plötzlich hatte sie wieder das Bild ihres blutigen T-Shirts vor Augen.

»Ich bin überfallen worden«, flüsterte sie.

Dr. Klöckner nickte. »Wir haben die Polizei schon verständigt. Sobald Sie sich wohl genug fühlen, wird ein Beamter Ihre Aussage aufnehmen.« Sie nahm einen silbernen Stab aus ihrer Brusttasche und leuchtete damit in Violas Augen. »Können Sie mir sagen, wie Sie heißen? Erinnern Sie sich an Ihren Namen?«

Viola blinzelte geblendet und nickte. »Viola Blumenthal.«

Sie schloss die Augen. Die Ärztin stand auf.

»Am besten schlafen Sie sich erst einmal aus.« Sie deutete auf die Infusionsbeutel. »Sie bekommen Schmerz- und Beruhigungsmittel. Alles Weitere besprechen wir später.«

Behutsam zog sie die Bettdecke zurecht und wollte den Raum verlassen, als Violas Stimme sie zurückhielt.

»Was ist mit meinem Kind?«

Zögernd wandte sich Dr. Klöckner wieder zu ihr um. »Darüber reden wir später, okay? Sie brauchen jetzt erst einmal Ruhe.«

»Nein!« Violas Stimme überschlug sich. »Sagen Sie es mir jetzt. Was ist mit meiner Tochter?«

»Ihrer Tochter?« Rasch trat die Ärztin wieder an das Bett. »Ihre Tochter war bei Ihnen?«

Viola begann zu weinen. »Ja, Anna. Sie ist drei. Wo ist sie? Geht es ihr gut?«

Zwanzig Minuten später saßen zwei Polizisten an Violas Bett und nahmen ihre Aussage auf. Stockend und durch die

Beruhigungsmittel sediert berichtete sie den Beamten, an was sie sich erinnern konnte. Ein weiteres Team war auf dem Weg zu ihrer Wohnung und hoffte, ihre Tochter wohlbehalten aufzufinden. Möglicherweise glaubte sie nur, ihre Tochter sei bei ihr gewesen. Doch die Polizeibeamten trafen lediglich auf einen verstörten Ehemann, der, gerade von der Arbeit nach Hause gekommen, herauszufinden versuchte, wo seine Familie geblieben war.

* * *

»Kommt mal her, Leute!« Der Meister stand mitten in der Werkstatt zwischen hockgebockten und auseinandergenommenen Autos und wartete, dass sich alle um ihn versammelten.

»Kathrin, die neue Kollegin aus der Buchhaltung, wurde heute Morgen von ihren Eltern als vermisst gemeldet.« Betretenes Schweigen, vereinzelt Ausrufe des Schreckens oder Erstaunens.

»Die Polizei hat gerade angerufen. Sie werden gleich zwei Leute schicken, die Nachforschungen anstellen und wahrscheinlich mit jedem von uns reden wollen. Denkt also drüber nach, ob ihr irgendeine Ahnung habt, wo das Mädchen sein könnte. Und seid ehrlich, denn mit Lügen werdet ihr nicht weit kommen.«

Er winkte mit einer Hand zum Zeichen, dass sie entlassen waren. Schweigend wandten sich alle wieder ihrer Arbeit zu, aber sobald der Meister ihnen den Rücken gekehrt hatte, begannen sie zu tuscheln.

Achim senkte seinen Kopf in den Motorraum eines Wagens, bei dem die Zündkerzen und der Keilriemen gewechselt werden mussten. Er schwitzte und roch selbst, dass er nach Schweiß und Bier stank. Die Bullen, verdammte Scheiße. Er musste ganz ruhig bleiben.

Plötzlich klopfte jemand auf seine Schulter, und er schrak hoch und stieß sich den Kopf an der Motorhaube.

Der Meister sah ihn stirnrunzelnd an. »Du siehst nicht sehr gut aus heute«, stellte er fest, »und du stinkst. Bevor die Polizei kommt, solltest du dich zumindest waschen.«

Er wandte sich ab und ging ein paar Schritte in Richtung Büro, kam aber noch einmal zurück. Achim kotzte fast vor Angst.

»Ich will nicht hoffen, dass du irgendwas damit zu tun hast«, sagte er und blickte Achim forschend ins Gesicht.

Schnell schüttelte Achim den Kopf. »Natürlich nicht, Meister. Ich kenne das Mädchen kaum.«

Als der Meister endlich in einem Büro verschwunden war, ging Achim in den Waschraum und warf sich händeweise kaltes Wasser ins Gesicht. Dann zog er das T-Shirt aus, wusch sich unter den Achseln, sprühte Deodorant über den ganzen Oberkörper und zog das Shirt wieder an. Bevor er wieder an die Arbeit ging, nahm er einen großen Schluck aus der Wodkaflasche, die er sich zum Frühstück gekauft hatte. Während er die Zündkerzen wechselte, überlegte er, was er den Bullen erzählen sollte.

* * *

»Sie haben sie noch nicht gefunden, mein Schatz.« Carstens Finger streichelten unaufhörlich über Violas Handrücken. Tränen liefen über ihre Wangen.

»Es ist jetzt schon so lange her. Wo kann sie nur sein? Sie werden sie doch finden, nicht wahr?«

»Natürlich finden sie sie.« Carsten gab ihr einen Kuss auf die Stirn und wünschte, er könnte seinen eigenen Worten glauben. »Bestimmt schon bald.«

Seit gestern Abend suchte die Polizei die Gegend ab, in der Viola gefunden worden war. Bisher ohne Ergebnis. Anna blieb verschwunden. Inzwischen waren fast dreißig Stunden seit dem Überfall vergangen. Die Mienen der Ärzte und Polizisten wirkten von Stunde zu Stunde hoffnungsloser. Viola weinte ununterbrochen, obwohl Dr. Klöckner ihr ein Beruhigungsmittel gegeben hatte.

Seit gestern Abend hatte Carsten den Platz an ihrem Bett nur verlassen, um sich nach dem Fortgang der Suche nach seiner Tochter zu erkundigen. Jedes Mal, wenn er in das Krankenzimmer zurückkehrte, schockierte ihn der Anblick seiner Frau aufs Neue. Ihre Augen waren fast völlig zugeschwollen, die Haut glänzte prall und schillerte blau und violett. Die Verletzungen an ihrem Körper konnte er sich trotz der ausführlichen Beschreibung der Ärztin kaum vorstellen. Der Täter hatte über fünfzigmal auf sie eingestochen, wahllos, in nahezu jede Stelle ihres Körpers. Der Blutverlust wäre tödlich gewesen, hätte nicht der Blutkreislauf des ungeborenen Babys ihr zusätzliche Reserven geliefert. Sich selbst konnte das Baby allerdings nicht retten. Während der Operationen erlitt Viola eine Fehlgeburt.

Bisher hatten sie darüber noch nicht gesprochen. Annas ungewisses Schicksal schwebte über allem. Carsten hatte furchtbare Angst um Anna, aber auch um Viola. Er fürchtete, dass seine Frau eine weitere schlechte Nachricht nicht überleben würde.

Auch Violas Eltern waren am vergangenen Abend im Krankenhaus gewesen, doch Carsten hatte Viktor nach kurzer Zeit gebeten, mit seiner Frau nach Hause zu fahren. Margrets unaufhörliches Weinen trug nicht eben dazu bei, Violas Zustand zu verbessern.

Seither saß er allein an ihrem Bett. Unentwegt glitten seine Finger über Violas Handrücken, als versuche er, die Angst und die Verzweiflung aus ihr herauszustreicheln. Wenn sie hin und wieder vor Erschöpfung einnickte, ging er ein paar Schritte durch das Zimmer und versuchte, seine verkrampften Muskeln zu lockern. Ihr Schlaf dauerte immer nur wenige Minuten, dann schreckte sie mit einem Schrei hoch und weinte wieder.

Unablässig grübelte Carsten darüber nach, was mit Anna geschehen sein mochte. Wenn dieses Schwein sie angerührt hatte … Was dann?, dachte er, wütend auf sich selbst. Du konntest sie nicht beschützen. Beide nicht. Was willst du denn machen? Er fühlte sich schuldig und wie ein totaler Versager. Violas zerschlagener Anblick ließ seine Schuldgefühle wie heiße Flammen brennen. Die ohnmächtige Wut trieb Tränen in seine Augen. Rasch blinzelte er sie weg.

Die Tür des Krankenzimmers wurde aufgerissen und eine junge Polizistin stürmte hinein. »Wir haben sie gefunden«, keuchte sie atemlos. »Sie lebt.«

Viola schrie auf und weinte laut und hemmungslos. Carsten ließ den Kopf auf die Bettdecke sinken, drückte seine Lippen auf Violas Hand und küsste seine eigenen Tränen weg.

* * *

Ein Mann und eine Frau in Uniform baten jeden Mechaniker einzeln in das Büro des Meisters und befragten sie dort. Achim schwitzte Blut und Wasser, und als sein Name aufgerufen wurde, brach er fast zusammen vor Schreck. Er schleppte sich in das Büro und ließ sich auf den Stuhl vor dem Schreibtisch fallen.

»Sie sind gestern nicht zur Arbeit erschienen?« Die Polizistin stand neben dem Schreibtisch und sah ihn scharf an. Der Polizist saß mit verschränkten Armen auf dem Stuhl des Meisters.

»Ja, es ging mir nicht gut. Da bin ich zu Hause geblieben.« Verzweifelt bemühte sich Achim um eine ruhige Atmung und eine lässige Haltung.

»Kann das irgendjemand bestätigen?« Die Stimme der kleinen, blonden Polizistin war schneidend. Achim unterdrückte seine aufsteigende Wut und schüttelte den Kopf. »Nein, ich lebe allein.«

»Wie gut kennen Sie Kathrin Kehr?«

»Kaum. Sie ist ja noch nicht lange hier.«

»Was haben Sie vorgestern Abend gemacht?«

»Ich war zu Hause«, antwortete Achim spontan. Verdammt, das war ein Fehler, dachte er im gleichen Moment. Der Meister wusste, dass er verabredet gewesen war.

»Ich war eigentlich verabredet«, schob er schnell nach, »aber sie hat mich versetzt.«

Mitfühlend nickte die Polizistin mit dem Kopf. Ihr Kollege grinste.

»Wenn Sie uns jetzt noch sagen, wer Sie versetzt hat, sind wir fast glücklich.«

Achim fühlte Oberwasser. Das schien gut zu gehen.

»Sie heißt Moni. Den Nachnamen kenne ich nicht. Ich hab sie vor einer Woche im *Dungeon* kennengelernt.«

Das *Dungeon* war eine gut besuchte Disco in der Stadt. Da würde sich niemand an ihn erinnern, selbst wenn er da gewesen wäre.

Nachdem die Polizisten wieder abgezogen waren, klopfte Achim an die Tür zum Büro des Meisters. »Ich fühle mich nicht gut. Ich würde gern nach Hause gehen.«

Der prüfende Blick des Meisters haftete lange auf seinem Gesicht. Schließlich nickte er. »Okay, aber morgen bist du wieder da oder ich habe ein ärztliches Attest, klar?«

Auf dem Heimweg kaufte Achim bei Aldi drei Flaschen Wodka und zwei Sechserpack Bier.

* * *

»Sie ist stark dehydriert und hat Schürfverletzungen und Prellungen, aber keine lebensgefährlichen Verletzungen. Sie wird sich wieder erholen.«

Dr. Klöckner legte ihre Hand auf Violas Schulter und drückte sie sanft.

»Sobald sie versorgt ist, bringen wir sie zu Ihnen.«

Unter Tränen nickte Viola der Ärztin dankbar zu. Der Täter hatte Anna ein paar Kilometer vom Ort des Überfalls entfernt eine Böschung hinuntergeworfen. In einem Bett aus Tannennadeln und Zweigen war das kleine Mädchen halbwegs unverletzt gelandet und liegen geblieben. Irgendwann später musste es versucht haben, den Hang hinaufzuklettern. Davon zeugten die zerrissenen Hosen und die aufgeschürften Hände und Knie. Doch Anna war wieder hinabgerutscht. Erst am Abend des nächsten Tages konnte ein Polizeihund ihre Fährte aufnehmen, und man fand sie, bewusstlos und nicht ansprechbar.

Immer wieder begann Viola zu weinen, wenn sie sich vorstellte, was Anna in den vielen einsamen Stunden durchgemacht hatte, welch schreckliche Angst sie hatte erleiden müssen. Carsten saß hilflos an ihrem Bett, streichelte ihre Hände und ihr Haar und betete, dass der Albtraum vorübergehen möge.

Endlich rollten zwei Schwestern ein kleines weißes Kinderbett in ihr Zimmer. Anna schlief. Eine Infusion versorgte ihren Körper mit Flüssignahrung. Pflaster und Verbände bedeckten ihre Ärmchen und den Kopf.

Die Schwestern rollten das Bett ganz dicht an Violas heran. Sie schob einen Arm durch die Gitterstäbe und streichelte das kleine zerschundene Gesicht. Carsten legte seine große Hand über eins von Annas Fäustchen und weinte leise.

Viola löste den Blick von ihrer Tochter und sah ihren Mann an. »Es wäre ein Junge gewesen«, flüsterte sie.

Dann schloss sie die Augen. Endlich konnte sie schlafen.

# 8. Kapitel

*Heute*

Was kochen wir heute?« Viola griff nach ihrer Schürze und band sie um.

»Auf keinen Fall Nudeln«, stellte Anna fest. »Wenn ich in dieser Woche auch nur noch eine Nudel zu Gesicht bekomme, sterbe ich.«

Viola lachte. »Okay, dann geh mal einkaufen.« Glücklich sah sie zu, wie Anna loszog und die Schutzwälle durchforstete. »Hier hab ich eine Dose Linsensuppe«, rief sie aus dem Flur. »Und hier ein Glas Würstchen.«

Seit sie beschlossen hatten, ein neues Leben zu beginnen, ernährten sie sich von den Vorräten, die Viola in den vergangenen Jahren angesammelt hatte. Allzu groß waren die Lücken in den Schutzwällen noch nicht, aber immerhin hatten sie es geschafft, den Herd frei zu räumen, damit sie kochen konnten.

Während sie am Tisch im Wohnzimmer ihre Linsensuppe aßen, ließ Viola den Blick durch den Raum schweifen. Die Schutzwälle, die den Tisch bislang bedeckt hatten, waren auf die Wälle im Flur gewandert. Auch die Couch war frei geräumt, und fast jeden Abend saßen sie ein oder zwei Stunden gemeinsam vor dem Fernseher.

Am ersten Tag ihres neuen Lebens hatte sich Viola nicht wohl gefühlt. Unsicherheit und Zweifel nagten an ihr. Würde sie das wirklich durchstehen? Würde sie es schaffen, die Mauern nach und nach abzutragen, nicht mehr mit neuen Dosen und Tüten aufzufüllen? Wenn ich draußen keine Schutzwälle brauche, versuchte sie sich selbst zu überzeugen, dann machen die hier drinnen auch keinen Sinn. Auch ohne die Mauern ist die Wohnung allemal sicherer als die Welt draußen. Also weg damit, zum Teufel.

Annas Begeisterung und ihre neu gewonnene Lebensfreude halfen Viola über die ersten schwierigen Tage hinweg. Voller Tatendrang hatte Anna stapelweise Zeitungen und Werbebroschüren in den Keller zum Altpapier getragen. Vor jedem Gang ließ sie sich durch ein Nicken Violas Zustimmung signalisieren.

Viola selbst hatte mit dem Waschen der Schmutzwäsche begonnen und die sauberen Kleider in die Schränke einsortiert. Wenn sie sich nun abends ins Bett legte und den freien, ungeschützten Raum um sich herum betrachtete, spürte sie jedes Mal einen Knoten der Angst im Magen. Doch sie war fest entschlossen, darüber hinweg zu kommen. Sie hatte sich zu lange von ihrer Angst terrorisieren lassen. Und Anna auch. Vor allem Anna.

Beim Einkauf am Montag hatte sie es tatsächlich geschafft, nur ein Brot und etwas frische Wurst zu kaufen. Ihre Mutter war aus allen Wolken gefallen und hatte sogar ein paar Tränen der Rührung und Freude vergossen.

Ein weiterer großer Schritt in eine bessere Zukunft war Violas Einladung an ihre Eltern, sie in der Wohnung zu besuchen und ein paar von den Lebensmitteln mitzunehmen. Margret füllte mehrere Tüten mit Dosen, Packungen und Flaschen, während Viktor die gestapelten Zeitschriften in den Keller trug.

Gerührt und gleichzeitig besorgt beobachtete Viola, wie Anna und ihre Eltern sich abrackerten, um einen Hauch von Normalität in ihre vier Wände zurückzubringen. Und es schien sie so glücklich zu machen.

Sie konnte sich kaum erklären, dass sie niemals darüber nachgedacht hatte, was ihr Verhalten für ihre Familie bedeutete. Sie hatte schlichtweg jede Auseinandersetzung mit ihrem Problem verdrängt und sich einfach in die Angst hineinfallen lassen.

Damit hatte es jetzt ein Ende. Endlich.

Der nächste bevorstehende Härtetest würde die Vernissage am kommenden Samstag sein. Eine Art letzte Feuerprobe. Wenn sie die überstand, würde alles gut werden. Und sie würde sie überstehen.

*Zwölf Jahre früher*

Schon nach wenigen Tagen wurde der Täter identifiziert. Die Polizei hatte bei der Durchsuchung des Waldes das zerbrochene Messer mit seinen Fingerabdrücken gefunden. Sein Name war Achim Wolter, er war neunzehn Jahre alt und mehrfach wegen Körperverletzung festgenommen worden. Deshalb konnte die Polizei seine Fingerabdrücke in der Kartei finden.

Zwei Polizisten fuhren zu seiner Wohnung in Heimersheim und klingelten. Als die Tür nicht geöffnet wurde, brachen sie sie auf.

Ein unerträglicher Gestank schlug ihnen entgegen. Einer der Beamten erbrach sich sofort ins Treppenhaus, sein Kollege hielt sich rasch genug die Nase zu und betrat mit gezogener Waffe die Wohnung.

Achim Wolter lag auf seinem Bett und schnarchte, offenbar sinnlos betrunken. Überall auf dem Boden vor dem Bett lagen leere Bier- und Wodkaflaschen. Der Polizist trat näher und stupste Wolter mit der Pistole an. Dabei fiel sein Blick auf die hintere Seite des Bettes, und jetzt half auch die zugehaltene Nase nicht mehr. Er konnte sich gerade noch von Wolter abwenden, bevor er mitten in das Zimmer kotzte, das offensichtlich ein Tatort war.

Auf dem Fußboden hinter dem Bett lag eine Leiche. Nach mehreren Tagen in der brütenden Sommerhitze sah sie nicht mehr allzu gut aus.

Am nächsten Tag, als er wieder halbwegs nüchtern war, legte Achim Wolter ohne Umschweife ein Geständnis ab. Die

Leiche in seiner Wohnung wurde als die seit einigen Tagen vermisste Kathrin Kehr identifiziert, die im gleichen Betrieb gearbeitet hatte wie ihr Mörder.

* * *

Viola nahm diese Informationen kommentarlos entgegen. Sie konnten ihr keinen Trost schenken.

Das Verbrechen verfolgte sie Tag und Nacht. Immer wieder schlug die Angst in Wellen über ihr zusammen. Dann begann sie zu zittern und zu schwitzen und konnte nicht aufhören zu weinen. Nachts schreckte sie schreiend aus Albträumen auf, in denen sie blutend durch den Wald kroch und der Täter sie erbarmungslos mit Messern traktierte.

Anna hatte den Überfall körperlich einigermaßen unbeschadet überstanden. Ihre Schürfwunden heilten gut ab, und die blauen Flecken verblassten allmählich. Und doch hatte das Verbrechen auch bei ihr Spuren hinterlassen. Tagsüber saß das kleine Mädchen teilnahmslos in seinem Bett, starrte vor sich hin und lutschte am Daumen, eine Angewohnheit, die es eigentlich vor mehr als einem Jahr aufgegeben hatte. Nachts wimmerte es im Schlaf, und wenn Violas Angstschreie es aufweckten, weinte es jedes Mal lange Zeit, bis der Schlaf es wieder übermannte.

Ein paar Tage nach ihrer Einlieferung in das Krankenhaus setzte sich der Klinik-Psychologe an Violas Bett und begann vorsichtig mit einer Gesprächstherapie. Doch im Wesentlichen führte er das Gespräch allein. Viola konnte sich nicht überwinden, über das schreckliche Erlebnis zu sprechen. Jedes Mal, wenn sie es versuchte, zitterten ihre Lippen, und kein Wort kam aus ihrem Mund.

Ein Kinderpsychologe kümmerte sich derweil um Anna, nahm sie mit auf die Kinderstation und setzte sie zu anderen

Kindern an einen Spieltisch. Aber Anna spielte nicht und nahm keinerlei Kontakt zu den anderen Kindern auf. Viola durchlitt jedes Mal Todesängste, bis Anna endlich wieder neben ihr in ihrem Bettchen saß.

Als Anna sich körperlich völlig erholt hatte, schlug Dr. Klöckner vor, sie nach Hause zu entlassen und eine ambulante Therapie zu beginnen. Viola lehnte vehement und unmissverständlich ab. Solange sie im Krankenhaus bleiben musste, würde auch Anna bleiben. Sie würde keine Minute ohne ihr Kind verbringen, wenn es sich irgendwie vermeiden ließ.

In der zweiten Woche erhielt Viola unerwarteten Besuch. Eine Frau um die vierzig mit einem kleinen Jungen an der Hand betrat das Krankenzimmer und blieb unsicher in der Nähe der Tür stehen. In ihrer Hand hielt sie einen Blumenstrauß. Viola betrachtete sie ängstlich, in der verkrampften Faust den Rufknopf, jederzeit bereit, ihn zu drücken. Die Blicke der Frau wanderten zwischen Viola und Anna hin und her. Ihre Augen füllten sich mit Tränen. Der kleine Junge an ihrer Seite, Viola schätzte ihn auf sechs oder sieben Jahre, blieb stumm und reglos.

»Wer sind Sie?«, brach Viola endlich mit heiserer Stimme das Schweigen. Die Frau trat einen Schritt näher und legte den Blumenstrauß auf den Besucherstuhl an der Wand.

Sie blickte Viola an und öffnete den Mund, suchte vergeblich nach Worten und schloss ihn wieder.

»Wenn Sie mir nicht sofort sagen, wer Sie sind, rufe ich die Schwester«, sagte Viola und hob den Rufknopf in die Höhe.

Die Frau nahm einen neuen Anlauf. »Ich bin seine Mutter«, flüsterte sie schließlich. Und setzte mit etwas festerer Stimme hinzu: »Mein Sohn hat Ihnen das angetan. Es tut mir so leid.« Tränen sammelten sich in ihren Augen und rollten langsam die Wangen hinab.

»Wenn ich irgendetwas für Sie tun kann, sagen Sie es bitte. Ich würde alles tun, um ...«. Sie brach ab, wohl wissend, wie sinnlos alle Worte waren.

Viola wurde blass und ließ sich in das Kissen zurücksinken.

»Verschwinden Sie«, sagte sie heiser. »Sofort.« Ihre Stimme klang erschöpft.

Die Frau weinte jetzt heftiger. Der kleine Junge sah fragend zu ihr auf und drückte ihre Hand.

»Bitte«, schluchzte sie, doch Viola ließ sie nicht weitersprechen und schrie: »Raus hier!«

Mit hängenden Schultern wandte sich die Frau ab und zog den Jungen aus dem Zimmer. Eine Schwester, die Violas Schreien gehört hatte, eilte besorgt herbei.

»Alles in Ordnung?«

Viola nickte nur und deutete auf die Blumen.

»Werfen Sie die bitte in den Müll.«

* * *

Violas körperliche Genesung dauerte mehrere Wochen. Ihre inneren Organe waren fast alle schwer verletzt worden. Die Milz musste entfernt werden, und eine Niere war nicht mehr zu retten, aber die Ärzte versicherten ihr, dass sie mit der zweiten sehr gut würde leben können. Wie durch ein Wunder hatte der Täter alles, nur nicht ihr Herz getroffen.

Allmählich erholte sich auch Annas verletzte Psyche. Täglich verbrachte sie ein, zwei Stunden auf der Kinderstation, spielte zunächst nur für sich allein, öffnete sich aber immer mehr und sprach und spielte schließlich mit den anderen Kindern, fast so wie vor dem Überfall.

Zurück im Krankenzimmer kroch sie zu Viola ins Bett, die ihr vorlas oder ein Lied sang. Anna erzählte von den anderen

Kindern in der Klinik und zeigte sich erstaunt, dass einige keine Haare hatten. Sie selbst war sehr stolz auf ihre blonden Löckchen und kämmte sich jeden Morgen unaufgefordert das wirre Haar.

Viola und Carsten beschlossen, Anna niemals von den Schrecken zu erzählen, die ihre Mutter durchleiden musste. Offenbar hatte Anna den Überfall einigermaßen gut überstanden, weil sie die meiste Zeit geschlafen hatte. Später, im Tannenbett am Fuß des Abhangs, war sie höchstwahrscheinlich in der Hitze des Sommertages recht schnell bewusstlos geworden und durchlebte ihr Martyrium eher wie einen Traum.

Auch Viola war immer sehr stolz auf ihr blondes Haar gewesen, auf ihren schlanken Körper und ihr hübsches Gesicht. Doch als sie sich Wochen nach dem Überfall zum ersten Mal nackt und ohne Verbände im Spiegel betrachtete, schrie sie entsetzt auf und brach weinend zusammen. Seither kostete es sie Mühe, sich morgens auch nur zu kämmen, geschweige denn, Make-up aufzulegen oder sich hübsch zu kleiden.

Ihr einst so makelloser Körper war vom Hals bis zu den Oberschenkeln mit roten, wulstigen Narben übersät. Um einige der Narben hatte sich die unverletzte Haut wie Crinklestoff zusammengezogen. Ihr flacher Bauch war an der linken Seite tief eingesunken, die einst hübschen Brüste unregelmäßig eingedellt und grob vernarbt. Dr. Klöckner versicherte ihr zwar, dass die Narben mit der Zeit unauffälliger und flacher würden und dass sich vieles mit kosmetischer Chirurgie beheben lassen würde, doch das konnte Viola nicht trösten. Sie war auf ewig entstellt, seelisch und körperlich.

Eine weitere schreckliche Folge des Verbrechens zeigte sich, als Viola, einigermaßen genesen, nach Hause entlassen wurde. Sie konnte Carstens körperliche Nähe nicht mehr ertragen. Er durfte sie umarmen und auf die Wange küssen, aber an mehr war nicht zu denken. Viola zuckte panisch zurück, als Carsten an einem der ersten Abende zu Hause plötzlich seine Hand unter ihr Nachthemd schob. Er zeigte Verständnis und hielt sich zurück, doch Viola ahnte, dass dieser Zustand nicht allzu lange anhalten konnte. Irgendwann würde sie wieder mit ihm schlafen müssen, und allein die Vorstellung ließ sie erschaudern. Wenn sie es aber nicht schaffte, würde er sie betrügen und am Ende verlassen.

Und genau so geschah es.

An einem Mittwoch im Mai, drei Jahre nach dem Überfall, kam Carsten von der Arbeit nach Hause, packte einen Koffer, gab Anna einen Kuss auf die Stirn und ging. Für immer.

# 9. Kapitel

*Heute*

Immer mehr Menschen strömten in die Galerie, und obwohl der Raum recht groß war, spürte Viola bald eine bedrohliche Enge um ihre Brust. Sie atmete tief durch, drückte fest Annas Hand und warf tapfer den Kopf in den Nacken. Es gab nichts, wovor sie sich fürchten musste. Das sagte sie sich immer wieder wie ein Mantra, und es half tatsächlich.

Marie spazierte lächelnd und winkend durch die Menge, hielt hier ein kurzes Schwätzchen, erläuterte dort ein Bild, notierte Namen von Interessenten für ein bestimmtes Gemälde und fühlte sich offensichtlich ausgesprochen wohl. Heute war sie bunt gekleidet wie ein Paradiesvogel und trug einen merkwürdigen kleinen Turban aus goldenem Samt auf ihrem dunklen Haar.

Violas Eltern, Margret und Viktor, wanderten staunend an den langen Reihen von Bildern entlang, die ihre Tochter in den letzten Jahren gemalt hatte. Sie hatten ja keine Ahnung gehabt, wie kreativ das Kind trotz seines Traumas gewesen war. In der Sicherheit ihrer chaotischen Wohnung schien sie dieselbe unbeschwerte Frau zu sein wie vor dem Überfall.

Jetzt betrachteten sie die farbenfrohen, fröhlichen Landschaften, die Violas Geist und Händen entsprungen waren und spürten tief innen eine lang vermisste Freude. Es konnte doch noch alles gut werden. Immer wieder blieben sie vor einem Bild stehen, wechselten ungläubige Blicke, die sogleich zu Viola am anderen Ende des Raumes wanderten, dann wieder besorgt und ängstlich. *Würde sie das durchstehen? Diesen Trubel? Die vielen Menschen?*

Ein Mann mit einer Kamera um den Hals trat auf Viola zu. Margret klopfte ihrem Mann auf den Arm. »Komm schnell.«

Mit raschen Schritten durchquerten sie den Raum und stellten sich wie Bodyguards neben ihre Tochter. Anna flankierte Violas andere Seite und drückte beruhigend ihre Hand.

»Kramer, General-Anzeiger«, stellte sich der Fotograf vor und streckte Viola die Hand entgegen. Ohne Zögern griff sie zu.

»Können wir vielleicht vor der Eröffnung schon mal ein paar Fotos machen?«

Viola lächelte, nickte, schien ganz entspannt. Innerlich zuckte jeder Muskel ihres Herzens, aber sie war fest entschlossen, sich nichts anmerken zu lassen.

»Sehr gerne. Vor einem Gemälde?«

»Ja. Ich habe mir dieses hier ausgesucht.« Kramers schwere, leicht gebeugte Gestalt steuerte eine großformatige Gartenlandschaft an der Stirnseite des Raums an. Viola folgte ihm zögernd und klammerte sich an Annas Hand.

»Alles okay«, flüsterte Anna und begleitete sie durch den Raum. Margret und Viktor folgten in kurzem Abstand. Auch Marie stand plötzlich neben Viola. Offenbar hatte sie sie die ganze Zeit im Blick behalten und hielt nun ihr Versprechen ein, »ständig auf ihrer Schulter zu sitzen«. Viola entspannte sich, posierte vor dem Gemälde, war froh, sich in ihr altes, aber immer noch schickes kleines Schwarzes gezwängt zu haben, das ihr nach wie vor ausgezeichnet stand, blieb auch noch locker, als zwei weitere Fotografen auftauchten und ohne weitere Einleitung ebenfalls ihre Kameras aufblitzen ließen.

»Noch mal hierher sehen, bitte«, forderte ein ihr unbekannter Fotograf in schwarzer Lederkleidung. Um den Kopf trug er ein schwarzes Tuch geschlungen, wie ein Pirat. Viola lächelte in seine Kamera.

»Und jetzt noch mal zu mir«, eroberte Kramer seinen Platz zurück, und Viola wandte ihm ihr Gesicht zu. Während die Blitzlichter flackerten, stellte sie sich die Fotos vor, die am Montag in den Zeitungen erscheinen würden. Ihr blondes

Haar war zu einer kunstvollen, aber dennoch lässig wirkenden Frisur aufgesteckt, einige Strähnen umschmeichelten ihr sorgfältig geschminktes Gesicht. Um den Hals hatte sie einen federleichten, blassblauen Seidenschal geschlungen, der die Narben am Schlüsselbein und auf der Schulter verbarg und zugleich ihre hellen Augen betonte. Beim Blick in den Spiegel war sie selbst erstaunt gewesen, wie gut sie immer noch aussah. Das Elend stand ihr keineswegs ins Gesicht geschrieben.

Als sich die Fotografen endlich bedankten und sich anderen Objekten ihres Interesses zuwandten, nahm Anna ihre Mutter in den Arm. »Einmal Profi, immer Profi.«

Ein stolzes Lächeln breitete sich auf Violas Gesicht aus. Gott, das fühlte sich gut an. Die Rückkehr ins richtige Leben. Ängstlich zwar, aber zuversichtlich. Sie fühlte sich mutig und stark und beschloss, in der kommenden Woche mit ihren Eltern und Anna einen Ausflug in die Stadt zu wagen. Sie brauchte unbedingt neue Kleider und Schuhe, und Anna würde sich sicher auch über ein paar neue Klamotten freuen.

Mit einer launigen Ansprache eröffnete Marie wenige Minuten später die Ausstellung, stellte Viola vor und erläuterte einige ihrer Gemälde und ihre verschiedenen Maltechniken. Anschließend führte sie besonders vielversprechende Kunden durch die Galerie, während Viola einigen Journalisten Rede und Antwort stand. Zum Glück erkannte sie keinen von ihnen aus ihrem früheren Leben wieder. Das hätte vermutlich Fragen herausgefordert, wo sie wohl so lange gesteckt hatte. Aber zwölf Jahre waren eine lange Zeit. Journalisten kommen und gehen, und keiner von ihnen konnte sich an den schrecklichen Überfall auf die junge Künstlerin und ihre Tochter erinnern. Dafür war Viola dankbar. Sie wusste nicht, wie sie mit indiskreten Fragen umgegangen wäre.

Von der anderen Seite des Raums erklang klassische Musik. Marie hatte ein jugendliches Streicherduo angeheuert, Geige und Cello, das unaufdringliche Hintergrundmusik zum Besten gab. Viola, Anna, Margret und Viktor saßen auf einer halbrunden, roten Couch, vor sich auf dem Tisch ein Tablett mit leckeren Häppchen, und genossen zum ersten Mal seit Jahren ein entspanntes familiäres Miteinander außerhalb der eigenen vier Wände. Anna und Viola beobachteten die Gäste, die allein oder in Grüppchen an den Bildern vorbeiflanierten, und machten sich über die ernsten Kunstkennermienen lustig.

Viktor und Margret warfen sich immer wieder überglückliche Blicke zu. Sie schafft es, versicherten sie sich damit. Sie schafft es endlich doch noch.

Hin und wieder traten Gäste an die Couch heran oder setzten sich in einen Sessel gegenüber und verwickelten Viola in ein Gespräch über eines ihrer Bilder. Sie plauderte locker und entspannt und genoss es, keine Angst zu spüren. Die Zeit verflog in amüsanten Plaudereien.

Nach einigen Stunden klopfte Marie mit einem Kugelschreiber an ihr Champagnerglas, bat mit erhobener Hand um Ruhe und leitete die Verabschiedung der Gäste ein. Ihr Auftragsblock war mehr als gut gefüllt, wie ihr Strahlen bewies. Viola erhob sich und lächelte den Gästen zum Abschied noch einmal zu. Ein älteres Paar löste sich aus der Menge und trat zu ihr.

»Wir haben gerade ein Bild von Ihnen gekauft«, sagte die Frau und strahlte Viola an. »Rosengarten. Es ist wunderschön.«

Sie griff nach Violas Hand und drückte sie mit ihren beiden Händen.

»Vielen Dank«, antwortete Viola leicht verlegen. Die Frau ließ ihre Hand wieder los und hängte sich bei ihrem Mann ein. Der nickte Viola nur freundlich zu, und dann schlossen sie sich der Gruppe an, die dem Ausgang zustrebte.

Lächelnd sah Viola ihnen nach und überlegte, in welcher Umgebung ihr Rosengarten wohl in Zukunft hängen würde.

Sicher in einem kleinen, alten Haus voller Antiquitäten, Spitzendeckchen auf den Sesseln und silbernem Teeservice auf dem Vertiko.

Ihr Blick wanderte weiter über die Köpfe der kleiner werden Gästeschar. Plötzlich griff sie sich an die Brust, taumelte und stürzte zurück auf das Sofa. Anna war sofort neben ihr. »Mom, was ist los?«

Auch Marie hatte den Vorfall bemerkt, komplimentierte die letzten Gäste hinaus und versuchte, sie von Viola abzulenken.

»Liebling, was ist denn?« Viktor war vor Schreck ganz bleich geworden und streichelte Violas Hand. »Es ist doch alles prima gelaufen.«

Viola streckte einen Arm aus und deutete in die verschwindende Menge. »Ich hab ihn gesehen. Er ist hier.«

Ihre Hand zitterte so sehr, dass Margret sie ergriff und festhielt.

»Wer, Mom?«, fragte Anna, den Tränen nahe. »Wer ist hier?«

* * *

»Ich hab mir das nicht eingebildet. Bitte, glaubt mir doch!« Viola tigerte im Wohnzimmer ihrer Eltern auf und ab und schlug verzweifelt die Hände vors Gesicht. »Er war wirklich da. Ich hab ihn sofort erkannt.« Immer wieder sah sie das junge, nicht unattraktive Gesicht in der Menge aufblitzen, die dunklen Haare, die prägnante Nase. Er war es. Daran bestand kein Zweifel.

Die ungläubigen Mienen von Anna, Margret und Viktor sprachen Bände. Stumm und ablehnend saßen sie nebeneinander auf dem Sofa und versuchten, ihr mit Argumenten ihre Sicherheit zu rauben. Margret hatte den Verdacht, dass sich Viola mit ihrer verrückten Behauptung nur vor den neuen Herausforderungen drücken wollte.

»Er ist doch immer noch im Gefängnis«, sagte sie. »Er kann es nicht gewesen sein.«

Viola fuhr herum. »Woher willst du das wissen?«, schrie sie hysterisch. »Vielleicht haben sie ihn ja doch entlassen.«

»Das können wir ja nachprüfen.« Viktor erhob sich und begann ebenfalls, unruhig im Raum hin und her zu wandern. »Ich rufe gleich Montag bei der Polizei an. Dann wissen wir mehr.«

Wie betäubt saß Anna zwischen den aufgeregten Erwachsenen und fragte sich, was dieses Ereignis wohl für ihr Leben und ihre mühsam errungenen Fortschritte bedeutete. Vermutlich alles dahin. Mom würde wieder Wälle bauen, für den Rest ihres Lebens.

Verzweifelt legte sie die Arme auf die Rückenlehne des Sofas und begann zu weinen.

* * *

Stumm schritten sie nebeneinander her. Die Sonne brannte so heiß auf sie herab, dass selbst Elena keine Lust zum Schwatzen hatte. Anna wünschte, sie wäre schon zu Hause. Andererseits wollte sie überall anderswo sein. Nur nicht zu Hause.

»Was ist denn mit dir los?«, fragte Elena und sah ihre Freundin von der Seite an. »Du wirkst so traurig. Ist etwas passiert?«

Das kann man so sagen, dachte Anna. Drei Tage waren seit der Vernissage vergangen, und Viola hatte die Zeit wirklich effektiv genutzt. Jede mühevoll erkämpfte Lücke in den Schutzwällen war aufgefüllt, die Berge von sauberer und schmutziger Wäsche wieder aufgetürmt worden. Neben der Wohnungstür lehnte jetzt ein Baseballschläger, den Mom im Keller ausgegraben hatte.

Seit drei Tagen hatten sie beide nichts Vernünftiges gegessen. Wehmütig dachte Anna an die wenigen Tage zurück, an denen die Zukunft hell und verheißungsvoll erschienen war. Jetzt war alles wie früher. Sogar noch schlimmer.

Ihr Großvater hatte bei der Polizei nachgefragt, ob der Täter immer noch in Haft wäre, aber man hatte ihn beschieden, dass man erst die Erlaubnis der Staatsanwaltschaft einholen müsse, um diese Information weitergeben zu dürfen.

Darauf warteten sie jetzt, doch Anna war sicher, dass, egal, wie die Auskunft auch lauten würde, Viola sich nicht von ihrem Glauben abbringen ließe, den Täter bei der Vernissage gesehen zu haben.

Instinktiv wusste Anna, dass ein Zeitpunkt gekommen war, an dem sie eine Entscheidung fällen musste. Für sich selbst. Für sich allein. Sie konnte und wollte so nicht weiterleben. Es würde sie kaputtmachen. Abrupt blieb sie stehen und wandte sich Elena zu.

»Ich hab dir doch schon mal erzählt, dass meine Mom ein paar Probleme hat.«

Elena nickte. »Ja, sie trinkt oder so was.«

»Nein.« Anna schüttelte den Kopf. »Sie trinkt nicht. Das wäre mir fast noch lieber. Nein ...«, sie zögerte und warf einen Blick auf ihre Armbanduhr. »Pass auf. Ich muss jetzt nach Hause. Meine Mom rastet aus, wenn ich zu spät komme. Was machst du heute Nachmittag?«

Elena sah zum strahlend blauen Himmel hoch. »Ich will ins Schwimmbad gehen. Kommst du mit?«

Anna nickte. »Okay. Ich hole dich um zwei ab.«

»Darf ich auch mitkommen?« Die Mädchen hatten nicht bemerkt, dass Sven sich an sie herangeschlichen hatte, und blickten überrascht auf.

»Äh, klar«, stammelte Elena.

Sven grinste. »Gut. Und wohin geht's?«

Anna runzelte missbilligend die Stirn. »Ich bin weg. Bis später.«

Und schon war sie um die nächste Ecke verschwunden. Elena blickte ihr nachdenklich nach. Das war ja spannend.

»Deine Freundin mag mich nicht besonders, was?« Betrübt blickte Sven Anna hinterher. »Hab ich irgendwas falsch gemacht?«

»Nein«, Elena lächelte ihn an. »Anna ist ein wenig anders als andere Mädchen. Es liegt nicht an dir.«

Gemeinsam setzten sie ihren Heimweg fort.

»Wie gefällt es dir an deiner neuen Schule?«, begann Elena, und spätestens nach fünf Minuten wusste Sven, dass Elena eines der neugierigsten Mädchen war, die er je kennengelernt hatte.

* * *

Die große Liegewiese war bereits mit bunten Handtüchern, Taschen und sogar Sonnenschirmen bedeckt, als Elena und Anna eintrafen und sich eines der letzten freien Plätzchen im Schatten einer Birkengruppe suchten.

»Geiles Wetter, was?« Mit beiden Händen verteilte Elena Sonnencreme mit Lichtschutzfaktor 30 auf ihrer zarten, fast weißen Haut. Ohne diesen Schutz würde sie nach zwanzig Minuten aussehen wie ein frisch gekochter Hummer.

Annas Haut hatte eine natürliche Färbung, die Sonnenschutz nur in extremen Situationen erforderlich machte.

»So, und jetzt erzähl mal. Was ist los mit deiner Mom?«

Neugierig setzte sich Elena im Schneidersitz ihrer Freundin gegenüber.

»Die letzten zwei Wochen warst du so gut gelaunt und glücklich. Und jetzt ist das alles wieder vorbei? Was ist passiert?«

Anna drehte die Wasserflasche in ihren Händen, trank einen Schluck und überlegte, wie sie am besten anfangen sollte. Schließlich atmete sie tief durch und sah Elena ernst an.

»Meine Mom und ich sind vor zwölf Jahren überfallen worden.«

Elena schlug die Hand vor den Mund und stöhnte auf.

»Ich hab nur wenig davon mitbekommen. Ich war ja erst drei«, fuhr Anna fort. »Aber meine Mom ist seitdem traumatisiert.«

In so wenigen Sätzen wie möglich schilderte Anna ihrer Freundin die Situation und schloss: »Und jetzt glaubt sie, den Täter am Samstag gesehen zu haben, und alles ist wie vorher. Ich habe keine Hoffnung mehr, dass sich unser Leben jemals wieder bessert.«

Elenas blasses Gesicht war womöglich noch eine Spur weißer geworden bei Annas Bericht. So etwas Schreckliches hatte sie in ihrem ganzen fünfzehnjährigen Leben noch nicht gehört.

»Gott, das tut mir so leid«, flüsterte sie und streichelte den sonnenwarmen Arm ihrer Freundin. »Warum hast du mir nicht schon früher davon erzählt?«

Unsicher neigte Anna den Kopf zur Seite. »Was hätte es gebracht? Du hättest mich womöglich als Freak betrachtet, meine Mom auf jeden Fall. Und es hätte mich nicht weitergebracht.«

Einen Moment lang sann Elena vor sich hin. Dann fragte sie: »Und warum erzählst du es mir jetzt?«

Anna straffte die Schultern, richtete sich auf und blickt Elena entschlossen ins Gesicht. »Ich muss mich entscheiden, wie mein Leben weitergehen soll. Will ich die nächsten Jahre die Tochter einer Gefangenen sein? Oder mache ich mich frei und lebe mein eigenes Leben?«

Beeindruckt riss Elena die Augen auf. »Aber du bist erst fünfzehn.«

Anna nickte. »Ich weiß. Dennoch: Irgendwas muss passieren. Und zwar jetzt.« Sie stützte das Kinn auf die angezogenen Knie. »Ich könnte vielleicht zu meinem Vater ziehen. Er lebt irgendwo in der Nähe von München. Dann würde meine Mutter natürlich völlig ausflippen. So weit weg.« Sie legte sich auf den Rücken und schloss die Augen. Die Sonne brannte flimmernde rotgelbe Bilder in ihre Lider. »Ich könnte natürlich bei meinen Großeltern leben, aber ich weiß nicht recht, ob das gut wäre. So nah dran an zu Hause ... Vielleicht würde Mom mir ständig auflauern.« Sie schwieg eine Weile und genoss die Sonnenwärme in ihrem Gesicht. »Wenn du eine bessere Idee hast, melde dich«, beendete sie dann das Gespräch und versank in einen Dämmerschlaf.

Elena saß noch einige Minuten nachdenklich neben ihr, bevor sie aufstand und sich ins kühle Wasser des Pools stürzte.

Plötzlich verschwanden die rotgelben Blitze vor Annas Augen und ein Schatten legte sich über ihr Gesicht.

»Darf ich?«

Sie stützte sich auf die Ellbogen und blickte mit zusammengekniffenen Augen hoch. Umgeben von einem Kranz aus Licht ragte Sven über ihr auf. Fragend deutete er auf den Platz neben ihr. Sie nickte.

Gemächlich entrollte er ein Handtuch, schlüpfte aus seiner Jeans, entblößte ohne jede Verlegenheit ein Paar bunter Boxer-Shorts und legte sich der Länge nach neben Anna auf die Wiese.

Angestrengt lenkte Anna ihren Blick an ihm vorbei zum Pool und betete, Elena möge bald wiederkommen. Trotzdem spürte sie Svens Blick die ganze Zeit über auf ihrem Gesicht.

Schließlich setzte er sich auf. »Okay, was hab ich getan?«

Verwirrt sah Anna zu ihm hinüber. Sein Blick aus den blaugrünen Augen war offen und fragend.

»Was meinst du?«

Mit einer Hand strich Sven sein ungebärdiges dunkles Haar zurück.

»Wir kennen uns kaum, doch du kannst mich offensichtlich nicht leiden. Woran liegt es?«

Oh Gott. Anna spürte, wie Röte ihr Gesicht überzog. Was sollte sie bloß sagen? Sie hatte nicht die geringste Ahnung, wie man ein solches Gespräch führte. Hilfe suchend blickte sie sich um, doch Elena war nirgends zu sehen.

»Nein«, begann sie schließlich und bemühte sich, nicht zu stammeln. »Das ist nicht wahr. Ich meine, dass ich dich nicht leiden kann. Ich bin nur ...«, sie zögerte und suchte nach dem richtigen Wort, »... vorsichtig. Ich bin nur vorsichtig.«

Sven lachte ob ihrer Verlegenheit. »Und das ist gut so. Ein hübsches Mädchen wie du sollte gut auf sich aufpassen.«

Anna rang sich ein gequältes Lächeln ab.

Das war der endgültige Beweis. Sie war auch ein Freak. Wie Mom. Noch nicht einmal ein harmloses Gespräch mit einem netten Jungen stand sie durch. Am besten würde sie jetzt gleich nach Hause gehen, auf dem Heimweg einen Abstecher zum Supermarkt machen und ein paar Tüten Nudeln und Milch einkaufen. Und zu Hause würde sie endlich die Wälle in ihrem Zimmer aufbauen, die Mom sich schon so lange wünschte. Dann würden sie glücklich und zufrieden miteinander hausen bis an ihr Lebens...

»Hallo, bist du noch da?« Mit hochgezogenen Augenbrauen beobachtete Sven ihre Rückkehr ins Hier und Jetzt.

Anna legte die Fingerspitzen an ihre Stirn und schüttelte leicht den Kopf. »Entschuldige, ich bin im Moment nicht ganz ich selbst.« Sein interessierter Blick tastete über ihr Gesicht und wartete auf mehr.

»Oder vielleicht bin ich es doch, und genau das ist das Problem.«

Jetzt schien er verwirrt.

»Du verstehst kein Wort von dem, was ich sage, und das spricht eigentlich nur für dich, glaub mir«, schloss Anna, sprang auf und rannte zum Pool. Sven blickte ihr kopfschüttelnd nach.

Das Wasser war herrlich. Kühl und erfrischend perlte es um ihren Körper. Sie tauchte tief ein, schwamm unter Wasser ein paar Meter und kam prustend wieder an die Oberfläche.

Suchend blickte sie sich um und entdeckte Elena am anderen Ende des Beckens. Sie saß auf dem Rand und plauderte wild gestikulierend mit einigen Jungen aus ihrer Schule, die im Wasser vor ihr herumpaddelten.

Mit wenigen kräftigen Stößen schwamm Anna zu ihr hinüber. »Hey, Schneeweißchen, wenn du nicht langsam in den Schatten gehst, wirst du bald Rosenrot sein.«

Erschrocken betrachtete Elena ihre Arme. Oh Gott, Anna hatte recht. Sie musste schnell raus aus der Sonne.

Sie sprang auf, winkte den Jungs noch einmal zu und huschte zu ihrem Platz unter den Birken zurück.

Anna schwamm noch ein paar Bahnen, ehe sie sich ebenfalls wieder an eher unsichere Ufer wagte. Sven und Elena waren in ein lebhaftes Gespräch über Lehrer und Mitschüler vertieft, und sie konnte sich in Ruhe abtrocknen und wieder Platz nehmen.

»Ich hab Sven gerade von meinem Urlaub auf Ibiza erzählt. Er würde auch gern mitfahren.«

Sven lächelte eher mutlos. »Ich glaube aber nicht, dass meine Eltern es mir erlauben«, sagte er.

Anna sah ihn mit gerunzelten Brauen an. »Wieso nicht? Du bist doch bestimmt schon volljährig, oder?«

Zum ersten Mal, seit sie ihn kennengelernt hatten, schien Sven in Verlegenheit zu geraten. »Ja, schon, aber sie sind überbesorgt, und ich will ihnen keinen Kummer machen.«

Elena wandte sich so weit herum, dass Sven ihr Gesicht nicht mehr sehen konnte, und warf Anna einen Blick zu. *Gott, ist der niedlich!*

Auch Anna musste lächeln. Seinen Eltern keinen Kummer machen – das kannte sie nur allzu gut.

Sie überließ die beiden ihrem Gespräch und ließ den Blick über die Wiese wandern. Überall saßen oder lagen Kinder und Jugendliche auf Decken und Handtüchern, lachten, schwatzten oder spielten Federball. Junge Mütter beobachteten ihre kleinen Kinder beim Planschen im Babypool. Zwei junge, aber schon erwachsene Männer, vermutlich Väter der Planschbabys, spielten direkt daneben Freiluftschach.

Meine Mom ist bekloppt, dachte Anna, und Svens Eltern sind ‚überbesorgt', was vermutlich etwas Ähnliches bedeutete. Wer weiß, wie viele andere Kinder ihr Schicksal teilten, ohne dass sie davon wusste, während sie sich ganz allein auf der Welt fühlte. Sie fixierte ein etwa gleichaltriges Mädchen mit kurzem roten Haar, das einige Meter weiter im Schatten eines Baumes saß und in einem dicken Buch las. Die da zum Beispiel, dachte sie. Wer geht schon ganz allein ins Schwimmbad, um zu lesen? Der Dicke des Wälzers nach zu urteilen wahrscheinlich *Anna Karenina*. Das ist doch krank.

Sie ließ ihren Blick weiterwandern. Oder der. Ein hübscher Kerl, dunkles Haar, muskulöser Körper. Sitzt da und starrt Löcher in die Luft. Dabei könnte er sicher jedes Mädchen hier anbaggern. Erfolgreich.

In diesem Moment hob der Junge den Kopf, als ob er Annas intensiven Blick gespürt hätte, und sah sie an. Ihr Magen begann zu flattern, und sie wandte rasch den Blick ab und tat so, als würde sie Elena und Sven zuhören. Erst nach einer Weile konnte sie sich tatsächlich auf das Gespräch konzentrieren.

Die beiden plauderten immer noch über Ibiza, das heißt, vor allem plauderte Elena und beschrieb Sven ausführlich die Ferienanlage, die sie natürlich nur aus dem Prospekt kannte, den herrlichen Badestrand, die interessante Stadt mit den vielen verrückten Künstlern, die sich dort angesiedelt hatten.

»Ich habe eine Idee«, brach Anna unvermittelt in das Gespräch der beiden ein und erntete erschrockene Blicke.

»Ich frage meine Mom, ob ich mit nach Ibiza fliegen darf.«

Elena warf die Arme um sie. »Das wäre ja super! Oh, Gott, das wird toll. Wir zwei auf Ibiza.«

Anna erwiderte die stürmische Umarmung lächelnd. Ihr Blick traf auf Sven, der ihnen mit ernster Miene zusah. Dann bemerkte er Annas Blick und lächelte ihr rasch zu.

* * *

»Wo warst du so lange? Ich hab mir solche Sorgen gemacht!«

Viola riss Anna an sich und drückte sie fest, noch bevor sie Gelegenheit hatte, die Wohnungstür zu schließen. Anna ließ ihre Tasche auf den Boden fallen und wartete darauf, dass die Umarmung endete. Endlich ließ Viola sie wieder los und trat einen Schritt zurück. »Wo, zum Teufel, warst du?«

Anna blieb ruhig. »Ich war mit Elena im Schwimmbad. Ich hatte es dir gesagt. Erinnerst du dich?«

Viola nickte verwirrt. »Ja, richtig. Jetzt fällt es mir wieder ein. Aber du solltest nicht so lange bleiben.«

Anna seufzte. »Es ist noch nicht mal sechs. Ich bitte dich.« Mit einem Kopfschütteln griff sie nach ihrer Tasche und stapfte durch den frisch erstarkten Flur zu ihrem Zimmer. Viola folgte ihr.

»Liebling, bitte. Ich mache mir halt Sorgen um dich.« In Annas Zimmer schien die Abendsonne ins Fenster und beleuchtete warm alle völlig ungeschützten Dinge ihres Lebens.

Einen Moment lang blieb Anna in der Mitte des Zimmers stehen. Dann atmete sie tief durch und wandte sich um.

»Mom, setz dich. Ich muss mit dir reden.«

Ängstlich wie eine Maus huschte Viola ins Zimmer und setzte sich auf die Bettkante. Anna ließ sich neben sie fallen.

»Mom, ich mache das nicht mehr mit«, sagte sie und sah ihre Mutter fest an. In ihrem Innern fühlte sie sich alles andere als stark und entschlossen.

Viola runzelte die Stirn. »Was meinst du, Schatz?«

Sorgsam wog Anna ihre nächsten Worte ab. »Du hast Angst. Ich weiß, warum, und ich respektiere das. Du hast deine eigene merkwürdige Art, damit umzugehen.«

Sie legte eine Pause ein und versuchte, Violas Reaktion an ihrem Gesichtsausdruck abzulesen. Doch Viola runzelte nach wie vor fragend die Stirn.

»Bisher habe ich immer alles gemacht, was du wolltest. Aber jetzt werde ich erwachsen. Ich will mich nicht verstecken. Ich will keine Angst haben. Ich will ein normales Leben führen.« Allmählich schien Viola zu verstehen. Ihre Brauen glätteten sich und ihre Augen wurden groß und rund.

»Vor ein paar Wochen«, fuhr Anna fort, »haben wir einen weiteren Versuch gestartet, unser Leben in den Griff zu kriegen. Und es sah gut aus. Wirklich gut.« Sie lächelte wehmütig bei der Erinnerung an ihre gemeinsamen Abendessen. »Aber dieses vielversprechende Experiment ist ebenso gescheitert wie alle anderen Versuche vorher. Ich hab die Hoffnung aufgegeben.«

Mutlos senkte sie den Kopf und legte die Hände in den Schoß. Sie wusste, jedes ihrer Worte tat ihrer Mutter in der Seele weh. Aber sie wusste auch, dass diese Aussprache ihre letzte Chance auf ein halbwegs vernünftiges Leben war. Wenn sie die nicht schon längst vertan hatte.

Viola sah sie aus tränenverschleierten Augen an. »Was hast du vor?« Ihre Stimme klang schwach und halb erstickt.

Anna schluckte. »In zwei Wochen beginnen die Sommerferien. Elena fliegt zu einem Jugendcamp auf Ibiza. Ich will sie begleiten. Es kostet fünfhundert Euro und dauert vierzehn Tage. Gibst du mir das Geld?«

Den letzten Teil des Satzes verstand Viola schon nicht mehr. Ab »Ich will sie begleiten« hatte sie nicht mehr zugehört, sondern nur noch etwaige Konsequenzen abgearbeitet. »Du willst wegfahren? Mit fremden Leuten? Bist du noch gescheit?« Aufgebracht sprang sie vom Bett und lief zwischen Computer und Fenster hin und her.

»Da könntest du dir auch gleich ein Schild mit der Aufschrift: *Ich bin ein Opfer!* an die Stirn heften!«

Anna kämpfte mit den Tränen, wich aber keinen Millimeter von ihrem Weg ab. »Nein, Mom. Dieses Schild trägst du seit zwölf Jahren auf der Stirn. Nicht ich. Und ich bin kein Opfer.«

Sie erhob sich. »Wenn du mir das Geld nicht gibst, frage ich Oma und Opa. Die geben es mir sicher. Auf jeden Fall bin ich in zwei Wochen erstmal weg. Und danach sehen wir weiter.«

Damit verließ sie das Zimmer, ging ins Bad, drehte den Hahn an der Badewanne auf und ließ ihren Tränen freien Lauf.

Viola blieb wie erstarrt zurück. Was passierte da gerade? Verlor sie etwa ihre Tochter? Anna? Das konnte doch nicht wirklich passieren! Wie sollte sie allein den Rest ihres Lebens durchstehen?

Im gleichen Moment wurde ihr bewusst, wie durch und durch egoistisch ihre Gedanken waren. Seit zwölf Jahren fesselte sie nun schon das Kind an sich und ihre krankhafte Angst. Das konnte, das durfte nicht so weitergehen. Sie würde Anna loslassen müssen. Allein mit ihrer Situation fertig werden. Oh Gott, das schien unerträglich.

# 10. Kapitel

Er ist tot, Schatz.«

Viktor ergriff Violas Hände und drückte sie fest. Das Gesicht seiner Tochter war eine einzige Frage.

»Sein letztes Gnadengesuch wurde vor etwa vier Wochen abgelehnt. Er hat es nicht mehr ausgehalten und sich in seiner Zelle erhängt.« Wieder drückte er sanft ihre Hände.

»Er ist tot.«

Viola schüttelte ungläubig den Kopf. »Aber das kann nicht sein. Ich habe ihn gesehen. An diesem Samstag!«

Viktor versuchte, ihre Hände festzuhalten, aber sie entzog sie ihm und schlug die Arme um die Brust.

»Ich habe ihn gesehen. Er kann nicht tot sein.« Ihre Stimme überschlug sich.

Viktor sah zu Margret und Anna hinüber, die auf der Couch saßen. Beide schüttelten enttäuscht den Kopf. Sie hatten nichts anderes erwartet.

»Wenn er tot ist, wen habe ich dann gesehen?« Viola stand mit verschränkten Armen vor dem Fenster und starrte ins Dunkel.

»Ich habe mir das nicht eingebildet. Bitte, glaubt mir doch!«

Ihre letzten Worte lösten sich in einem hemmungslosen Schluchzen auf. Warum glaubte ihr niemand?

Viktor sandte seiner Frau einen verzweifelten Blick zu. *Was soll ich machen?* Doch sie schüttelte nur den Kopf. *Keine Ahnung. Ich bin ratlos.*

Anna stand schweigend auf und verließ das Wohnzimmer. Hier gab es nichts mehr, was sie noch tun konnte.

* * *

Prüfend betrachtete Anna ihr Spiegelbild. Sie sah ganz passabel aus. Das neue blaue Shirt stand ihr wirklich gut.

Diesen Abend würde sie auch noch überstehen. Übernächste Woche fingen die Ferien an, und sie würde mit Elena nach Ibiza fliegen und sich zwei schöne Wochen gönnen. Wie es danach weitergehen würde – keine Ahnung. Darüber würde sie nachdenken, wenn es so weit war.

Sie schlüpfte in ihre Cowboystiefel, steckte ein paar Euro in die Hosentasche und warf eine leichte Jacke über.

»Anna!« Ihre Mutter rief, nein, schrie nach ihr. Sofort rannte sie los.

»Mama, was ist passiert?«

Mit übereinandergeschlagenen Armen stand Viola vor dem Fenster und starrte hinaus in die beginnende Dämmerung.

»Er war da. Da vorne. Zwischen den Bäumen.«

Mit beiden Händen griff sich Anna an die Stirn.

»Mama, er kann nicht da gewesen sein. Er ist tot. Hast du nicht verstanden, was Opa gesagt hat?«

Sie trat zu ihrer Mutter und schlang die Arme um sie.

»Bitte, beruhige dich doch. Er ist tot. Mausetot. Eine stinkende, verwesende Leiche. Er wird niemals wieder zu dir kommen.« Tränen stiegen in ihre Augen. »Bitte, glaub mir doch.«

Viola zitterte in ihren Armen. Eine schreckliche Sekunde lang erwog Anna, dass ihre Mutter diese Geschichte nur erfunden hatte, um sie von Ibiza abzuhalten. Aber sogleich verwarf sie den Gedanken wieder. Das würde Mom nicht tun.

* * *

Noch lange, nachdem die Wohnungstür hinter Anna zugefallen war, verharrte Viola an ihrem Platz am Fenster und sah hinaus in das Dämmerlicht. Sie hatte ihn doch wirklich gesehen, oder? War es möglich, dass sie es sich nur eingebildet hatte? Oder schlug ihr Trauma gerade in eine Psychose oder eine Paranoia um? Sie hatte ihn gesehen, nicht als Traumgestalt oder Geist, sondern als realen Menschen mit einem Körper und einem Gesicht. Sie war sicher.

Aber durfte sie tatsächlich sicher sein? Immerhin schluckte sie seit Jahren starke Medikamente zur Beruhigung. Wer weiß, was das für Folgen für ihre geistige Gesundheit haben konnte. Möglicherweise halluzinierte sie, projizierte ihre inneren Angstbilder auf eine vermeintliche Realität. Warum auch immer.

Es war nicht zwangsläufig notwendig, dass sie verstand, was passierte. Ein Dialog aus einer Soap kam ihr in den Sinn. Der eine sagte zum anderen: Ich denke, du glaubst nicht an Zufall. Darauf der andere: Na, und? Auch wenn ich nicht daran glaube, kann es Zufall sein.

Das hatte ihr gefallen, weil es in schlichten Worten alle Sicherheit in Bezug auf die Realität und die eigene Einschätzung davon infrage stellte.

In all den Jahren, in denen sie versuchte hatte, das Geschehene einzuordnen, zu verdrängen, aufzuarbeiten oder schlichtweg zu vergessen, hatte sie nie wirklich verstanden, was in ihr passierte. Früher hatte sie immer geglaubt, die vollständige Kontrolle über sich selbst und ihr Leben zu haben. Sie entschied, wie ihr Tag aussah, sie entschied, schwanger zu werden, sie entschied, ob sie mit jemandem streiten wollte oder nicht. Keiner konnte ihr einen Streit aufzwingen, wenn sie es nicht wollte. Auf eine dumme Bemerkung, die zum Ziel hatte, dass sie sich schlecht fühlte, setzte sie eine bessere drauf, die dazu führte, dass der andere sich schlecht fühlte. So einfach war das Leben. »Jeder ist seines Glückes Schmied« war einer ihrer liebsten Sprüche gewesen.

Wie arrogant, dachte sie jetzt bitter. Ein einziger Mensch und ein einziger Tag hatten ausgereicht, ihr die Kontrolle vollständig zu rauben und sie für den Rest ihres Lebens zu dominieren.

Wie konnte das passieren? Sie verstand es nicht.

Und genau deshalb konnte sie jetzt nicht ausschließen, dass wieder etwas passierte, das sie nicht verstand. Weil sie nicht die Kontrolle hatte.

Draußen war es inzwischen fast völlig dunkel. Sie wandte sich vom Fenster ab und ließ sich auf die Couch sinken.

Seit zwölf Jahren ließ sie zu, dass ein anderer ihr Leben dominierte. Sie wünschte sich nichts mehr, als dass das endlich ein Ende haben würde. Wäre das nicht ein guter Zeitpunkt, jetzt, da der Mann nachweislich tot war. Denn daran hatte auch sie keinen Zweifel. Die Polizei würde ihre Eltern nicht anlügen, und die würden ihre Tochter nicht anlügen. Nicht um einer trügerischen Sicherheit willen.

Er war tot, und wen oder was auch immer sie da draußen gesehen oder zu sehen geglaubt hatte: Er war es nicht. Weil er es nicht sein konnte. Das war ein Fakt.

Irgendetwas an diesen Worten machte sie stutzig. *Das ist ein Fakt.*

Ein Fakt war etwas, das Sicherheit gab, etwas, auf das man sich stützen konnte. Ein Fakt wurde von niemandem kontrolliert außer von der Wirklichkeit. Und die Wirklichkeit besagte: Er war tot.

All die Jahre hatte sie sich von dem Täter dominieren lassen. Das war wahrhaftig dumm genug. Aber jetzt, da er tot war, wurde es zum reinen Schwachsinn. Noch idiotischer wäre es, die Kontrolle weiterzureichen an etwas, das sie gesehen oder vielleicht auch nicht gesehen hatte.

Wenn ich ihn das nächste Mal sehe, gehe ich hinaus, beschloss sie und spürte sogleich das vertraute Angstflackern im Magen. Ich gehe hinaus und sehe ihn mir aus der Nähe an. Ich werde mein Messer dabei haben.

Und es gibt nur drei Möglichkeiten:

Er ist es nicht und steht nur zufällig da draußen herum. Dann ist alles gut.

Er ist es nicht und will mir etwas antun. Das ist unwahrscheinlich, statistisch betrachtet. Ich kann versuchen, mich zu wehren, um Hilfe schreien. Hier bin ich nicht allein. Diesmal nicht.

Er ist es nicht, sondern sein Geist. Dann kann ich mich endgültig von der Welt und von meinem Verstand verabschieden.

Diese Analyse der Situation wirkte nicht so beruhigend auf sie, wie sie gehofft hatte. Denn selbst im günstigsten, im ersten Fall, konnte sie nicht sicher sein, dass ihr Elend damit ein Ende hätte. Es gab nur eine kleine Hoffnung. Aber die durfte sie nicht ungenutzt verstreichen lassen. Schon um Annas Willen nicht.

Entschlossen stand sie auf und trat wieder ans Fenster. Das nächste Mal, dachte sie und blickte suchend hinaus in die Nacht.

* * *

Die untergehende Sonne spiegelte sich in den Fenstern und verwehrte ihm eine klare Sicht. Aber das machte nichts. Er hatte sie schon gesehen, klar und deutlich. Ihr Haar war immer noch blond. Sie hatte sich kaum verändert in all den Jahren. Zumindest äußerlich nicht.

Für ihn hatte sich allerdings alles verändert, seit er ihr begegnet war. Durch ihre Schuld hatte er alles verloren.

Aber sie würde büßen. Oh, wie sehr sie büßen würde.

Wenn er mit ihr fertig war, würde auch sie alles verloren haben, was ihr jemals wichtig gewesen war.

## 11. Kapitel

Mann, das machte Spaß. Vor, zurück, rechts und links, stampfen, klatschen, ramtamtam. Dani genoss jeden einzelnen Schritt des neuen Tanzes, den sie soeben gelernt hatten. Er hieß »Barefoot Jack«, war flott und abwechslungsreich und forderte ihnen als Anfängern einiges ab. Vor allem die ständige Springerei machte Dani zu schaffen. Allmählich begann sie zu schwitzen.

Kraut tanzte, die Daumen fest im Gürtel verankert, als ginge es um ihr Leben. Jeder Fehltritt verwandelte ihr eigentlich ganz hübsches Gesicht in eine missmutige Fratze, und sie konzentrierte sich noch mehr.

Schweißtropfen auf ihrer Stirn signalisierten Dani, dass es höchste Zeit für eine Pause war. Sie scherte aus der Reihe aus und trat an die Theke. »Einen Johnny und eine Cola, bitte.«

Der Saloon war rundherum mit Western-Utensilien dekoriert: romantische Gemälde von Lagerfeuern und Bohnensuppendosen, Zeichnungen von Pferden mit und ohne Reiter, geschnitzte Cowboy- und Indianerfiguren und auf Holz eingebrannte Sprüche wie *Kein Feuerwasser für Indianer* oder *Vergiss den Bullen, reite den Cowboy*. Der würde sich gut in unserem Büro machen, dachte Dani und grinste bei der Vorstellung, wie die Kollegen reagieren würden, zumal Kraut ohnehin immer wie ein halber Cowboy aussah. Da fehlte eigentlich nur der Hut.

Kraut tanzte verbissen weiter, blickte sich irgendwann um und vermisste Dani. Sobald sie sie an der Theke entdeckt hatte, verließ sie die Tanzfläche und setzte sich neben sie.

»Hey, was ist los?«

»Johnny-Pause«, lächelte Dani und hob ihr Whiskyglas.

Kraut griff nach der Cola. »Für mich?« Ohne eine Antwort abzuwarten, setzte sie das Glas an und trank es halb leer. Dani betrachtete sie. Kein Schweißtröpfchen auf der Stirn, kein schnelleres Atmen. Da zeigte sich der Nutzen regelmäßigen Trainings. Vor Jahren hatte Kraut sogar eine Sprossenwand im Büro anbringen lassen, an der sie jedes Mal, wenn sie sich langweilte, einige beeindruckende Übungen vollführte. Am Morgen nach dem ersten Linedance-Abend kam Dani kaum die Treppe zum Büro hoch. Kraut spürte nicht die geringste Auswirkung.

Einige Minuten beobachteten sie schweigend die Tänzer. Inzwischen hatten sie einige aus der Truppe zwar etwas näher kennengelernt, aber die Gelegenheit zu Gesprächen ergab sich nicht oft. Die meiste Zeit wurde getanzt. Das war ein Punkt, der vor allem Kraut gefiel. Kein unnötiges Geschwätz. Einige kamen jede Woche, andere nur gelegentlich. Das war ein Punkt, der vor allem Dani gefiel. Kein Zwang.

»Siehst du die Kleine da vorne?«, fragte Dani irgendwann, und Kraut betrachtete die vordere Reihe der Tänzer.

»Welche meinst du?«

»Die mit den blonden Locken. Die Hübsche mit dem blauen T-Shirt.«

»Ja. Was ist mit ihr?«

»Sie sieht so traurig und bedrückt aus«, sagte Dani. »Als würde sie jeden Moment in Tränen ausbrechen. Sie hat irgendwas.«

Kraut blickte Dani prüfend an. Da war eindeutig dieses Hach,-Gott,-da-muss-ich-unbedingt-helfen-Syndrom in ihrem Gesicht.

»Frag sie doch.«

Dani schüttelte den Kopf. »Ich kann sie doch nicht so einfach ansprechen. Sie wird mich für aufdringlich und neugierig halten.«

Kraut schüttelte verständnislos den Kopf. »Und wenn schon. Erstens hätte sie damit ja völlig recht …«, sie grinste, »… und zweitens wäre das immer noch besser, als wenn du dir die ganze nächste Woche Sorgen um sie machst. Und das wirst du, oder etwa nicht?«

Ertappt stimmte Dani ihr zu. »Schuldig, Euer Ehren. Wenn sich eine Gelegenheit ergibt, spreche ich sie an.«

Mit einem Schwung rutschte Kraut von ihrem Barhocker. Gelegenheiten ergaben sich nicht. Man musste sie schaffen.

Mit den für sie typischen schweren Schritten marschierte sie zur Tanzfläche, drängelte sich zu dem blonden Mädchen durch und tippte ihm auf die Schulter. Erschrocken drehte es sich um.

»Komm mit!«, befahl Kraut, wandte sich um und stiefelte zurück zur Theke. Mit fragendem Gesichtsausdruck folgte das Mädchen.

»Setz dich.« Kraut deutete auf einen freien Barhocker, und das Mädchen rutschte gehorsam hinauf.

Dani sah dem Schauspiel sprachlos zu. Als Kraut jetzt die Hände in die Hüften stemmte und das Mädchen, das fast noch ein Kind war, streng ansah, schlug sie eine Hand vor die Augen und seufzte. »Das darf doch nicht wahr sein.«

Mittlerweile hatte der Gesichtsausdruck des Mädchens von fragend zu ängstlich gewechselt.

»Wie es scheint, hast du ein Problem«, stellte Kraut fest. »Und wir werden dir helfen …«, sie zögerte und blickte sich nach Dani um. »Na ja, zumindest sie«, fuhr sie fort und deutete mit dem Daumen nach hinten. »Ich gehe tanzen.«

Damit verschwand sie und ließ die beiden allein zurück.

Verblüfft sah das Mädchen ihr nach, runzelte die Stirn und blickte Dani an.

Mit einem Lächeln versuchte Dani, die Stimmung zu heben. »Entschuldige bitte das Benehmen meiner Freundin.

Sie kann nichts dafür. Man hat sie mit einem Dampfhammer durch die Kinderstube gejagt.«

Ein zögerndes Lächeln und ein fragender Blick waren die einzige Antwort.

»Ich heiße Daniela.«

»Ich bin Anna.«

»Möchtest du was trinken? Eine Cola?«

Anna nickte.

Dani bestellte zwei Cola und zögerte nicht länger.

»Mir ist aufgefallen, dass du heute sehr bedrückt aussiehst. In den letzten Wochen warst du immer fröhlich und gut gelaunt. Gibt es irgendwas, über das du sprechen möchtest?«

Erstaunt blickte Anna die Frau an. Sie und ihre Freundin waren erst wenige Wochen beim Linedance, und sie hatte bisher kein Wort mit den beiden gewechselt. Wie kam sie auf die Idee, dass Anna ihr das Herz ausschütten würde?

»Wir kennen uns doch gar nicht«, antwortete sie.

»Das stimmt. Aber manchmal kann es nicht schaden, ein Problem mit jemandem zu besprechen, der gar nichts damit zu tun hat. Das ergibt vielleicht neue Blickwinkel, verstehst du?«

Anna runzelte die Stirn und schien nicht überzeugt, deshalb fuhr Dani fort.

»Ich kann mich ja erstmal richtig vorstellen. Mein vollständiger Name ist Daniela Flegel.«

Anna konnte sich ein Grinsen nicht verkneifen.

»Ich weiß, der Name würde besser zu meiner Freundin passen«, sagte Dani lächelnd. »Sie heißt übrigens Kraut. Sonst nichts. Nur Kraut.«

Jetzt grinste Anna über das ganze Gesicht, zum ersten Mal an diesem Abend. Dani verbuchte einen Pluspunkt in Sachen Vertrauen.

»Wir beide sind Kriminalbeamte bei der Kripo in Ahrweiler. Ich habe früher einige Jahre in einem Jugenddezernat gearbeitet und viel Erfahrung mit allen möglichen Problemen, die junge Leute so haben können. Deshalb wäre es vielleicht einen Versuch wert. Zumal du nicht so aussiehst, als würde dir nur eine Laufmasche Sorgen bereiten.«

Ernst erwog Anna das Angebot. Es war zwar sehr ungewöhnlich, aber mit wem sonst konnte sie ihre Probleme besprechen. Oma und Opa waren wenig hilfreich, Mama schon gar nicht, und sonst hatte sie niemanden, der ihr zur Seite stand.

Dani konnte förmlich sehen, wie es hinter der Stirn des hübschen Mädchens arbeitete. Sie schätzte es auf höchstens sechzehn, obwohl es auf eigentümliche Weise erwachsen wirkte.

»Vielen Dank für das Angebot.« Anna blickte Dani offen ins Gesicht. »Ich würde es gern annehmen, wenn Sie mir versprechen, mit niemandem darüber zu reden.«

Tja, das war zu erwarten gewesen. Dani schürzte bedauernd die Lippen. »Das kann ich nicht. Wenn du mir irgendetwas erzählst, das gegen das Gesetz verstößt, bin ich natürlich verpflichtet, das zu verfolgen. Aber gerade dann solltest du es nicht für dich behalten.«

Anna dachte mit gerunzelter Stirn nach. Gegen das Gesetz? Was meinte sie wohl? Plötzlich verstand sie.

»Ach so, Sie meinen, ich werde vielleicht missbraucht oder so was. Nein, das ist es nicht. Ich werde es Ihnen erzählen.«

»Prima.« Dani stand auf. »Wollen wir uns nach draußen setzen? Da haben wir mehr Ruhe.«

Sie nahmen ihre Getränke mit und suchten sich ein ruhiges Plätzchen auf der Außenterrasse des Saloons. Ein leichter Nieselregen hatte den brennenden Sonnenschein abgelöst und kühlte die Luft angenehm ab. Die Terrasse war zwar überdacht, aber an einigen Stellen regnete es durch, doch Anna und Dani fanden einen Tisch, dessen Decke immer noch trocken war. Sie stellten die Getränke ab und setzten sich einander gegenüber.

»Übrigens solltest du mich duzen. Das machen doch alle hier, hab ich festgestellt.«

»Gerne.« Eine Weile starrte Anna nachdenklich auf die karierte Tischdecke, verschränkte die Finger ineinander, löste die Hände dann wieder. Dani zündete sich eine Zigarette an und beobachtete sie geduldig und gespannt. Offenbar suchte sie nach dem richtigen Anfang.

»Meine Mutter und ich sind vor zwölf Jahren überfallen worden. Seitdem leidet sie unter panischer Angst.« Dani neigte überrascht den Kopf, nickte Anna dann aber aufmunternd zu.

Mit leiser, aber fester Stimme schilderte Anna ihr Leben in den vergangenen Jahren, die Fortschritte, die sie erst kürzlich gemacht hatten und jetzt den schrecklichen Rückfall. Dani lauschte, ohne zu unterbrechen. Vor zwölf Jahren hatte sie noch in Kiel gelebt und wusste deshalb nichts von dem furchtbaren Verbrechen, das diesem Kind und seiner Mutter zugestoßen war. Gleich Montag würde sie die Akte heraussuchen und nachlesen.

»Und obwohl sich der Mann erhängt hat, ist sie fest davon überzeugt, ihn gesehen zu haben. Zweimal schon.« Anna lehnte sich zurück und sah Dani nicht allzu erwartungsvoll an.

»Mann, das nenne ich mal ein Problem.« Dani stützte das Kinn in eine Hand und rieb es nachdenklich. »Ich gehe mal davon aus, dass deine Mutter schon alle möglichen Therapien hinter sich hat, oder?«

Anna nickte. »Das kann man wohl sagen. Manchmal hat es ein bisschen was genützt, im Wesentlichen ist aber alles gleich geblieben. Sie nimmt regelmäßig Psychopharmaka, mal mehr, mal weniger.«

In der Tür des Saloons tauchte Krauts streichholzkurzer Blondschopf auf. Dani winkte ihr kurz zu, und sie zog sich wieder zurück.

»Sie sagt, er sieht genauso aus wie früher?«

»Ja, das kann doch schon gar nicht sein, oder?«

Dani wiegte den Kopf. »Na ja, zwölf Jahre sind nun auch nicht die Welt. Möglicherweise hat er sich kaum verändert.«

»Ja, aber er ist nun mal tot.« Dani hörte die Resignation und Verzweiflung in Annas Stimme. Es musste schrecklich für ein so junges Mädchen sein, unter einem solchen Druck zu leben.

»Vielleicht ist ja sein Geist zurückgekommen«, versuchte Anna zu scherzen und lächelte schief.

Dani runzelte die Brauen. »Das wäre in der Tat nicht das erste Mal, dass ich mit einem Geist zu tun hätte.« Sie dachte an einen Fall zurück, der in Kreuzberg, einem Nachbarort von Altenahr, vor einigen Jahren für heftige Aufregung und einige Leichen gesorgt hatte.

»Ist das dein Ernst?« Ungläubig starrte Anna sie an.

»Absolut. Es gibt Dinge zwischen Himmel und Erde …« Dani ließ den Satz offen und Anna wollte eben nachfragen, da ertönte ganz in der Nähe ein lautes Pfeifen. Annas Blick schoss zum gegenüberliegenden Bahnhof und dann zu ihrer Armbanduhr. »Oh, verdammt, das war mein Zug.« Auf ihrem Gesicht erschien ein Hauch von Panik.

»Macht nichts«, sagte Dani schnell. »Ich kann dich gleich mitnehmen. Ich wohne auch in Ahrweiler.« Anna nickte erleichtert. »Gut. Ich muss um halb elf zu Hause sein, sonst gerät Mom in Panik.«

»Verständlich«, sagte Dani und fuhr fort: »Ich werde mir den Fall ansehen. Vielleicht sollte ich auch mal mit deiner Mutter sprechen. Was meinst du? Wäre sie damit einverstanden?«

Anna war sich nicht sicher, antwortete aber: »Ich denke schon. Sie ist sehr verzweifelt.«

Dani wühlte in ihrer Handtasche und förderte eine Visitenkarte zutage. Bevor sie sie Anna reichte, pflückte sie einen Lakritz ab, der daran klebte, und steckte ihn in den Mund.

»Hier hast du meine Telefonnummer. Du kannst mich jederzeit anrufen.« Anna betrachtete die Karte eingehend. *Daniela Flegel, Kriminaloberkommissarin* stand darauf, dazu mehrere Telefonnummern und die Adresse des Kommissariats. Anna wusste, dass es dem Ahrweiler Bahnhof gegenüberlag.

»Hast du ein Handy?«, fragte Dani. Anna nickte und diktierte ihre Nummer, die Dani direkt in ihr Telefon eingab und abspeicherte.

»Darf ich die Geschichte mit meiner Kollegin besprechen? Sie ist sehr vertrauenswürdig und meine beste Freundin.«

»Echt?« Annas Blick war ungläubig. Die beiden schienen so gar nicht zusammen zu passen. »Klar. Kein Problem. Wenn's hilft.«

Dani nickte schweigend. Das wollen wir hoffen, dachte sie, hatte aber nicht die geringste Ahnung, wie die Hilfe aussehen könnte.

## 12. Kapitel

Jetzt verstehe ich, warum diese Frau traumatisiert ist.« Dani klappte die Akte zu und schob sie über den Schreibtisch zu Kraut hinüber. »Das ist so ziemlich das Übelste, das ich bisher gesehen habe.«

Kraut blätterte die Akte durch. Neben den Aussagen des Opfers, des Täters und der Zeugen, die die Frau gefunden hatten, enthielt sie Fotos von Viola, die direkt nach den ersten lebensnotwendigen Operationen angefertigt worden waren. Ein Bericht der behandelnden Ärztin erläuterte die grässlichen Details.

»Und jetzt traut sie sich also nicht mehr aus dem Haus? Obwohl sie weiß, dass der Täter nicht mehr lebt?«

»Na ja, sie glaubt immerhin, ihn zweimal gesehen zu haben.«

Kraut schüttelte verständnislos den Kopf. »Komisch. Ich an ihrer Stelle würde eher dazu neigen, mir den Täter ordentlich vorzuknöpfen. Danach hätte er ein Trauma, und mir ginge es wieder gut.« Sie blätterte weiter in der Akte.

Dani lachte.

»Wenn's so einfach wäre. Du bist ein Muskelpaket und in Selbstverteidigung ausgebildet. Das dürfte bei Annas Mutter nicht der Fall sein.«

Kraut hob den Blick. »Wir könnten sie ja trainieren.«

»Nein, das Problem ist der Kopf, nicht der Körper. Und da haben schon einige versierte Therapeuten vergeblich dran herumgedoktert.«

Dani griff zum Telefonhörer. »Ich werde zur Sicherheit nachprüfen, ob der Täter wirklich tot ist. Möglicherweise sind die Eltern falsch informiert worden.«

Zuerst telefonierte sie mit dem Kollegen, der für die Untersuchung zuständig gewesen war, dann mit dem Direktor des

Gefängnisses, in dem Achim Wolter die letzten Jahre gesessen hatte. Beide bestätigten seinen Selbstmord, vermutlich begangen aus Frust über die wiederholte Ablehnung eines Gnadengesuchs.

»Er ist tatsächlich tot. Sie kann ihn also nicht gesehen haben.«

Dani wandte sich ihrem Rechner zu und suchte im Internet Informationen zu dem Begriff »Trauma«.

»Eine Tante von mir hatte früher eine Spinnenphobie«, erzählte Kraut ohne Einleitung. »Sie hat eine Therapie gemacht, und seither geht's.«

»Lebt sie jetzt mit den Tierchen friedlich zusammen?«

»Nein«, Kraut grinste. »Aber jetzt traut sie sich, sie zu erschlagen.«

»Auch eine Lösung«, lachte Dani und wandte sich wieder dem Bildschirm zu. Dann stutzte sie. »Und vielleicht gar nicht mal die schlechteste. Hör mal«, sie sah Kraut an. »Vielleicht liegst du gar nicht so falsch mit deiner Theorie.«

»Ich habe eine Theorie?«

»Du sagtest, wir könnten sie trainieren. Weißt du, dieser Überfall damals hat sie völlig unvorbereitet getroffen. Sie war weder körperlich noch seelisch in der Lage, sich zur Wehr zu setzen. Gut, selbst wenn sie trainiert gewesen wäre, hätte sie gegen den Kerl mit seinen Messern wahrscheinlich keine Chance gehabt. Aber darum geht es nicht. Sondern darum, vorbereitet zu sein, sich sicher zu fühlen, zu glauben, dass man mit allem fertig wird. Verstehst du?«

Kraut nickte nachdenklich.

»Wenn sie das Gefühl hätte, stark und verteidigungsbereit zu sein, vielleicht könnte sie dann die Angst in den Griff bekommen.«

»Und wenn sie noch einmal überfallen wird und sich trotzdem nicht wehren kann?«, wandte Kraut ein.

»Sicherheit ist für uns alle nur trügerische Einbildung, egal, wie stark wir sind. Und wenn sie tatsächlich noch einmal überfallen wird, ist es um ihren Verstand so oder so geschehen. Mit oder ohne Training.«

* * *

Am frühen Nachmittag klingelte Danis Handy. Es war Anna.

»Ich bin jetzt auf dem Heimweg. Wenn du willst, kannst du gleich kommen. Ich bereite meine Mom vor.«

»Okay, wir sind um halb drei bei euch.«

* * *

»Du erzählst diesen wildfremden Frauen einfach meine Geschichte?« Ungehalten sprang Viola auf und trat ans Fenster des Wohnzimmers.

»Erstens sind es keine wildfremden Frauen. Ich kenne sie vom Tanzen, und sie sind sehr nett. Und zweitens, Mom«, Anna betonte das letzte Wort und legte eine Kunstpause ein, und Viola wandte sich ihr zu, »ist es auch meine Geschichte. Vergiss das bitte nicht.«

»Und jetzt kommen sie auch noch hierher. Ich kann sie doch nicht hier empfangen.« Mit einer Handbewegung umfasste sie das vollgestellte Wohnzimmer. Sie war den Tränen nahe.

»Doch, das kannst du. Ich habe ihnen ja schon alles erzählt. Sie werden also nicht vor Schreck aus den Latschen kippen.« Anna sah auf die Uhr. »Im Übrigen werden sie in zehn Minuten da sein. Finde dich damit ab. Ich mache mal Kaffee. Räume du bitte die Couch und den Tisch frei. Irgendwo müssen sie sitzen.«

Ganz verdutzt über Annas bestimmten Ton gehorchte Viola ohne Widerrede und räumte die Zeitungen und Decken beiseite.

Kurze Zeit später klingelte es und Anna öffnete die Tür.

Viola stand mit fest verschränkten Armen im Wohnzimmer, als Anna die beiden Polizistinnen hereinführte.

»Mom, das sind Daniela Flegel und … äh … Frau Kraut.« Rasch musterte Dani Annas Mutter. Eine hübsche, blonde Frau in ihrem Alter. Ihre Ablehnung stand ihr deutlich ins Gesicht geschrieben. Nur mit Mühe löste sie ihre Arme und streckte den beiden Frauen die Hand entgegen.

»Hallo. Bitte, kommen Sie herein.«

Plötzlich schämte sie sich entsetzlich wegen des Zustands ihrer Wohnung. Seit so vielen Jahren war kein Außenstehender mehr hier gewesen. Jetzt wurde ihr mit einem Schlag bewusst, wie schrecklich es aussah.

»Bitte, entschuldigen Sie …«, fing sie an, aber Dani winkte ab. »Nein, entschuldigen Sie sich nicht. Es hat ja alles seinen Grund.« Viola nickte überrascht und ein wenig erleichtert.

»Nehmen Sie doch Platz. Anna hat Kaffee gekocht. Möchten Sie?«

»Sehr gern.«

Kraut nickte nur, trat ans Fenster und machte sich ein Bild von der Umgebung. Wohnsiedlung. Sechziger Jahre. Untere Mittelschicht. Vermutlich hohe Fluktuation. In dieser Gegend würde es schwer sein, einen Kredit zu bekommen.

Dani setzte sich neben Anna auf die Couch und musterte unauffällig das Zimmer. Schon oft hatte sie vom Messie-Syndrom gehört und Fernsehberichte gesehen, war aber noch niemals leibhaftig damit konfrontiert worden. Unglaublich, was diese Frau in den vergangenen Jahren gesammelt und aufgetürmt hatte. Immerhin verwahrte sie nicht auch den Müll wie die meisten Messies, sondern nur fest verpackte Lebensmittel. Aber Dani verstand das System nicht. Wie sollte ein Paket Nudeln – oder auch zwanzig oder hundert – jemanden vor irgendetwas schützen können?

Viola servierte den Kaffee und zog sich dann auf den Hocker vor der Staffelei zurück.

»Ein schönes Bild«, bewunderte Dani die angefangene Arbeit. »Anna erzählte, dass Sie unlängst eine Ausstellung hatten?«

»Ja, seit vielen Jahren mal wieder. Es war ein gutes Gefühl, wieder rauszukommen und unter Menschen zu sein. Fast so wie früher.« Sie lächelte ein wenig wehmütig.

»Die Ausstellung läuft übrigens noch einige Wochen. Wenn Sie möchten, können Sie sie ja mal besuchen.«

»Gern. Aber nur, wenn Sie uns begleiten.«

Ein Schatten huschte über Violas Gesicht. »Mal sehen.«

Langsam schlürfte Dani den heißen Kaffee. Viola beäugte sie unauffällig über den Rand ihrer Tasse hinweg. Kraut ließ nur ihren Rücken sehen.

»Der Kaffee war sehr gut. Vielen Dank.« Dani stellte die leere Tasse ab und räusperte sich.

»Frau Blumenthal, sind Sie denn grundsätzlich bereit, mit uns über Ihre Probleme zu sprechen?«

»Nennen Sie mich bitte Viola.«

»Gern. Ich heiße Daniela, und sie heißt Kraut.« Viola runzelte fragend die Stirn, aber Dani und Anna grinsten nur. Dani hatte dem Mädchen erzählt, dass Krauts Vorname Maxine sei, sie ihn aber hasste und deshalb verschwieg und auf keinen Fall so genannt werden wollte. Das konnten sie natürlich jetzt in Krauts Beisein nicht ausplaudern.

»Wir können gern darüber sprechen«, setzte Viola das unterbrochene Gespräch fort. »Ich weiß allerdings nicht, wie uns das helfen könnte. Wie oft ich in Therapien schon alles erzählt habe, kann ich nicht an zwei Händen abzählen. Und es hat kaum etwas gebracht.« Dani wollte etwas erwidern, doch Viola unterbrach sie mit einer Handbewegung. »Ich möchte allerdings nicht, dass Anna dabei ist.«

Überrascht riss Anna die Augen auf. »Mom, wieso denn nicht?«

»Du musst nun wirklich nicht jedes schreckliche Detail hören, Schatz. Geh doch zu Elena.«

Missmutig stand Anna auf und holte ihren Rucksack.

»Okay, dann bis später. Tschüss, Dani. Tschüss, Kraut.«

Beide winkten ihr kurz zu, dann verschwand Anna nach draußen.

»Sie kennt die schlimmen Details gar nicht«, erklärte Viola, als die Tür ins Schloss gefallen war. »Ich habe ihr nie erzählt, wie furchtbar es wirklich gewesen ist.«

»Oh, ich verstehe.« Dani nickte. »Wir müssen auch gar nicht darüber sprechen, was passiert ist. Das haben Sie, wie Sie selbst sagen, wohl schon oft genug getan. Wir sollten vielmehr über Ihre jetzige Lage sprechen, über Ihre Ängste und wie Sie damit umgehen könnten.«

»Keine Ursachenforschung?« Viola grinste spöttisch.

»Ich denke, die Ursache ist mehr als offensichtlich. Nein, Angstbewältigung ist unser Thema. Was tun Sie gegen Ihre Angst?«

Eine Weile sann Viola vor sich hin. »Ich verschanze mich, wie Sie sehen können.« Sie deutete auf ihre Schutzwälle. »Ich gehe kaum raus, und wenn, dann nur in Begleitung. Ich verstecke mich sozusagen. Das ist eigentlich alles.«

Zum ersten Mal wandte Kraut sich ihr zu. »Abgesehen von dem Messer und dem Baseballschläger an der Tür.«

Viola nickte erstaunt. Dani lächelte. Das war ihre Kraut. Stumm wie ein tibetanischer Mönch, aber ihr entging nichts.

Kraut hatte sich schon wieder abgewandt, verschränkte die Arme vor der Brust und starrte aus dem Fenster.

»Ist sie Ihr Bodyguard?«, flüsterte Viola Dani zu und betrachtete bewundernd Krauts breite Schultern. Die Frau hatte Kraft, da bestand kein Zweifel.

»Nein«, lächelte Dani, »genau genommen ist sie sogar meine Vorgesetzte. Sie spricht nicht gerne, aber sie hört und sieht alles.«

Kraut lächelte in sich hinein. So war es, und so arbeiteten sie nun schon seit einigen Jahren als Team perfekt zusammen.

»Sie sehen fantastisch aus.«

Sofort erlosch Krauts Lächeln. Dass die Kerle ständig mit sabbernden Lippen hinter Dani hergeiferten, war sie zur Genüge gewöhnt. Aber dass jetzt auch noch die Weiber damit anfingen …

»Äh … Kraut?«

»Was!«

»Dieses Kompliment ging an dich.«

»Was?« Verblüfft wandte Kraut sich um und traf auf Violas bewundernden Blick. Hallo, hallo, so etwas war sie nicht gewöhnt.

»Wirklich, Sie sehen toll aus. So stark und wehrhaft. Sie fürchten sich wahrscheinlich niemals, oder?«

»Nur auf Partys, wenn ich Konversation machen soll«, antwortete Kraut und brachte tatsächlich ein Lächeln zustande.

Viola und Dani lachten. Das Eis war eindeutig gebrochen. Dani dachte kurz nach und setzte das Gespräch fort.

»Im Grunde sind wir damit schon an dem Punkt, um den es eigentlich geht. Sie gehen nicht wirklich gegen Ihre Angst an, sondern halten sie geradezu am Leben. Sie verstecken sich, statt sich zu wehren. Sie laufen davon, statt sich dem Schrecken entgegenzustellen.« Viola wollte etwas erwidern, aber Dani hob die Hand zum Zeichen, dass sie noch nicht fertig war.

»Damit will ich Ihnen keine Vorwürfe machen. Gott bewahre. Ich stelle es nur fest. Und ich frage mich«, ein kurzer Blick zu Kraut, »wir fragen uns, ob es nicht einen Versuch wert wäre, die andere Richtung einzuschlagen. Eigentlich sind Sie mit Ihrer Bewaffnung ja schon fast auf dem Weg.«

Mit gerunzelter Stirn versuchte Viola zu ergründen, was genau Dani meinte.

»Ich soll mich noch mehr bewaffnen? Meinen Sie das?«

»Im Prinzip schon. Aber nicht, indem Sie noch einen Totschläger neben das Messer legen, sondern indem Sie sich selbst – wie sagten Sie eben so schön – wehrhaft machen.«

Sie ließ Viola Zeit, zu verarbeiten, was sie gesagt hatte.

Schließlich brach Viola das Schweigen. »Sie meinen, ich soll trainieren, Karate lernen oder Boxen oder so etwas?«

»Zum Beispiel. Stärken Sie Ihren Körper und geben Sie sich selbst das Gefühl, im Zweifelsfalle nicht hilflos ausgeliefert zu sein. Wappnen Sie sich für den unwahrscheinlichen Fall, dass so etwas noch einmal passiert.«

Viola erhob sich und durchwanderte nervös den schmalen, kurzen Gang vor der Staffelei. Offensichtlich hin und her gerissen zwischen Zustimmung und Zweifel rang sie die Hände.

»Hat Anna Ihnen auch erzählt, dass ich glaube, den Täter zweimal gesehen zu haben? Obwohl er tot ist?«

»Ja, das wissen wir.«

Viola blieb stehen und sah Dani an. »Ich habe mir vorgenommen, das nächste Mal, wenn ich ihn sehe, hinauszugehen und mich zu vergewissern.«

Kraut wandte sich überrascht um und warf Dani einen fragenden Blick zu. *Hältst du das für eine gute Idee?*

Dani wiegte zweifelnd den Kopf.

»Grundsätzlich halte ich das für den richtigen Weg«, sagte sie an Viola gerichtet. »Es zeigt, dass Sie sich der Realität stellen wollen. Umso wichtiger aber finde ich, dass Sie sich dem, was da kommen mag, auch gewachsen fühlen. Trainieren Sie.«

Viola nahm ihre Wanderung wieder auf.

»Aber das würde bedeuten, dass ich das Haus verlassen muss. Womöglich sogar im Dunkeln.« Die Angst davor spiegelte sich deutlich auf ihrem Gesicht.

»Wir begleiten Sie«, sagte Kraut und erschreckte Viola regelrecht mit ihrer unerwarteten Teilhabe am Gespräch.

»Vielmehr begleiten Sie uns«, korrigierte Dani.

»Ich besuche seit dem vergangenen Jahr einmal wöchentlich einen Judo-Kurs. Und Kraut läuft jeden Morgen den Trimmpfad ab und stemmt im Sportraum der Polizeiinspektion Gewichte und so was.«

»Und da würden Sie mich mitnehmen?«

»Klar«, antwortete Kraut. »Wenn wir bei Ihnen sind, brauchen Sie sich vor nichts zu fürchten. Stimmt's, Flegel?«

»Absolut.«

»Und in ein, zwei Wochen haben Sie auch so ein Kreuz wie ich«, scherzte Kraut.

Viola lachte und entspannte sich. »Ja, da bin ich sicher.«

Sie dachte einen Moment nach. »Ich bin ganz überwältigt, sowohl von der Vorstellung, stark zu werden als auch von Ihrer Freundlichkeit. Warum tun Sie das?«

»Ich mag Anna«, sagte Dani einfach, »und ich will, dass sich Ihrer beider Leben positiv verändert.«

Viola nickte und sah Kraut an. »Und ich mag Flegel«, lautete deren kurze Erklärung.

Viola nickte wieder. Ihre Finger verschränkten sich ineinander, rieben die Daumen, lösten sich. Ihr innerer Kampf trieb sie hoch und ließ sie wieder wandern. Dani beobachtete sie geduldig.

Endlich blieb Viola stehen. »Also gut, ich bin dabei.« Sie klatschte in die Hände. »Gott, ist das aufregend.« Ihre Augen leuchteten wie bei einem kleinen Mädchen. Dani lächelte zufrieden. Wenn mich nicht alles täuscht, dachte sie, hat sich hier schon etwas verbessert. Jetzt keine langen Diskussionen. Sie erhob sich.

»Gut, dann wollen wir Sie nicht länger stören. Ich hole Sie am Mittwochabend um halb acht zum Judo ab. Ein einfacher, bequemer Sportanzug reicht fürs Erste.« Sie streckte Viola die Hand hin.

»Und ich stehe morgen früh um sieben vor Ihrer Tür. Bis dahin.« Kraut schlug Viola zum Abschied leicht auf die Schulter. »Ziehen Sie was Leichtes an. Es wird warm werden.«

* * *

Vor dem Haus trafen sie auf Anna, die sich entschlossen hatte, doch nicht zu Elena zu gehen, sondern einfach abzuwarten, bis die Polizistinnen wieder herauskamen.

»Und, wie war's?«

»Geh hoch und überzeuge dich selbst«, lächelte Dani. »Ich denke, du wirst zufrieden sein.«

»Oh, Mann. Danke.« Spontan warf sie die Arme um Dani und drückte sie fest an sich. »Und dir auch.« Kraut ließ die Umarmung stocksteif über sich ergehen, lächelte aber.

Anna winkte ihnen glücklich lachend zu und rannte die Treppe hoch.

»Mom! Mom!«

Viola sprang ihr schon auf der Treppe entgegen und umarmte sie heftig.

»Schatz, du wirst es nicht glauben«, lachte sie. »Das glaubst du mir nie!«

Anna ließ sich staunend die Treppe hochziehen. So glücklich hatte sie ihre Mom schon lange nicht mehr gesehen.

## 13. Kapitel

Pünktlich um sieben am nächsten Morgen drückte Kraut auf den Klingelknopf mit dem Namen »Blumenthal«. Schöner Name, dachte sie. Schöner als Kraut.

Violas Stimme rasselte durch die Gegensprechanlage. »Ja?«

»Ich bin's. Kraut.«

»Ich komme.«

Wenige Sekunden später öffnete sich die Haustür, und Viola trat heraus, bekleidet mit einem leichten weißen Hausanzug und Sportschuhen.

Die Sonne war bereits vollständig aufgegangen, und Kraut konnte im hellen Tageslicht in Violas Gesicht eine Mischung aus Freude und Furcht erkennen.

»Sie brauchen keine Angst zu haben. Ich bin stark und schnell. Und für alle Fälle haben wir noch die hier.« Sie schlug die linke Seite ihrer schwarzen Windjacke zurück und enthüllte ein Schulterhalfter mit einer Waffe darin.

»Eine Walther PPK 9 mm. Wir sind die besten Freunde.«

Viola entspannte sich. Wenn sie sich dieser Frau nicht anvertraute, wem dann?

»Außerdem haben Sie ja auch Ihr kleines Messer dabei, nicht wahr?«

Verlegen zog Viola den linken Ärmel ihrer Jacke etwas nach unten. Kraut entging wohl wirklich nichts.

»Es ist mir egal«, setzte Kraut fort, »aber ich muss Ihnen sagen, dass es verboten ist, feststehende Messer mit sich zu führen.« Sie grinste Viola an. »Damit hab ich meine Pflicht getan.« Viola lächelte dankbar.

Mit Krauts kleinem schwarzen Polo, der schon bessere Tage gesehen hatte, aber perfekt zu ihr passte, fuhren sie den

Berg hinauf zur Paradieswiese oberhalb von Bad Neuenahr, wo der Trimmpfad begann.

»Zuerst wird es Ihnen leicht erscheinen«, erläuterte Kraut. »Aber das täuscht. Es ist ziemlich anstrengend, und da Sie überhaupt nicht trainiert sind, werden wir es ganz langsam angehen. Sonst können Sie sich morgen nicht mehr bewegen.«

Viola nickte, ein wenig beschämt.

»Wenn Sie eine Pause brauchen oder gar nicht mehr können, sagen Sie es einfach. Sie brauchen sich nicht zu schämen deswegen. Klar?«

»Klar.«

»Ich renne normalerweise von einer Station zur anderen, aber heute werden wir einfach nur gehen. Ganz normal.«

Viola nickte wieder.

»Okay, dann los.«

Ganz gemütlich wanderten sie den Waldweg entlang. Viola ließ den Blick schweifen, genoss den Anblick der Bäume, die frische Luft und die Ruhe des Waldes, die nur von Vogelgezwitscher und dem Zirpen der Grillen unterbrochen wurde. Bald erreichten sie die erste Station, einen Holzsteg, ähnlich wie ein Schwebebalken. Ein Schild daneben erläuterte in Schrift und Bild, was man damit anfangen konnte. Darüber balancieren, Liegestütze oder Sit-ups machen, nach rechts und links darüberhüpfen, hinauf- und wieder hinabspringen. Viola hätte nie gedacht, dass ein einzelner Balken so vielfältige Möglichkeiten bot.

Sie entschied sich fürs Balancieren und dann fürs Hüpfen. Kraut absolvierte sämtliche Übungen und schloss mit zwanzig Sit-ups.

Langsam gingen sie weiter.

»Wie fühlen Sie sich?«

Viola horchte in sich hinein. So gelöst wie jetzt war sie lange nicht gewesen, und auf keinen Fall im Freien. Selbst als ein Jogger an ihnen vorbeigetrabt war, hatte sie nur kurz eine flaue Welle im Magen gespürt, die aber sofort wieder verschwunden war.

»Sehr gut«, sagte sie. »Ich fühle mich sicher.« Sie lachte verlegen. »Das liegt natürlich an Ihnen. Und ich genieße die frische Luft, den Wald, die Sonne, einfach, draußen zu sein. Es ist herrlich. Ich könnte ewig so weiterlaufen.«

Kraut grinste sie von der Seite an. »Ich wette, in einer halben Stunde sehnen Sie sich nach Ihrem Bett.«

Die nächste Station bestand aus einer hoch angebrachten Stange mit zwei Ringen an Seilen. Hier sollte man schaukeln, schwingen, die Arme spreizen und das eigene Gewicht tragen, sich überschlagen oder auf die Stange klettern. Kraut machte alles. Viola hing hilflos in den Ringen und bekam den Hintern nicht hoch.

»Ich weiß überhaupt nicht, was ich machen soll«, klagte sie. Kraut lachte. »Was Sie machen sollen und was Sie können, sind zwei völlig verschiedene Dinge. Aber das kriegen wir alles noch hin. Nur Geduld.«

Bis zur dritten Station war Viola schon ziemlich außer Atem. Und gerade hier verlor sie vorübergehend den Glauben an sich selbst. Es handelte sich um ein Geländer aus rundem Metallrohr, etwa zwei Meter lang und vielleicht einszwanzig hoch. Viola erinnerte sich gut daran, wie sie als Kind auf solchen Geländern balanciert und darübergehechtet war. Genau das war jetzt ihre Aufgabe. Auf das Geländer zuzulaufen und darüberzuspringen.

Kraut lief los, packte das Geländer mit beiden Händen und setzte mit einem hohen seitlichen Sprung darüber.

Nach einem tiefen Atemzug rannte auch Viola los, drehte aber dicht vor dem Geländer ab wie ein scheuendes Pferd und blieb stehen. »Ich kann es nicht. Ich weiß nicht mehr, wie das geht.«

Kraut lächelte ihr aufmunternd zu. »Versuchen Sie es noch einmal.«

Aber auch der zweite Versuch scheiterte an Violas Unsicherheit. Nicht zu fassen. Wie oft hatte sie das in ihrer Kindheit getan. Und jetzt …

»Machen Sie sich nichts daraus«, tröstete Kraut. »Flegel würde das auch nicht schaffen.«

Erstaunt blickte Viola sie an.

»Na ja«, grinste Kraut, »mit Kostüm und Stöckelschuhen.« Dann lachte sie herzhaft, und Viola stimmte erleichtert ein.

Nach einer Stunde erklärte Kraut das Training für beendet, und sie schlenderten gemächlich zum Wagen zurück.

»Es tut mir leid, dass ich Sie jetzt in Ihrem normalen Pensum behindere«, sagte Viola.

»Kein Problem. Ich übertreibe sowieso immer. Ich trainiere auch im Kommissariat ständig. Andauernd muss ich mir neue T-Shirts kaufen, weil die alten aus den Nähten platzen.«

Sie grinste Viola an, um zu zeigen, dass sie gescherzt hatte. Aus Erfahrung wusste sie, dass das bei ihr nicht immer auf Anhieb zu erkennen war.

Viola erwiderte das Lächeln.

»Ich wette, Sie wissen gar nicht, was Angst ist, oder?«

Abrupt blieb Kraut stehen und sah sie ernst an.

»Sie belieben zu scherzen. Ich bin klein und blond und nicht gerade eine Schönheitskönigin. Und ich bin auch nicht mit dieser Figur auf die Welt gekommen. Was glauben Sie wohl, wie es war, als unscheinbares sechzehnjähriges Mädchen in die Polizei einzutreten, als das für Frauen noch keineswegs üblich war?«

Sie ging weiter, und Viola folgte ihr beschämt.

»Entschuldigen Sie, ich wollte Ihnen nicht zu nahe treten.«

»Das tun Sie nicht«, antwortete Kraut gelassen. »Aber jeder hat Probleme. Vielleicht nicht so große wie Sie. Aber jeder trägt die Lösung seiner Probleme in sich selbst.«

Viola schwieg betroffen.

Während der Rückfahrt in die Stadt herrschte Schweigen zwischen den Frauen, und Viola fürchtete schon, Kraut beleidigt zu haben. Aber vielleicht musste sie sich nur an ihre schweigsame Art gewöhnen. Für ihre Verhältnisse hatte sie wahrscheinlich schon unglaublich viel geredet an diesem Morgen.

Vor Violas Haus stiegen sie gleichzeitig aus dem Wagen. Kraut begleitete Viola zur Haustür.

»Sie haben sich wacker geschlagen. Am besten nehmen Sie ein heißes Bad und legen sich ein paar Stunden hin. Sonst werden Sie morgen schreckliche Schmerzen haben.«

»Das ist mir egal.« Viola sah Kraut an. »Sie haben mir eine der schönsten Stunden seit Langem beschert. Das ist jeden Schmerz wert. Ich danke Ihnen von ganzem Herzen.«

Kraut wandte sich schnell ab. »Schon gut. Bis morgen.« Sie stapfte den Plattenweg entlang.

»Kraut?«

»Ja?«

»Eins noch. Sie haben viele kluge Dinge gesagt heute Morgen. Aber bei einem lagen Sie völlig falsch.«

Unwillig runzelte Kraut die Stirn.

»Aha. Und bei was?«

Viola lächelte. »Sie sind wunderschön.« Dann schloss sie rasch die Haustür auf und ging hinein.

Kraut blieb wie vom Blitz getroffen stehen.

# 14. Kapitel

Ich komme mit!«

Anna stürmte in das Buswartehäuschen, packte Elenas Hände und zerrte sie unsanft auf die Füße. »Ich hab mich gestern Abend angemeldet. Meine Mom hat mir das Geld gegeben.« Außer Rand und Band hüpfte sie wild auf und ab. Elena konnte sich nicht länger wehren und hüpfte mit.

»Echt? Du kommst mit?«

Wie zwei kleine Mädchen auf einer Geburtstagsparty tanzten sie im Kreis herum und schrieen begeistert.

»Ibiza, wir kommen!«

»Juchu!«

Schließlich hielten sie völlig außer Atem inne. »Oh, Mann, ich freue mich so.« Annas Gesicht strahlte vor Begeisterung.

»Zwei Wochen Sonne und Meer. Ich kann's kaum noch erwarten.«

Erst jetzt bemerkte sie Sven, der auf der Bank saß und ihnen gutmütig lächelnd zugesehen hatte. Sie löste sich von Elena und ließ sich neben ihn auf die Bank fallen.

»Und was ist mit dir? Hast du deine Eltern gefragt?«

Sven nickte, und sein Lächeln erlosch. »Wie erwartet haben sie es nicht erlaubt.«

»Och, wie schade«, sagte Elena mitleidig. »Sollen wir mal mit ihnen reden?«

»Um Gottes willen, nein. Das würde alles nur schlimmer machen.« Sven schüttelte den Kopf und setzte eine Trauermiene auf. »Ich werde einfach zwei Wochen einsam hier herumsitzen, bei einem furchtbar langweiligen Job im Supermarkt ein paar Kröten verdienen und dabei ständig an euch denken und weinen. Heimlich natürlich. Hinten im Lagerraum.«

»Ja, sicher«, lachte Elena. »Gib uns deine Adresse, dann schreiben wir dir eine Ansichtskarte.«

Sven hatte sich inzwischen zu einem beständigen Teil ihrer kleinen Gemeinschaft entwickelt. Elena schien glücklich darüber. Sie mochte den hoch aufgeschossenen Jungen offensichtlich sehr. Anna fühlte sich jedes Mal befangen in seiner Gegenwart und wäre lieber mit Elena allein. Na ja, bald hatten sie zwei Wochen für sich – und etwa hundert andere junge Leute um sich herum.

Ich bin einfach schon zu sehr wie Mom, dachte sie. Andere Menschen machen mir Angst. Das sollte ich gar nicht erst einreißen lassen.

»Ja, wir schreiben dir eine Ansichtskarte«, sagte sie und hörte selbst, wie lahm das klang. Sie würde üben müssen. Ibiza bot die beste Gelegenheit dazu.

* * *

Voller Hoffnung beobachtete Anna, wie ihre Mutter jeden Morgen mit Kraut loszog und total erschöpft, aber begeistert und voller Tatendrang nach Hause kam. Das milderte ein wenig das schlechte Gewissen, das sich in den vergangenen Tagen eingeschlichen hatte. Konnte sie es wirklich verantworten, ihre Mom zwei Wochen allein zu lassen? Aber sie ist ja nicht allein, beruhigte sie sich selbst. Kraut und Dani waren da, und Oma und Opa ebenfalls. Sie würde mit Mom telefonieren und Karten schreiben, und schließlich waren zwei Wochen auch nicht die Welt.

Sie faltete ein neues T-Shirt zusammen und legte es in den Koffer, der schon fast voll war. Viola hatte ihr über die Fahrtkosten hinaus noch zweihundert Euro in die Hand gedrückt, damit sie auf Ibiza an nichts sparen musste. Anna hatte sich ein paar neue Shirts und einen Badeanzug gekauft und den Rest in ihrem Reiseportemonnaie verwahrt.

Als Viola die Summe sah, die Marie nach der Vernissage auf ihr Konto überwiesen hatte, saß sie einige Minuten stumm auf der Couch. Anna fürchtete schon, es sei so wenig, dass ihre Mutter enttäuscht war. Aber dann hob Viola den Kopf und blickte sie an.

»Weißt du was? Ich könnte ein Jahr lang faul auf der Couch liegen und müsste kein Bild mehr malen, wenn ich nicht wollte.«

Anna erschrak sichtlich, und Viola lachte: »Keine Angst. Das habe ich nicht vor. Aber sieh dir das an.«

Sie reichte Anna den Kontoauszug, die überrascht die Luft einsog. »Wow, das ist nicht schlecht.«

Der unverhoffte Geldsegen hatte ihr die zweihundert zusätzlichen Euro beschert und Viola motiviert, gleich ein neues Bild zu beginnen.

Eine Woche noch, dachte Anna jetzt und setzte sich neben den Koffer auf ihr Bett. Und dann sehen wir weiter.

* * *

Die letzten Tage waren für Viola unglaublich anstrengend gewesen. Wie Kraut vorhergesagt hatte, spürte sie am Tag nach dem ersten Laufen jeden einzelnen Muskel ihres Körpers, auch an Stellen, an denen sie gar keine Muskeln vermutet hätte. Deshalb beherzigte sie am zweiten Tag Krauts Rat, nahm ein heißes Bad und legte sich zwei Stunden ins Bett. Das half tatsächlich, vertrieb die Schmerzen aber längst nicht ganz.

An diesem Abend würde sie Dani zum ersten Mal zum Judo begleiten. Sie überlegte ernsthaft, ob sie absagen sollte. Mit diesem Muskelkater würde sie eine noch lächerlichere Figur abgeben als ohnehin.

Aber dann beschloss sie, trotz allem mitzugehen. Sie hatte gerade erst diesen schmalen Pfad der Hoffnung betreten und konnte nicht riskieren, dass er durch ihre Schwäche zu einer bloßen Spur ins Nichts verkümmerte. Nein, sie würde den Pfad weitergehen, ihn austreten, bis er zu einem Weg wurde und dann zu einer Straße, auf der sie sicher in die Zukunft reisen konnte.

Instinktiv wusste sie, dass das ihre unwiderruflich letzte Chance war, ihr Leben in den Griff zu kriegen.

Also begleitete sie Dani in den Judokurs, ertrug mitleidige und hämische Blicke ob ihrer Körperkunst und ließ sich auf dem Heimweg von Dani trösten. Als sie Dani einlud, noch auf ein Glas Wein mit hochzukommen, stimmte die sofort zu. Was folgte, war ein Abend unter Freundinnen, wie Viola ihn schon seit zwölf Jahren nicht mehr erlebt hatte. Überraschende Geständnisse, geheime Wünsche, etwas zu viel Wein, ein paar Tränen und viel Gelächter.

Es gab nichts Besseres, um ihre Schmerzen zu lindern.

* * *

»Sie macht gute Fortschritte.«

Dani staunte nicht schlecht. Ein Lob aus Krauts Mund – meine Güte, wo sollte das noch enden. Kraut würde Viola doch nicht etwa … nett finden?

»Beim Judo hat sie etwas mehr Probleme gehabt«, erzählte sie. »Du hast sie so ausgepowert, dass sie kaum noch gehen konnte. Aber sie ist trotzdem mitgekommen. Und das ist die Hauptsache.«

Kraut nickte zustimmend. »Man darf nicht zu viel erwarten am Anfang. Die Frau hat sich die letzten Jahre nur zwischen Klo und Staffelei hin und her bewegt. Das braucht seine Zeit.«

Sie grinste breit. »Bei einer Übung habe ich sie damit getröstet, dass du das auch nicht könntest.«

»Was?« Dani war empört. »Und was, bitte, könnte ich nicht?«

»Sie sollte über ein Geländer springen.«

»Ach ja? Und wieso sollte ich das nicht schaffen?«

Krauts Grinsen wurde noch breiter. »Dein Rock ist zu eng.« Lachend wandte sie sich ab und dem Monitor zu.

Dani schnitt eine Grimasse. »Haha, sehr witzig.«

»Ich hab mir die Biografie des Täters mal näher angesehen«, sagte Kraut und deutete auf den Bildschirm. Sofort vergaß Dani den Spaß auf ihre Kosten und konzentrierte sich auf Kraut.

»Kurz vor der Tat hatte sich seine Verlobte von ihm getrennt. Offenbar wollte sie heiraten und Kinder kriegen und das ganze Gedöns, und er erschien ihr wohl nicht mehr als der Richtige.«

»Kein Wunder. Dauernd war er in Schlägereien verwickelt und schon mehrfach verwarnt worden. Keine guten Aussichten für ein junges Glück.«

»Stimmt.« Kraut schwang mit ihrem Stuhl herum. »Außerdem hatte er wohl Potenzprobleme. Hat er selbst ausgesagt. Aber natürlich waren die Frauen schuld.«

Resigniert kniff Dani die Lippen zusammen. Triviale Gründe, die zu schrecklichen Ereignissen führten.

»Was gibt es sonst noch über ihn zu berichten?«

Rasch überflog Kraut den Bericht des damals zuständigen Polizeibeamten.

»Der Vater hatte die Familie schon vor Jahren verlassen. Mutter mit Aushilfsjobs, Sozialhilfe, vernachlässigte Kinder, schlechte Schulnoten, Alkohol- und Drogenexzesse, Ladendiebstahl, blabla, das Übliche.«

Das Übliche für ihn, dachte Dani, aber ganz und gar nicht für Viola.

Sie wollte nicht länger darüber nachdenken. Letzten Endes würde die Auseinandersetzung mit dem traurigen Leben des Täters nur dazu führen, dass sie Mitleid mit ihm hätte. Aber das war vollkommen unangemessen. Auch Opfer durften nicht zu Tätern werden. Basta.

Davon abgesehen war er tot und hatte sich damit als Thema ein für alle Mal erledigt.

## 15. Kapitel

Okay, Mom. Du hast die Anschrift des Feriencamps und meine Handynummer. Ruf aber nicht vor heute Nachmittag oder noch besser erst heute Abend an. Wir werden ein bisschen was zu tun haben mit Fliegen, Busfahren und Einchecken und so weiter. Solange lasse ich mein Handy ausgeschaltet. Vielleicht wartest du einfach, bis ich dich anrufe.«

»Ist gut.«

Viola stand wie Häufchen Elend an der Haustür und verkniff sich die Tränen. Zwei Wochen. So lange waren sie noch nie getrennt gewesen. Sie strich einen imaginären Fussel von Annas Schulter.

»Wenn du irgendwelche Probleme hast oder plötzlich Panik kriegst, rufst du Daniela an oder Oma und Opa. Warte nicht darauf, dass es von allein besser wird, weil es auch schlimmer werden könnte, okay?«

»Mache ich.«

»Und jetzt sei eine brave Mama und gib deinem kleinen Mädchen einen dicken Kuss.« Anna legte die Arme um Viola und drückte sie fest an sich.

»Ich bin bald wieder da.«

Viola wollte sie gar nicht mehr loslassen, aber Anna machte sich entschlossen frei, ergriff ihren Koffer und den Rucksack und öffnete die Tür.

»Und tu nichts, was ich nicht auch tun würde«, mahnte sie zum Abschied, und Viola lächelte unter Tränen.

Vor dem Haus stellte Anna den Koffer noch einmal ab, blinzelte die Feuchtigkeit aus ihren Augen und atmete tief die frische Morgenluft ein. Jetzt geht es also wirklich los, dachte sie mit einer Mischung aus Aufregung, Vorfreude und auch ein wenig Angst.

Nicht nur, dass sie zum ersten Mal von zu Hause fortging, sie würde heute auch das erste Mal fliegen. Ein abenteuerlicher Gedanke.

*Und was, wenn ich Angst vorm Fliegen habe?*

*Okay, Anna, lass das. Wenn du Angst vorm Fliegen hast, wirst du damit fertig wie andere Leute auch. Und jetzt los, sonst kommst du noch zu spät.*

Entschlossen hob sie den Koffer auf und marschierte zur Straße. Bis zum Bahnhof war es nicht weit. Dort würde sie die anderen Mitreisenden aus dieser Region treffen, auch Elena, und mit ihnen gemeinsam per Bahn zum Flughafen Köln/Bonn fahren. Ihr Flieger ging um elf Uhr dreißig.

Sie hatte noch keine hundert Meter hinter sich gebracht, als ein Auto neben ihr an den Straßenrand fuhr. Überrascht sah sie hin, ging aber weiter, als sie den Wagen als nicht bekannt einstufte. Es war ein altes silbergraues Auto mit mattem, zerschrammtem Lack und einer Beule am rechten Kotflügel.

Der Wagen folgte ihr langsam und schloss wieder auf. Die rechte Seitenscheibe wurde heruntergelassen und Svens Kopf erschien im Fenster.

»Hi, Anna, wohin so früh?«

Anna blieb stehen.

»Ach, du bist es. Ich wusste gar nicht, dass du ein Auto hast.«

»Gehört meinem Vater. Er hat Urlaub, und da darf ich es benutzen. Wohin bist du denn unterwegs?«

Anna hob ihren Koffer leicht an.

»Ibiza ruft, weißt du noch? Und du?«

»Zum Supermarkt. Hab ich euch ja erzählt.«

Er sah auf seine Armbanduhr.

»Ich hab noch ein bisschen Zeit. Soll ich dich schnell fahren? Wo musst du denn hin?«

Anna zögerte. »Zum Bahnhof. Ist nicht mehr weit. Lass nur.«

Sie wollte weitergehen, aber Sven ließ nicht locker.

»Na, komm schon. Als letzten Abschiedsgruß sozusagen. Ich sehe dich ja jetzt eine Zeit lang nicht.«

Anna kniff die Lippen zusammen und seufzte. Wenn sie jetzt Nein sagte, wäre er sicher beleidigt. Und eigentlich war der Koffer ja auch ganz schön schwer. Also gut.

Sie stellte das Gepäck ab, öffnete die Tür, stieg ein und zog den Koffer auf ihren Schoß.

»Na, dann los.«

Sven lächelte ihr zu und ließ den Wagen anrollen. An der Kreuzung bog er nach rechts ab.

»Freust du dich auf Ibiza?«

»Oh ja, und wie. Ich bin gespannt aufs Fliegen. Ist das erste Mal für mich. Bist du schon mal geflogen?«

»Nein. Noch nicht. Ist sicher aufregend.«

»Ja, glaube ich auch.«

Anna versuchte sich zu entspannen und sah aus dem Fenster. Sie war also nicht der einzige Mensch im Universum, der noch nicht geflogen war. Ein tröstlicher Gedanke. Elena hatte mit ihren unternehmungslustigen Eltern schon alle denkbaren Urlaubsziele besucht. Dann stutzte sie. Wieso war Sven noch nicht geflogen? Sein Vater war doch Soldat und wurde ständig versetzt. Und zwar überallhin in der Welt. Sven war eigenen Angaben zufolge schon in der Türkei, im Irak und in den USA gewesen. Da musste er doch …

Sie wandte sich ihm zu. »Hör mal.« Dann fiel ihr Blick auf die Straße, und sie sah, dass sie am Bahnhof vorbeigefahren waren.

»Wir müssen zurück. Du hast den Bahnhof verpasst.«

Ängstlich sah sie auf die Uhr. Okay, noch Zeit genug.

»Da vorne kannst du wenden.«

Sven sagte kein Wort, fuhr an der Wendegelegenheit vorbei und bog an der nächsten Kreuzung rechts ab. Allmählich geriet Anna in Panik. Sie würde noch den Zug verpassen.

»Hey, was soll das. Ich muss zum Bahnhof. Das hab ich dir doch gesagt.«

Sie packte Sven am Arm, aber er schüttelte sie ab und sagte nur: »Halt die Klappe.«

Wie vor den Kopf geschlagen, sackte Anna in ihrem Sitz zusammen. Das passierte doch nicht wirklich, oder? Das träumte sie doch bloß. Manchmal wurde sie von Träumen gequält, in denen sie vor jemandem flüchtete und nicht vorankam. Dann sagte sie sich im Traum: Anna, reg dich nicht auf. Du träumst nur. Sekunden später erwachte sie, und alles war gut.

Du träumst, sagte sie sich auch jetzt, aber das Erwachen ließ verdammt lange auf sich warten.

Mit gesenktem Kopf warf sie einen Blick auf Sven. Er hielt das Lenkrad mit beiden Händen fest umklammert und steigerte jetzt den Druck aufs Gaspedal. Der alte Wagen schoss um die Kurven. Er war offensichtlich sehr nervös.

»Sven«, setzte Anna vorsichtig an. »Ich weiß ja nicht, was du vorhast, aber ich glaube, das ist keine gute Idee.« Sie kämpfte die Angst nieder, die sich in ihr breitmachte. Sie musste unbedingt einen klaren Kopf bewahren.

Sven sah zu ihr hinüber. Sein Gesichtsausdruck war zu einer Maske verzerrt. Er stand unverkennbar unter großem Stress.

»Keine gute Idee?« Er lachte. »Glaubst du, ja?«

Anna bemühte sich, ruhig zu bleiben.

»Hör mal, wenn du uns nicht umbringen willst, solltest du etwas langsamer fahren. Ich werde schon nicht aus dem fahrenden Wagen springen.«

Sven lachte noch einmal kurz auf, dann nahm er den Fuß vom Gaspedal und fuhr in normalem Tempo weiter. Anna blickte sich rasch um und versuchte zu erkennen, wo sie sich befand. Um sie herum waren überall Wald und Weinberge. Dennoch kam ihr die Gegend irgendwie bekannt vor.

»Wo fahren wir hin?«, fragte sie und versuchte, offen und unbefangen zu klingen. Das musste danebengehen.

»Das wirst du schon sehen, Schätzchen«, presste Sven zwischen den Zähnen hervor.

Schätzchen? Das klang so gar nicht nach Sven. Anna sah ihn wieder an. Seine Kiefer waren fest zusammengepresst und mahlten aufeinander wie Mühlsteine. Schweiß lief ihm an den Schläfen hinab und versickerte im Kragen seines T-Shirts.

Je deutlicher sie erkannte, wie sehr Sven unter Stress stand, desto ruhiger wurde Anna. Die große Frage war, wie lange er diesem Druck standhalten, wann er ausrasten würde.

Sie beschloss, erst einmal den Mund zu halten. Jedes falsche Wort konnte die Bombe zur Explosion bringen.

Trotz der Anspannung versuchte sie, sich in den Sitz zurückzulehnen. Was passierte hier eigentlich? Offenbar wurde sie gerade entführt. Eine andere Erklärung fiel ihr zumindest auf Anhieb nicht ein. Aber warum sollte Sven sie entführen? Sie hatten nicht viel Geld. Zumindest konnte Sven von dem kürzlichen Geldsegen nichts wissen, denn sie hatte niemandem davon erzählt. Noch nicht einmal Elena.

Sven lenkte den Wagen immer weiter bergan. Manchmal musste er in scharfen Kurven so weit herunterbremsen, dass Anna erwog, einfach die Tür aufzureißen und hinauszuspringen. Aber was, wenn das nicht klappte oder sie sich verletzte? Dann hätte sie ihre letzte Chance auf eine friedliche Einigung vertan. Und daran glaubte sie fest.

Zehn Minuten hielt sie das Schweigen durch. Dann übermannte sie die Angst und sie schrie. »Sven, hör auf damit. Lass mich raus, verdammt noch mal!« Sie versuchte, die Tür zu öffnen, doch es tat sich nichts. Sie rüttelte an dem Türöffner und schlug mit der Schulter gegen die Füllung, aber nichts rührte sich.

Sven packte sie an der Schulter und riss sie zurück in den Sitz.

»Kindersicherung«, sagte er grinsend und schlug ihr mit dem Handrücken ins Gesicht.

* * *

Nervös trippelte Elena vor ihrem Gepäck auf und ab. Anna war noch nicht da, und der Zug musste jeden Moment kommen. Unablässig huschte ihr Blick zwischen der Bahnhofsuhr und dem Eingang zu den Gleisen hin und her.

Verdammt noch mal, sie würde doch nicht in letzter Sekunde kneifen? Na ja, ihr war es nicht zuzutrauen, aber ihrer bekloppten Mom schon. Womöglich hatte sie Anna doch noch verboten, an dem Jugendcamp teilzunehmen.

Schnell wählte sie Annas Nummer und hielt sich das Handy ans Ohr. Eine Computerstimme erklärte, die Nummer sei zurzeit nicht erreichbar.

Verzweifelt tippte sie mit fliegenden Fingern eine SMS. *Wo bleibst du?*

Sie behielt das Handy in der Hand und starrte ständig den kleinen Bildschirm an, in der Hoffnung, eine Antwort zu bekommen. Aber das Display blieb dunkel. Die Zeiger der großen Uhr auf dem Bahnsteig rückten unerbittlich vorwärts. Noch eine Minute. Und ausnahmsweise würde die Bahn keine Verspätung haben.

Elena warf einen letzten verzweifelten Blick auf ihr Handy. Nichts.

Ein elektrisches Quietschen kündigte den Zug an, der Sekunden später mit kreischenden Bremsen am Bahnsteig hielt. Alle liefen aufgeregt zu den geöffneten Türen und quetschten sich mit ihren Koffern und Taschen hinein. Elena rannte vor ihrem Gepäck auf und ab. Was sollte sie nur tun?

Ohne Anna ins Camp fahren? Warten und später mit ihr zusammenfahren? Herrgott, wenn ihre bekloppte Mom es ihr verboten hatte, würde es kein Später geben.

In letzter Sekunde griff sie nach ihrem Koffer und sprang in den Zug. Die Tür schloss sich noch knapp um ihren Fuß, den sie unbeschadet hineinziehen konnte.

* * *

Eine betäubende Stille hatte sich über Anna ausgebreitet, als der Schlag ihre Nase zum Bluten brachte. Sie sank zurück in den Sitz, rührte sich nicht und fühlte teilnahmslos ein kleines Blutrinnsal zu ihren Lippen hinablaufen.

Mom hatte recht gehabt. Na ja, fast zumindest. Sie brauchte kein Schild mit der Aufschrift *Ich bin ein Opfer*. Es war offenbar auch ohne Schild auf ihrer Stirn eingebrannt. Quasi per Herkunft.

Einige Phrasen fielen ihr ein: Die Geschichte wiederholt sich ständig. Wer war das noch?

Und: Wer aus der Geschichte nicht lernt, wird die Zukunft nicht verstehen. Oder so ähnlich. Churchill, glaubte sie.

Sie war offenbar diejenige, die aus der Geschichte nicht gelernt hatte.

Tja, so war wohl das Leben. Der eine Gen-Strang versagte, und der andere triumphierte.

Evolution.

Das war's. Sie hatte Darwins Prinzip endlich verstanden. Müller würde begeistert sein.

Allmählich lichtete sich der Nebel um ihren Geist und sie kehrte in die Wirklichkeit zurück.

Der Motor des Wagens rasselte unter ihr. Sie hielt die Augen geschlossen. Was hatte sie eben noch gedacht? Irgendetwas über Evolution? Sie war sicher, dass es sich um gequirlte Traumkacke gehandelt hatte und verdrängte jeden Gedanken daran.

Ihre Nase tat weh, aber es war zu ertragen. Offenbar war sie nicht gebrochen.

Schnell rekapitulierte sie, woran sie sich erinnern konnte. Sven hatte sie entführt. Sie hatte nicht die geringste Ahnung, warum. Und er verstand keinen Spaß.

Fazit: Bewusstlos bleiben.

Sie hielt die Augen geschlossen und lauschte den Geräuschen der Umgebung, doch außer dem rumpelnden Motor hörte sie nichts. Bevor Sven sie geschlagen hatte, waren sie eine asphaltierte Straße bergauf gefahren. Anna versuchte, ihre letzten Eindrücke zu einem Bild zusammenzufügen. Häuser … Waren da noch Häuser gewesen? Sie konnte sich nicht erinnern.

Jetzt wurde der Weg holpriger. Der Wagen schaukelte durch Schlaglöcher oder Wagenspuren.

Offenbar war Sven von der Asphaltstraße auf einen Wald- oder Feldweg abgebogen. Eher Waldweg, dachte Anna. Felder gab es hier nicht viele. Einige Minuten später hielt der Wagen an. Anna hielt die Augen geschlossen und atmete ganz ruhig.

Sie hörte die Fahrertür zuschlagen, dann Schritte auf weichem Boden.

Die Tür an ihrer Seite wurde geöffnet. Sie atmete langsam und gleichmäßig und versuchte, ihre Augen ruhig zu halten. Konnte man das überhaupt? Sie wusste es nicht.

Sven riss ihren Koffer aus dem Auto, schob die Arme unter ihre Knie und die Schultern und hob sie hoch. Es fiel ihr schwer, schlaff zu bleiben und sich nicht an ihn zu klammern.

Ein paar Meter schleppte er sie vom Auto weg, dann wurde sie auf einen harten Untergrund gelegt. Svens Schritte entfernten sich, und sie riskierte es, ein Auge zu öffnen.

Zwischen Bäumen verschwand Svens blauer Rücken im sonnenlichtdurchtränkten Grün. Offenbar befanden sie sich mitten in einem Wald. Laubwald.

Er ging zum Auto, das nur wenige Meter entfernt stand, und holte ihr Gepäck.

Ihr rascher Blick offenbarte eine Hütte oder etwas Ähnliches. Der Raum war an drei Seiten mit Holzwänden umgeben, die vierte Seite war offen und führte in den Wald hinein.

Anna erwog kurz, zu flüchten, aber Sven war nicht weit genug entfernt. Sie hatte keine Chance.

Sie schloss die Augen wieder, als er mit ihrem Gepäck den Rückweg antrat.

Er warf den Koffer in eine Ecke des Raums und trat zu ihr. Unwillkürlich stellte sie sich vor, wie das nagelneue blaue Segeltuch über den Boden schrammte und hässliche Spuren davontrug. Seine sich nähernden Schritte zwangen sie, sich wieder zu konzentrieren, und sie versuchte, ihre Lider vom Flackern abzuhalten. Fast körperlich spürte sie seinen Blick. Vielleicht ahnte er, dass sie die Bewusstlose nur spielte. Jetzt bewegte er sich wieder von ihr weg, aber sie wagte nicht, nachzuschauen, was er tat.

Ein Rascheln ein paar Meter links von ihr klang, als setzte er sich auf den Boden.

Offenbar konnte sie nicht darauf hoffen, dass er sie allein ließ und ihr eine Chance zur Flucht gab. Also konnte sie die Maulwurf-Taktik auch gleich wieder aufgeben. Das Beste wäre, mit ihm zu reden. Herauszufinden, was er eigentlich wollte.

Sie bewegte ein wenig den Kopf und stöhnte leise. Dann schlug sie die Augen auf, blinzelte ein paarmal wie verwirrt und hob den Kopf.

Sven saß an die Rückwand der Hütte gelehnt auf dem blanken Fußboden und beobachtete sie. Die Hütte war aus rohen

Holzbrettern zusammengenagelt. Auch der Boden bestand aus grauen, staubigen Planken. Die drei festen Wände hatten keine Fenster. Die einzige Öffnung war die vierte Seite der Hütte, die völlig offen gelassen worden war. Draußen sah sie eine kleine Lichtung mit einer improvisierten Feuerstelle aus kreisförmig angelegten Steinen, umgeben von Bäumen und Büschen.

Anna hatte keine Ahnung, wie sie am besten vorgehen sollte. Vielleicht versuchte sie es mal mit Verwirrung.

»Was … was ist los? Sven? Was machst du hier?« Sie richtete sich auf, bis sie auf der Holzbank saß, und ließ ihren Blick durch den Raum schweifen.

»Wo sind wir hier?«

Sven starrte sie nur finster an und antwortete nicht. Probehalber stand sie auf und machte ein paar Schritte in den Raum hinein. Sofort war er auf den Beinen und stellte sich ihr in den Weg.

»Setz dich wieder hin«, befahl er mit kalter Stimme.

Anna gehorchte. Bisher hatte sie das Ganze noch für einen Irrtum oder einen üblen Scherz gehalten, doch jetzt wurde ihr mit einem Mal klar, dass sie aus dieser Situation nicht unbeschadet herauskommen würde. Irgendetwas Schreckliches passierte hier. Ihre Gedanken überstürzten sich.

»Sven, was willst du von mir?«

Er steckte die Hände in die Hosentaschen und begann, vor ihr hin und her zu laufen. Immer fünf Schritte in jede Richtung.

»Was ich von dir will? Gute Frage.«

Fünf Schritte. Wenden.

»Von dir will ich eigentlich gar nichts. Du bist nur das Mittel zum Zweck.« Fünf Schritte. Wenden.

Sie wartete darauf, dass er weitersprach, aber offenbar war das alles, was er an Erklärung liefern wollte.

»Das Mittel zu welchem Zweck, Sven?«

Fünf Schritte.

»Zu dem Zweck, deine Mutter zu bestrafen. Durch ihre Schuld habe ich alles verloren: meine Familie, mein Zuhause. Und jetzt wird sie erleben, wie sich das anfühlt. Du bist nur der erste Schritt.«

Anna konnte den Sinn seiner Worte nicht erfassen. Aber sie begriff, dass sie in großer Gefahr war. Sven war ganz offensichtlich übergeschnappt. Ihre Hände begannen zu zittern, und Tränen stiegen in ihre Augen.

»Ich verstehe das nicht, Sven. Was hat meine Mutter dir denn getan? Du kennst sie doch gar nicht.«

# 16. Kapitel

*Zwölf Jahre früher*

Mit großen Sprüngen hüpfte Sven den Bürgersteig entlang. Sein Schulranzen wippte auf seinem Rücken auf und ab. Jetzt würde er schnell was essen, dann seine Hausaufgaben machen, eine Runde mit Buster spazieren gehen und später mit Peter und Ralf Fußball spielen.

Er bog hüpfend in seine Straße ein und blieb abrupt stehen. Vor dem Haus, in dem er mit seiner Mutter wohnte, stand ein Streifenwagen. Da war bestimmt was Schlimmes passiert.

So schnell er konnte, rannte er zu dem Polizeiauto und sah hinein. Noch saß kein Verbrecher auf dem Rücksitz, und die Polizisten waren auch nicht zu sehen. Er lief weiter bis zur Haustür und überlegte aufgeregt, wen von den Nachbarn die Polizei wohl verhaften würde. Bestimmt den dicken Habermann. Der versuchte immer, die Kinder in seine Wohnung zu locken. Aber den konnte keiner leiden, deshalb ging nie ein Kind mit ihm.

Eigentlich sollte er jetzt nach oben gehen. Mama hatte nie viel Zeit in der Mittagspause, und bestimmt stand das Essen schon auf dem Tisch.

Nervös trippelte er von einem Fuß auf den anderen. Ein paar Minuten noch. Er wollte unbedingt sehen, wen die Polizei abführte.

Endlich öffnete sich die Haustür, aber nicht die Polizisten traten heraus, sondern die blöde Gabi aus dem dritten Stock. Sven mochte sie nicht. Sie war schon im vierten Schuljahr und spielte sich immer als was Besseres auf.

»Was stehst du denn hier rum?«, fuhr sie ihn an und zog die Augenbrauen hoch.

Er krauste die Nase. »Ich warte auf die Polizei. Ich will sehen, wen die verhaften.«

Gabi lachte hämisch und entblößte ein lückenhaftes Gebiss. »Na, wahrscheinlich deine Mutter. Sie sind nämlich bei euch.«

»Was?« Eine schreckliche Angst durchfuhr Sven. Er ignorierte Gabis höhnisches Grinsen, raste an ihr vorbei ins Haus und stürmte die Treppen hoch. Mit zitternden Fingern gelang es ihm kaum, mit seinem Schlüssel die Tür zu öffnen. Endlich ging sie auf, und er rannte in die Küche.

Zwei Polizisten, die mit dem Rücken zum Fenster standen, starrten ihn überrascht an. Seine Mama saß am Tisch und drückte ein Taschentuch an den Mund. Ihre Augen waren ganz rot vom Weinen. Sofort spürte auch Sven Tränen aufsteigen. Er wollte etwas sagen, brachte aber keinen Ton heraus. Buster hatte sich unter den Tisch verkrochen und den Kopf auf die riesigen Pfoten gelegt. Als Sven die Küche betrat, öffnete er die dunklen Augen und sah ihn traurig an.

Jetzt streckte Mama einen Arm nach ihm aus, und er lief hin und drückte sich an sie.

*Heute*

Verstohlen warf Anna einen Blick auf ihre Armbanduhr. In zwei Stunden startete der Flieger nach Ibiza. Definitiv ohne sie. Um eine etwaige Flugangst musste sie sich also nicht mehr sorgen.

Sven hatte seine Erzählung unterbrochen und stand mit dem Rücken zu ihr vor der offenen Seite der Hütte. Anna hatte noch keine Vorstellung, worauf Svens Geschichte hinauslaufen würde, aber es interessierte sie auch nicht. Sie wollte nur raus hier, weg von diesem Psychopathen, der ihre Mutter für sein Unglück verantwortlich machte. Ihre Mutter, die er noch nicht einmal kannte.

Während Sven hin und her wandernd seine Geschichte erzählt hatte, war ihre anfängliche Angst ein wenig abgeflacht.

Wie es schien, hatte sie keine weiteren Gewalttätigkeiten zu befürchten. Ihre Nase schmerzte immer noch ein wenig, aber das Bluten hatte längst aufgehört.

Ihr vorläufiger Fluchtplan basierte auf der Gewissheit, dass Sven irgendwann zum Pinkeln hinausgehen musste. Diese Gelegenheit würde sie nutzen und einfach davonrennen, immer bergab.

Natürlich würde er ihr folgen, aber da er seine Hose erst wieder schließen müsste, könnte sie einen kleinen Vorsprung erringen. Sie lief recht schnell. Es könnte klappen.

Während sie sich innerlich auf den Absprung vorbereitete, kam wieder Leben in Sven. Er wandte sich um und ging in die Ecke, in der er seinen Rucksack abgelegt hatte. Annas Fluchtplan zerplatzte wie eine Seifenblase, als er mit einem Seil in der Hand auf sie zutrat.

»Was hast du vor?«

»Ich muss dich leider fesseln, damit du mir nicht abhaust«, sagte er ruhig, als sei es das Selbstverständlichste auf der Welt.

»Nein, das tust du nicht!« Anna sprang auf und wich ängstlich vor ihm zurück. Er kniff die Augen zusammen und kam näher. »Mach keine Dummheiten, sonst muss ich dir wieder wehtun.«

Anna stieß mit dem Rücken an die Wand und starrte panisch das Seil in Svens Händen an. Wenn sie erst einmal gefesselt war, hatte sie keine Chance mehr zu entkommen. Er war mittlerweile bis auf einen Meter herangekommen und baute sich breitbeinig vor ihr auf. »Dreh dich um und leg die Hände auf den Rücken.«

Anna holte tief Luft und schrie ihn an. »Das werde ich ganz gewiss nicht tun, du Arschloch.« Dann trat sie ihm heftig zwischen die Beine und rannte los. Sven schrie kurz auf und klappte keuchend zusammen.

Anna lief, so schnell sie konnte, zuerst in Richtung des Weges, auf dem sie hergefahren waren, dann quer durch den Wald bergab. Dem Weg zu folgen würde zu viel Zeit kosten, da er sich in langen Serpentinen den Berg hinunterwand.

Schon Sekunden später hörte sie Svens Schritte hinter sich. »Du verdammte Schlampe«, schrie er. »Das wirst du büßen!«

Ohne sich umzusehen, rannte sie weiter, immer darauf bedacht, bloß nicht über einen Ast zu stolpern. Der Boden war dick mit trockenem Laub und Humus bedeckt. Ihre Turnschuhe sanken bei jedem Schritt tief ein. Tränen erschwerten ihr zunehmend die Sicht.

Seine schweren, schnellen Schritte kamen rasch näher. Etwa fünfzig Meter unterhalb konnte Anna den Weg wieder erkennen. Sie musste dorthin und um Hilfe rufen. Vielleicht war ja irgendwo ein Arbeiter oder ein Spaziergänger unterwegs.

Ihre Lungen schienen fast zu platzen. Mit großen Sprüngen hetzte sie über Äste und Laubhaufen hinweg. Noch ein paar Meter …

Aus dem Lauf heraus warf er sich auf sie und brachte sie zu Fall. Ihr Brustkorb wurde unter seinem Gewicht so stark zusammengedrückt, dass sie schlagartig aufhörte zu atmen. An Hilferufe war jetzt nicht mehr zu denken.

Er stand auf und riss sie an den Haaren hoch. Die Schmerzen waren höllisch. Sie schrie auf und begann gleichzeitig wieder zu atmen.

Sven drosch ihr die Faust in den Magen. Sie klappte zusammen und erbrach sich auf den Waldboden.

»Das wird dir eine Lehre sein, du dummes Stück«, fauchte er, riss sie an einem Arm hoch und schleppte sie den Berg hinauf. Anna kotzte die ganze Zeit, bis er sie in der Hütte auf den Boden warf, das Seil holte und sie an Händen und Füßen fesselte.

* * *

Wie ein vom Fuchs aufgescheuchtes Huhn rannte Elena durch die Wartehalle des Flughafens. Jeden Moment würde ihr Flug aufgerufen werden, und sie hatte immer noch nichts von Anna gehört. Während der Bahnfahrt nach Köln war die Hoffnung in ihr aufgekeimt, Anna würde vielleicht – von wem auch immer – mit dem Auto zum Flughafen gebracht. Aber sie war nicht da. Tausende von Menschen durchquerten die Halle in die eine oder andere Richtung, begrüßten oder verabschiedeten sich, strebten dem Ausgang oder ihren Flugsteigen entgegen. Elena versuchte, unter all den fremden Gesichtern Anna auszumachen. Vergeblich.

Eine Betreuerin des Reiseveranstalters empfing die Gruppe an der Bahnstation und begleitete sie ins Flughafengebäude. Während die Frau den weiteren Verlauf der Reise erläuterte, blickte Elena suchend um sich und bekam nur die Hälfte mit.

Als die Frau endlich fertig war, lief Elena zu ihr. »Entschuldigung, haben Sie vielleicht irgendeine Nachricht von meiner Freundin bekommen? Sie wollte mitfliegen, ist aber nicht da.«

»Name?«

»Anna Blumenthal.«

Die Frau klappte eine Mappe auf und fuhr mit dem Zeigefinger eine Liste entlang. »Ja, hier ist sie. Nein, keine Nachricht. Die Reisekosten sind bezahlt, und sie ist ordnungsgemäß angemeldet.« Sie schloss die Mappe und sah Elena beruhigend an. »Vielleicht hat sie sich nur verspätet. Wir haben ja noch ein paar Minuten Zeit.«

Damit wandte sie sich ab und wechselte ein paar Worte mit einer Stewardess, die offenbar schon darauf wartete, die Gruppe zum Flugzeug zu begleiten.

Elenas gehetzter Blick fiel auf den Informationsschalter. Sie rannte hin. »Können Sie bitte jemanden ausrufen? Sonst fliegt das Flugzeug ohne sie ab.«

Die Frau hinter dem Schalter sah sie freundlich an. »Um wen handelt es sich?«

»Um meine Freundin Anna Blumenthal. Wir fliegen gleich nach Ibiza, und sie ist noch nicht da. Vielleicht hat sie sich verlaufen.«

Der Blick der Angestellten folgte Elenas ausgestrecktem Arm, der auf die Gruppe mit Rucksäcken bepackter Jugendlicher deutete, die sich allmählich um die Stewardess sammelte. Sie nickte und griff zu ihrem Mikrofon.

»Passagier Anna Blumenthal, bitte melden Sie sich am Informationsschalter in Halle B3. Passagier Anna Blumenthal, bitte melden am Informationsschalter B3.« Ihre Stimme hallte aus allen Lautsprechern durch das Flughafengebäude.

Sie ließ den Schalter los und wandte sich an Elena. »Wenn sie in zwei Minuten noch nicht da ist, wiederhole ich die Durchsage.«

Elena nickte erleichtert. »Vielen Dank.« Die Frau lächelte nur.

Am äußeren Rand ihrer Gruppe wartete Elena auf Annas Erscheinen und ließ den Infoschalter nicht aus den Augen. Nach wenigen Minuten wiederholte die Frau den Aufruf wie versprochen, fing Elenas panischen Blick auf und zuckte bedauernd die Schultern.

Elena war am Ende ihrer Weisheit. Egal, was sie jetzt noch unternehmen würde, es wäre zu spät. Es blieb ihr nichts anderes übrig, als bis zu ihrer Ankunft auf Ibiza zu warten und es dann noch einmal auf Annas Handy zu versuchen.

* * *

Zusammengekrümmt lag Anna auf dem Boden der Hütte. Das raue Holz hatte ihre Wange zerschrammt, und ihre rechte Gesichtshälfte schmerzte. Ihr Magen rumorte immer noch, und krampfhafte Zuckungen krümmten ihren Körper alle paar Sekunden zusammen. Doch jetzt war sie dankbar, dass sie einfach nur daliegen konnte und ihren Kopf nicht heben musste. Mit geschlossenen Augen versuchte sie, den Schmerz zu beherrschen, der ihren Körper einhüllte wie ein flammendes Tuch. Sie war nahe daran, das Bewusstsein zu verlieren und konnte sich nicht entscheiden, ob sie dem nachgeben wollte oder nicht.

Plötzlich klatschte eine Ladung kaltes Wasser in ihr Gesicht und nahm ihr die Entscheidung ab. Erschrocken riss sie die Augen auf und schüttelte den Kopf. Sofort flammten die Schmerzen neu auf.

Sven stand hoch aufragend über ihr und sah höhnisch grinsend auf sie herab.

»Komm schon, wach auf, Prinzessin. Meine Geschichte ist noch nicht zu Ende.« Mit dem Fuß schubste er sie auf den Rücken. Der Druck ihres Körpers auf die gefesselten Hände war höllisch.

»Und du willst sie doch hören, oder etwa nicht?«

Mühsam versuchte Anna ein Nicken, ließ den Kopf rasch wieder sinken, hielt aber die Augen offen und starrte Sven an.

»So ist's brav.«

Er ließ sich an der Holzwand nieder und legte die Arme um die Knie. In seinen Augen brannte ein Feuer, das nicht zu ihm passte. Es war irgendwie … irrsinnig und falsch.

* * *

*Zwölf Jahre früher*

Die Polizisten waren schon längst gegangen. Svens Mutter saß immer noch am Tisch und weinte. Er hatte ebenfalls zwischendurch ein paar Tränen vergossen, aber weil er nicht wusste, was passiert war, hatte er damit wieder aufgehört und stattdessen begonnen, Buster im Nacken zu kraulen. Der Hund musste dringend raus und wurde allmählich unruhig, aber Sven wollte seine weinende Mama nicht einfach sitzen lassen.

Schließlich wurde ihm das Geheule zu viel.

»Was ist denn los, Mama? Warum weinst du denn so viel?«

Sie schluchzte noch einmal, schnäuzte sich die Nase und sah ihn aus tieftraurigen Augen an.

»Dein Bruder hat etwas Schlimmes getan.« Ihre Stimme war fast nur ein Flüstern.

»Hat er sich wieder geprügelt?« Sven grinste erleichtert. Achim prügelte sich oft, aber er gewann fast immer, deshalb fand Sven das eigentlich ganz cool. Keine Ahnung, warum Mama sich so darüber aufregte.

»Nein, Schatz. Etwas viel Schlimmeres. Er hat einer Frau wehgetan.«

Sven krauste die Stirn. Na und? Das war doch auch nicht das erste Mal. Achim sagte immer, die Schlampen hätten es nicht anders verdient. Manchmal wünschte Sven sich, auch so stark zu sein wie Achim. Dann würde er Gabi, der Schlampe, auch mal eine reinhauen.

Er begriff immer noch nicht, dass seine Mutter so ein Theater darum machte. Vielleicht hatte sie ihre Tage. Damit erklärte Achim immer, dass sie sich aufregte. Sven wusste nicht, was das bedeutete, aber Achim kannte sich mit Frauen aus.

Sven rutschte vom Stuhl und legte seiner Mama eine Hand auf den Arm. »Wird schon wieder alles gut«, tröstete er und streichelte ihren Arm.

Aber sie schluchzte heftig auf und fing erneut zu weinen an. »Nein«, schüttelte sie den Kopf. »Diesmal nicht, mein Schatz. Diesmal nicht.«

Sven verstand überhaupt nichts mehr.

* * *

Zwei Wochen später nahm Mama ihn bei der Hand und ging mit ihm zum Krankenhaus. Auf dem Weg dorthin hielt sie an einem Blumenstand und kaufte einen schönen, großen Blumenstrauß.

Achim war nicht mehr nach Hause gekommen seit dem Tag, als die Polizei da gewesen war. Sonst hatte er sie mindestens dreimal in der Woche besucht und mit Sven und seinen Freunden Fußball gespielt oder ihm was über Frauen erzählt. Sven interessierte sich eigentlich nicht für Frauen und auch nicht für Mädchen, aber wenn Achim erzählte, klang das immer so, als sollte er sich besser alles merken. Also hörte er zu, um Achim nicht wütend zu machen.

Ein paarmal hatte er Mama gefragt, warum Achim nicht mehr kam, aber sie hatte nur abgewinkt und wollte nicht darüber sprechen. Und weil sie jedes Mal danach wieder weinte, fragte er sie nicht mehr.

Achim fehlte ihm sehr. Und Mama auch. Seit die Polizei da gewesen war, sprach sie kaum noch mit ihm und weinte dauernd. Sven versuchte, die Lücke zu füllen, in dem er lange, ernste Gespräche mit Buster führte. Der Mischling lauschte aufmerksam und antwortete gelegentlich mit einem kurzen Winseln oder einem einzigen lauten Bellen. Sven belohnte ihn mit einem Kraulen oder einem zusätzlichen Spaziergang.

Jetzt zog Mama ihn durch einen langen Krankenhausflur und blieb vor einer hellgelben Tür stehen. Ein paar Minuten stand sie einfach nur da und starrte die Tür an. Sven wollte schon an ihrem Ärmel zupfen, da hob sie plötzlich die Hand mit dem Blumenstrauß und klopfte an.

Ohne eine Antwort abzuwarten, drückte sie die Klinke hinunter und trat in das Zimmer. Das erste, was Sven sah, war ein kleines weißes Gitterbett. Darin saß ein kleines Kind mit blonden Locken und starrte vor sich hin. Sven betrachtete es. Irgendwie machte es einen dummen Eindruck, so reglos, wie es dasaß und nicht einmal zu ihnen herschaute. Vor ihm im Bett lagen ein Teddybär und ein Bilderbuch, aber auch die schaute das Kind nicht an.

An einem Ständer neben dem Bett hing ein Beutel, der mit einer durchsichtigen Flüssigkeit gefüllt war. Sven konnte sich nicht vorstellen, wozu man so etwas wohl brauchen würde. Dann wanderte sein Blick weiter, und er erschrak. In einem normalgroßen Bett daneben lag eine Frau. Ihr Kopf war mit weißen Verbänden umwickelt, und sie hatte lauter blaue und grüne Flecken im Gesicht. Eins ihrer Augen war kleiner als das andere. Sie griff nach einem runden Schalter, der an einem Kabel befestigt war, das hinter dem Bett in der Wand verschwand, und starrte seine Mutter an.

Sven blickte hoch und sah, dass Mama gleich wieder weinen würde. Er drückte ihre Hand, und sie erwiderte den Druck.

»Wer sind Sie?«, fragte die Frau in dem Bett. Ihre Stimme war rau, als habe sie lange Zeit nicht gesprochen.

Mama wollte antworten, aber ihre Lippen zitterten so sehr, dass sie kein Wort herausbekam. Was war nur los mit ihr?

»Sagen Sie mir sofort, wer Sie sind«, sagte die Frau, diesmal ziemlich laut. Sven wurde langsam wütend. Was fiel der ein, seine Mama so anzuschreien. Sah sie denn nicht, dass es ihr nicht gut ging?

Jetzt versuchte Mama es noch einmal.

»Ich bin seine Mutter«, sagte sie leise, und Sven wusste, dass das die Frau war, der Achim wehgetan hatte.

* * *

Mit leerem Gesicht lehnte Sven an der Holzwand. Sein Blick driftete ins Nichts ab, und Anna hoffte eine wahnwitzige Sekunde lang, er würde ohnmächtig werden. Stattdessen sprach er weiter, tonlos und wie im Traum.

»Zwei Wochen später fand ich meine Mutter, als ich aus der Schule kam. Sie lag in der Badewanne, alles war voller Blut. Sie hatte sich die Pulsadern aufgeschnitten.« Offenbar beschwor er das schreckliche Bild wieder herauf, denn das Leben kehrte in seine Augen zurück. Aufgewühlt von seinen Erinnerungen sprang er auf und wanderte in der Hütte herum.

Anna lag immer noch in derselben Position auf dem Boden, halb auf dem Rücken, halb auf der Seite. Ihr Magen schmerzte von dem heftigen Schlag und von der endlosen Kotzerei, ihre Muskeln waren von der unnatürlichen Haltung völlig verkrampft, und in ihrem Kopf hämmerte ein Schmiedeeisen.

»Sven«, presste sie hervor. Er hielt inne und sah auf sie hinab.

»Was?«

»Ich habe Krämpfe. Bitte, binde meine Hände los.« Jedes einzelne Wort verursachte ihr zusätzliche Schmerzen.

»Kommt nicht in Frage.« Er wandte sich ab.

»Bitte, Sven. Ich halte das nicht mehr aus. Ich verspreche, nicht abzuhauen, okay?«

Zweifelnd betrachtete er sie. In ihrem Zustand würde sie ohnehin nicht weit kommen. Er hatte ihr heftig zugesetzt mit dem Schlag in den Magen.

»Also, gut. Ich binde dich los. Aber nur die Hände. Und du rührst dich nicht, bevor ich es dir sage. Verstanden?«

»Ja. Ich verspreche es.«

Er kniete sich hinter sie und knüpfte die Fessel um ihre Handgelenke auf. Ein Seufzer der Erleichterung kam über ihre Lippen, als der Zug an Armen und Händen endlich nachließ. Sie widerstand der Versuchung, die Arme nach vorne zu nehmen und die Muskeln zu lockern und wartete auf seine Erlaubnis.

Sven entfernte sich ein paar Schritte. »Okay, setz dich auf.«

Mühsam rollte sie sich auf die Knie und ließ sich dann auf den Hintern plumpsen. Sie schaffte es kaum, die verkrampften Arme nach vorne zu bringen. Langsam rieb sie ihre Hände und schüttelte vorsichtig die Arme aus. Sie musste es ruhig angehen lassen, sonst würde sie sich eine Zerrung zuziehen, und das konnte sie wahrhaftig nicht gebrauchen.

Sven beobachtete sie.

»Besser?«

Anna nickte. »Ja, danke.«

Während seiner Selbstmitleidstirade hatte sie den Entschluss gefasst, ruhig und freundlich zu bleiben. Er war ihr körperlich in jeder Hinsicht überlegen, und wenn sich nicht aus purem Zufall eine Fluchtmöglichkeit ergab, war sie ihm völlig ausgeliefert. Deshalb musste sie sein Wohlwollen erringen. Wie auch immer. Es war ihre einzige Chance.

»Ich brauche Wasser. Und ein Aspirin.« Bittend sah sie zu ihm hinüber. Er nahm eine Flasche aus seinem Rucksack und rollte sie über den Fußboden in ihre Richtung.

»Aspirin habe ich nicht.«

»In meinem Koffer. In der Reißverschlusstasche außen.«

Ohne sie aus den Augen zu lassen, zog er den Koffer näher zu sich, öffnete den Reißverschluss und suchte nach den Tabletten. Dann warf er ihr die Schachtel zu. Anna hatte schon wieder die Schrammen am Koffer vor Augen und versuchte, das sinnlose Bild abzuschütteln. Rasch presste sie zwei Tabletten aus der Folie und spülte sie mit Wasser hinunter. Hoffentlich hörten diese schrecklichen Kopfschmerzen bald auf. Sie konnte kaum klar denken.

Auf dem Hosenboden rutschte sie rückwärts, bis sie mit dem Rücken gegen die Bretterwand stieß und sich anlehnen konnte.

Sven beobachtete sie misstrauisch.

»Du hast nicht zufällig eine Thermoskanne mit Kaffee dabei?«, versuchte sie zu scherzen und lächelte schief. »Ich könnte jetzt wirklich einen vertragen.«

»Nein, tut mir leid.« Einen Moment lang blickte er tatsächlich schuldbewusst drein. Anna schöpfte Hoffnung. Ihre Taktik schien aufzugehen.

»Schon gut«, sagte sie. »Hauptsache, die Tabletten wirken schnell.« Dann schloss sie die Augen und versuchte, sich ein wenig zu entspannen. Sie musste unbedingt ihre Muskeln entkrampfen und wieder locker werden, damit sie den Moment, wenn er denn kam, auch nutzen konnte.

# 17. Kapitel

Unruhig tigerte Viola in der Wohnung auf und ab. Immer wieder blickte sie zur Uhr.

Jetzt war Anna am Flughafen angekommen.

Jetzt bestieg sie den Flieger.

Sie trank eine Tasse Kaffee nach der anderen und überlegte, womit sie sich die Zeit vertreiben konnte. Zum Malen fehlte ihr die nötige Ruhe. Versuchsweise vollführte sie ein paar der gerade erlernten Judo-Bewegungen. Schritt vor und Tritt. Fuß absetzen, anderer Fuß vor und Tritt. Ihr Fuß traf mit voller Kraft den Schutzwall an der Wohnzimmertür und ließ ihn einstürzen wie ein baufälliges Haus.

Okay, jetzt hatte sie eine Beschäftigung.

Mit beiden Händen griff sie nach Tüten und Päckchen, ließ sie dann aber wieder sinken. Sie würde ohnehin in Zukunft mehr Platz brauchen, wenn sie ihre Judoschritte üben wollte. Also weg damit.

Aus dem Schrank unter der Spüle wühlte sie einen großen grauen Müllsack hervor und füllte die umgestürzten Lebensmittelpakete hinein. Ein etwa vierzig Zentimeter hoher Wall war übrig geblieben. Sie betrachtete ihn unschlüssig. Dann ließ sie ihn stehen und stellte die kaum gefüllte Mülltüte neben der Wohnungstür ab.

Ein Blick zur Uhr.

Jetzt war sie in Ibiza gelandet.

Viola vollführte einige weitere Judo-Schritte, bemühte sich aber, keine Schutzwälle mehr einzutreten.

Jetzt stieg sie aus dem Bus.

Schritt, Tritt.

Schritt, Tritt.

Wie lange es wohl dauern konnte, in einem Feriencamp einzuchecken? Zehn Minuten? Zwanzig vielleicht?

Sie stellte sich vor, wie über hundert Jugendliche sich mit ihrem Gepäck vor einer Rezeption drängten, Zimmerschlüssel entgegennahmen, diskutierten, wer mit wem ein Zimmer teilen sollte.

Okay, vierzig Minuten.

Schritt, Tritt.

Sie kochte sich eine weitere Tasse Kaffee und starrte unablässig die Uhr an der Wand an. Dann wanderte sie mit der Tasse in der Hand durch die Wohnung, schaute nach, ob Anna ihr Zimmer in einem ordentlichen Zustand verlassen hatte, was selbstverständlich der Fall war, spazierte ins Bad, wo ebenfalls alles völlig in Ordnung war, ins Wohnzimmer, stellte sich ans Fenster und sah hinaus.

Der Unbekannte – sie war dazu übergegangen, den Täter in ihren Gedanken als den Unbekannten zu bezeichnen und hielt das für eine Verbesserung – war nicht mehr aufgetaucht, seit sie ihn zwischen den Bäumen gesehen hatte. Inzwischen neigte sie dazu, zu glauben, dass er tatsächlich so etwas wie eine Halluzination gewesen war.

Solange er verschwunden blieb, wollte sie es dabei belassen.

Sie suchte nach ihm in den Schatten. Aber er war nicht zu sehen.

Sie blickte wieder zur Uhr. Endlich war es so weit: Sie konnte Anna anrufen, ohne hysterisch zu erscheinen.

Rasch wählte sie die Nummer und wartete auf das Freizeichen. Stattdessen ertönte eine Computerstimme: »The number you are calling is temporarily not available. Please try again later.« Ihr Magen krampfte sich zusammen, aber sie verdrängte die aufkommende Panik rasch und atmete tief durch. Offenbar hatte Anna ihr Handy noch nicht wieder eingeschaltet. Auch gut. Kein Problem. Sie würde es in zehn Minuten noch einmal versuchen.

Zehn Minuten später meldete Anna sich immer noch nicht. Auch nicht nach zwanzig Minuten. Und nicht nach dreißig.

Inzwischen war es halb acht Uhr abends. Wie lange konnte so etwas dauern? Ob sie vielleicht einfach vergessen hatte, ihr Handy einzuschalten?

Nein. Nicht Anna. Sie war viel zu gewissenhaft. Sie würde genau wissen, in welchen Ängsten Viola schwebte. Deshalb hatte sie doch diesen Zeitplan aufgestellt. Sozusagen mit dem Hinweis: Ab jetzt kannst du in Panik geraten.

Nein, Anna, würde nicht vergessen, wie wichtig Viola ihre Sicherheit war.

Sie würde anrufen.

Oder zumindest ihr Handy einschalten.

Wenn sie könnte.

* * *

Der Orchideenduft des Badeschaums erfüllte den kleinen, fliederfarben gekachelten Raum. Dani atmete tief ein, lehnte den Kopf auf die Nackenstütze und schloss die Augen. Das hier war alles, was sie wollte. Ein heißes, duftendes Bad, einen Johnnie Walker neben sich und ein Buch, das sie eine Stunde lang zu fesseln vermochte.

Sie ließ sich bis zum Haaransatz in das heiße Wasser gleiten und spürte, wie die Wärme ihre verspannten Schultern lockerte. Die ständige Arbeit am Bildschirm machte ihr allmählich zu schaffen. Zwar lockerte sie zwischendurch immer wieder mal die Muskeln, rollte mit den Schultern oder streckte sich, aber es wollte ihr einfach nicht gelingen, dauerhaft eine vernünftige Arbeitshaltung einzunehmen. Sobald sie sich nicht mehr darauf konzentrierte, sackte sie in sich zusammen und zog die Schultern hoch, was zu diesen andauernden und schmerzhaften Verspannungen führte.

Ein heißes Bad war immer noch die beste Therapie, dachte sie und streckte den Nacken. Mit dem Fuß hob sie den Hebel des Wasserhahns an und ließ heißes Wasser nachlaufen. Im Wohnzimmer klingelte ihr Handy, doch das Rauschen des Wassers im Bad übertönte es. Dani trank einen Schluck Whisky, griff nach ihrem Buch und ließ sich wieder in die Wanne zurücksinken. Ein wunderbarer Abend.

* * *

Verdammt, Daniela ging auch nicht ans Telefon. Viola starrte auf den Hörer in ihrer Hand und überlegte, wen sie noch anrufen könnte. Ihre Eltern vielleicht, aber was konnten die schon ausrichten? Das Einzige, was sie damit erreichen würde, wäre, dass ihre Eltern ebenfalls in Panik gerieten und sich die Nacht um die Ohren schlugen.

Sie wählte noch einmal Annas Nummer. Inzwischen hatte sie allerdings die Hoffnung aufgegeben, dass sie sich melden würde. Resigniert lauschte sie der Computerstimme.

Sie legte den Hörer auf und trat mit dem rechten Fuß einem imaginären Gegner in den Bauch. Der Nachtritt mit links brachte eine Mauer aus Konservendosen zu Fall, die laut scheppernd über den Parkettboden rollten. Viola verharrte einen Moment. Das hatte sich gut angefühlt. Sie holte aus und trat mit voller Wucht gegen einen Stapel aus Prospekten und Zeitungen. Er zitterte nur ein wenig, blieb aber standhaft. Ihr nächster Tritt fällte eine Wand aus Schachteln mit Püreeflocken und Keksen, die einige Meter weit flogen.

Plötzlich fiel ihr etwas ein. Sie hatte doch die Adresse des Feriencamps. Sicher fand sie dort eine Telefonnummer.

Schnell stieg sie über die eingestürzten Mauern hinweg und achtete darauf, nicht auf eine Dose zu treten und selbst durchs Zimmer zu fliegen. Auf dem Tisch lag der Prospekt, den Anna ihr gegeben hatte. Mit fliegenden Fingern blätterte sie die Seiten um, bis sie die Adresse fand. Und die Telefonnummer.

Sie wählte und presste den Hörer fest ans Ohr. Nach zwei Freizeichen wurde abgehoben, und eine weibliche Stimme erklang.

»Buenas días. Campo de vacaciones Paraiso Ibiza. Mi nombre es Carmen Valasques. Que puedo hacer para usted?"

Das war Spanisch, dachte Viola verblüfft und war einen Moment lang zu verwirrt, um zu reagieren. Dann fasste sie sich.

»Ähm, hello, du you speak English or German?«

«Yes, both. What do you prefer?"

Gott sei Dank.

»German. Äh, deutsch. Hallo. Mein Name ist Viola Blumenthal. Meine Tochter ist heute mit einer Jugendgruppe aus Deutschland bei Ihnen angereist. Sie hat sich noch nicht gemeldet und geht nichts an Telefon. Ich mache mir ein wenig Sorgen.«

»Warten Sie bitte eine Minute«, antwortete Carmen Valasques mit deutlichem Akzent. »Ich sehe in den Anmeldungen nach.«

Viola hörte Klappern und Rascheln, dann war Carmen wieder da. »Der Name, bitte.«

»Anna Blumenthal.« Sie buchstabierte den Nachnamen, war aber nicht sicher, ob das helfen würde. Nervös trommelte sie mit den Fingern auf die Tischplatte, während Carmen ihre Liste durchsah.

»Ich kann niemanden mit diesem Namen finden.«

Viola spürte, wie ihr der Schweiß ausbrach.

»Das kann nicht sein. Sind Sie sicher?«

»Ja, leider. Niemand namens Blumenthal«, bedauerte Carmen. »Sind Sie sicher, dass Sie das richtige Camp angerufen haben?«

»Ja, natürlich.« Viola dachte nach. »Ihre Freundin ist auch dabei. Sie heißt Elena. Steht sie auf der Liste?«

»Wie ist der Nachname?«

Verdammt, sie kannte noch nicht einmal Elenas Nachnamen.

»Dann tut es mir leid«, sagte Carmen. »Auf der Liste stehen über hundert Namen und sicher mehrere Elenas.«

Nervös rieb Viola ihre Stirn und wischte einen leichten Schweißfilm ab.

»Ein Betreuer. Können Sie mir einen Betreuer der Gruppe geben?«

»Einen Moment, bitte«, Carmen wurde langsam ungeduldig. »Ich schaue mal, ob ich jemanden finde. Bleiben Sie dran.«

Viola hörte ein Klacken, als Carmen den Hörer ablegte.

Die Wartezeit schien sich zu Stunden auszudehnen. Viola konzentrierte sich auf die schwachen Hintergrundgeräusche im Hörer. Gelegentlich konnte sie die aufgeregten Stimmen von Jugendlichen hören und hoffte inständig, eine von ihnen möge Anna sein.

Nach ein paar Minuten, die ihr wie eine Ewigkeit erschienen, klackte es wieder, und eine andere Stimme als Carmens sagte: »Frau Blumenthal?«

»Ja?«

»Hier ist Elena. Anna ist nicht mitgeflogen. Sie war nicht am Bahnhof und auch nicht am Flughafen.«

Eine riesige, brutale Faust schlug Viola in den Magen. Sie keuchte, ihre Knie knickten ein und sie sank zu Boden.

»Oh, mein Gott. Das … das kann nicht sein. Sie ist pünktlich losgegangen. Sie muss …« Ihre Stimme brach verzweifelt ab.

»Ich dachte, Sie hätten es ihr vielleicht doch noch verboten.« Elena schien den Tränen nahe zu sein.

»Nein, nein, sie durfte … sie wollte …« Viola konnte keinen klaren Gedanken mehr fassen.

»Elena, bleib in der Nähe des Telefons. Vielleicht muss ich dich noch mal sprechen, okay?« Ohne eine Antwort abzuwarten, ließ sie den Hörer einfach fallen und schlug die Hände vors Gesicht.

Anna war nicht da. Anna war verschwunden. Schon seit heute Morgen. Viola schrie auf und brach in Tränen aus. Ihr schlimmster Albtraum war wahr geworden. Anna war verschwunden, und sie hatte nicht die geringste Vorstellung, wo sie sein könnte.

* * *

Das Badewasser versickerte gluckernd im Abfluss. Dani trocknete sich sorgfältig mit einem flauschigen, ebenfalls fliederfarbenen Handtuch ab. Sie fühlte sich wunderbar entspannt und müde genug, sofort in die Federn zu fallen, als ein Klingeln aus dem Wohnzimmer ins Bad drang. Dani sah auf die Uhr über dem Spiegel. Halb zehn. Verdammt. Das hatte nichts Gutes zu bedeuten.

Einen Moment lang erwog sie, nicht dranzugehen, wie immer, wenn ein Anruf ihre Pläne zu vernichten drohte. Wie immer ging sie dennoch dran.

»Wer wagt es, meinen Feierabend zu stören?«

Statt einer Antwort hörte sie nur ein Keuchen und etwas wie ein Schluchzen oder Seufzen. Sie wollte schon genervt auflegen, da sagte eine weibliche Stimme: »Anna ist verschwunden.«

»Viola? Sind Sie das?«

»Ja. Anna wollte heute nach Ibiza fliegen, aber sie ist nicht am Flughafen erschienen. Sie ist verschwunden.«

»Ich komme sofort«, sagte Dani hastig. »Versuchen Sie, solange ruhig zu bleiben. Kochen Sie uns eine Kanne Kaffee. Bis gleich.«

Sie klappte das Telefon zu und gleich wieder auf, drückte eine Kurzwahltaste und sagte ohne Einleitung: »Anna Blumenthal ist verschwunden. Wir treffen uns bei Viola.« Ohne eine Antwort abzuwarten, klappte sie das Handy wieder zu, schlüpfte in eine Jeans und ein T-Shirt, steckte ihre Walther in die Handtasche und raste los.

* * *

Daniela war unterwegs. Gott sei Dank. Sie war nicht allein. Daniela würde wissen, was zu tun war.

Viola wischte die Tränen ab und stand auf.

Eine Kanne Kaffee.

Sie stieg über die Dosen und Tüten im Wohnzimmer hinweg und bereitete die Kaffeemaschine vor. Immer wieder schossen Tränen in ihre Augen, und sie rieb und rieb, um sie aufzuhalten, aber es half nichts. Sie drückte den Schalter, der rot aufleuchtete, und lehnte sich mit dem Rücken an die Spüle.

Ihr tränenverschleierter Blick wanderte durch die Küche, über die Schutzwälle hinweg, die sich meterhoch rundherum auftürmten. Was hatten sie gebracht? Nichts. Gar nichts. Anna war verschwunden, und ihre Scheißmauern hatten sie nicht schützen können.

Ihre Verzweiflung schlug urplötzlich in eine grenzenlose Wut um. Sie holte mit dem rechten Fuß aus und trat gegen einen Turm aus Getränketüten und Nudelpackungen. Der nächste Tritt zerstörte die Mauer neben der Küchentür. Im Flur schoss sie einen Stapel Dosen ab. In wenigen Minuten hatte sie die Wohnung völlig verwüstet und sank erschöpft zu Boden. In der Wohnung im Erdgeschoss klopfte jemand mit einem Besenstiel gegen die Decke. Sie ignorierte es. Erst als es klingelte, stand sie auf und schleppte sich zur Tür.

Erschrocken blieb Dani im Türrahmen stehen. Ach, du lieber Himmel, dachte sie, sparte sich aber jeden Kommentar. Stattdessen nahm sie Viola, die weinend im Durchgang zur Küche stand, in den Arm und hielt sie einfach nur fest.

Dani hatte die Haustür offen gelassen. Nach wenigen Minuten hörte sie Krauts schwere Schritte auf der Treppe.

Auch Kraut blieb erst einmal verdutzt in der Tür stehen und betrachtete das Chaos. Dann nickte sie verständnisvoll. Sie klopfte Dani auf die Schulter. »Kommt, Mädels, keine Zeit zu verlieren.« Auf dem Weg ins Wohnzimmer versetzte sie einer Konservendose einen heftigen Tritt, sodass sie gegen den Rest eines Walls stieß und Violas Arbeit vollendete.

Die Schutzmauern-Scheiße dürfte sich damit erledigt haben, dachte sie.

Viola folgte ihr, von Dani gestützt, und setzte sich auf die Couch.

»Erzählen Sie«, forderte Kraut sie ohne weitere Einleitung auf. »Was ist passiert?«

# 18. Kapitel

Die Kopfschmerzen waren bis auf ein leises Tuckern hinter den Augenbrauen verschwunden. Annas Magen schmerzte noch, aber auch das war zu ertragen. Sie öffnete die Augen und sah, dass inzwischen die Dämmerung eingesetzt hatte. Kaum zu glauben. Den ganzen Tag saß sie jetzt schon hier fest als Svens Gefangene.

Sie bewegte die Arme, um die Muskeln zu lockern. Ihre Füße waren nach wie vor gefesselt. Wegen der mangelnden Durchblutung waren ihre Beine eingeschlafen, und sie spürte sie kaum. Vorsichtig zog sie die Knie an und streckte sie wieder. Durch die Bewegung spürte sie einen heftigen Druck auf ihre Blase.

Ihr Blick fiel auf Sven, der mit geschlossenen Augen an der gegenüberliegenden Wand lehnte. Anna verharrte mitten in der Bewegung und ließ die Beine langsam wieder sinken. Schlief er?

Aufmerksam studierte sie seine Gesichtzüge. Sie schienen völlig entspannt und ruhig. Möglich, dass er ihr nur etwas vorspielte, um sie zu testen. Vielleicht schlief er aber tatsächlich. Anna überlegte, was das für sie bedeutete. Konnte sie es riskieren, einen Fluchtversuch zu unternehmen? Wenn er nur so tat, als schliefe er, oder wenn er aufwachte, würde er furchtbar wütend werden.

Sie könnte sich damit entschuldigen, dass sie dringend musste. Immerhin stimmte das tatsächlich. Und da sie schon den ganzen Tag hier saß, würde er es ihr auch glauben.

Vorsichtig und leise zog sie die Knie wieder an. Solange ihre Beine nicht richtig durchblutet waren, würde sie wohl nicht einmal aufstehen können. Sie wiederholte die Bewegung noch ein paarmal, langsam floss das Blut zurück, und die Beine begannen schmerzhaft zu kribbeln.

Sven hatte sich die ganze Zeit nicht gerührt. Ohne ihn aus den Augen zu lassen, tastete Anna nach den Fesseln an ihren Fußgelenken und suchte nach dem Knoten. Als sie ihn an den Fersen gefunden hatte, befühlte sie ihn mit den Fingerspitzen und versuchte herauszufinden, wohin die kurzen, seitlich abstehenden Seilenden führten. Vorsichtig ruckelte sie an den Enden und spürte die Fortsetzung der Bewegung im Knoten. Hier musste sie ziehen.

Langsam löste sie Schlaufe um Schlaufe, bis sich der Druck um ihre Gelenke lockerte und sie die Fesseln abstreifen konnte. Den Blick unverwandt auf Sven gerichtet, schob sie sich langsam an der Holzwand hinauf. Bis zur offenen Wand der Hütte waren es nur wenige Meter.

»Na, wo will die kleine Lady denn hin?«

Sven sprang auf und blockierte den Ausgang, bevor sie auch nur den ersten Schritt getan hatte.

Enttäuscht klappte sie zusammen.

»Sven, ich muss ganz dringend. Ehrlich.«

Er grinste. »Tatsächlich? Du wolltest nicht etwa abhauen?«

Anna kniff die Beine zusammen. Wenn er sie nicht bald rausließe, würde sie sich tatsächlich in die Hose machen. Etwas Schrecklicheres konnte sie sich kaum vorstellen.

»Sven, bitte. Ich halte es nicht mehr aus.«

Offenbar war sie überzeugend genug, denn er schien darüber nachzudenken.

»Wirf das Seil rüber«, befahl er schließlich, und sie gehorchte. Er nahm das zweite Seil, mit dem er zuvor ihre Hände gefesselt hatte, und knüpfte die beiden Stücke zusammen. Annas Blase schmerzte inzwischen heftig. Zusammengekrümmt beobachtete sie ihn und hoffte, er würde sich beeilen.

Aus einem Ende des nun etwa drei Meter langen Seils formte Sven eine Schlinge und verknotete sie so, dass sie sich zusammenziehen konnte. Er warf die Schlinge zu ihr hinüber. »Streif dir das über den Kopf.«

Anna schloss panisch die Augen und schüttelte den Kopf.

»Keine Angst, ich will dich nicht erwürgen, sondern nur an die Leine nehmen«, grinste er.

Anna versuchte, die Angst abzuschütteln. Was hatte sie schon für eine Wahl? Sie hob das Seil auf und legte sich die Schlinge um den Hals.

»Zieh sie so fest zu wie möglich.«

Anna gehorchte. Das Seil schloss sich eng um ihre Kehle. Sie lockerte es wieder ein wenig. So ging es.

»Na, dann los.«

Sven deutete mit dem Kopf nach draußen in die Dämmerung. Schnell ging Anna hinaus, sah sich kurz um und entdeckte einen größeren Busch rechts neben der Hütte.

»Dahin«, sagte sie und marschierte los. Sven folgte und hielt das Seilende fest um seine rechte Hand geschlungen.

Schnell verschwand Anna hinter dem Busch, öffnete mit flatternden Fingern ihre Jeans und hockte sich hin. Ihre Blase entleerte sich schmerzhaft schnell und heftig. Es schien kein Ende zu nehmen, und Anna schämte sich entsetzlich, weil sie wusste, dass Sven jedes Geräusch hören konnte.

»Das war tatsächlich dringend«, kommentierte er und straffte plötzlich das Seil. Anna wäre fast hintenübergefallen und konnte sich gerade noch mit den Händen abfangen. Das Seil schnürte sich eng um ihren Hals.

»Lass los«, keuchte sie.

Sven lachte. »Ich wollte mich nur vergewissern, dass du noch dranhängst.«

Er ließ das Seil etwas nach und Anna konnte wieder atmen.

Endlich war sie fertig, blieb aber noch einen Moment hocken. Sollte sie es riskieren? Die Schlinge abstreifen und losrennen? Nein, die Erfahrung am Nachmittag hatte ihr gezeigt, dass er schneller war als sie. Ein weiterer Fluchtversuch würde nur mit weiteren schrecklichen Schmerzen enden. Sie musste auf eine bessere Gelegenheit warten.

Entmutigt stand sie auf und zog ihre Hose hoch. Sven ließ sie grinsend an sich vorbeigehen und stoppte sie erst kurz vor der Hütte mit einem Ruck am Seil.

»Moment, ich muss auch mal.«

Er ging ebenfalls um den Busch herum und zog sie wie einen Hund hinter sich her. Anna hätte am liebsten aufgeschrien vor Wut. Was bildete sich dieser Bastard eigentlich ein?

Jetzt konnte sie Svens Geräusche hören, aber im Gegensatz zu ihr schien ihm das nicht peinlich zu sein. Scheißkerl.

Schließlich führte er sie in die Hütte zurück. Sie ließ sich auf dem gleichen Platz nieder, auf dem sie den ganzen Nachmittag schon gesessen hatte. Ihre Hände griffen nach der Schlinge, um sie abzustreifen, aber Sven sagte: »Nein, lass das.«

Mit dem Seilende in der Hand setzte er sich ihr gegenüber. Sie schloss die Augen und lehnte den Kopf an die Wand. Wie sollte das hier weitergehen? Was war eigentlich sein Plan? Falls er denn überhaupt einen hatte. Allmählich zweifelte Anna, dass Sven ihre Entführung richtig durchdacht hatte. Zumindest konnte sie sich nicht vorstellen, welches Ende er geplant hatte. Und irgendein Ende musste es ja geben. Irgendwann.

»Sven«, sie sah zu ihm hinüber und er erwiderte den Blick. »Die Geschichte, die du mir erzählt hast. Ich kann immer noch nicht den Punkt erkennen, der beweist, dass meine Mutter an irgendetwas schuld ist.«

Sven setzte sich etwas aufrechter hin und schlang die Arme um die Knie. »Hör mir zu, und du wirst es erfahren.«

*Zwölf Jahre früher*

Die Polizisten nahmen Sven und Buster mit zur Polizeistation. Zum ersten Mal durfte er in einem Streifenwagen mitfahren, aber er konnte sich nicht darüber freuen. Immer wieder sah er seine Mama vor sich, die in rotem Wasser in der Badewanne lag und schlief, und egal, wie er sie auch rief und an ihrer Schulter rüttelte, sie wurde nicht wach. Schließlich hatte er sich nicht anders zu helfen gewusst, als bei den Nachbarn zu klingeln, und Frau Weiler hatte nach Mama gesehen und dann ganz bleich die Polizei gerufen.

Seine Mutter war ziemlich blass gewesen, und Sven dachte, dass sie wohl krank sein musste. Und weil sonst niemand da war, der auf ihn aufpassen konnte, saß er jetzt in der Polizeistation in einem tristen Büro und trank eine Cola, die einer der Polizisten vor ihn hingestellt hatte. Buster lag neben seinem Stuhl platt auf dem Boden und rührte sich nicht. Hin und wieder schaute er zu Sven hoch, schloss dann wieder die dunklen Augen und schien zu schlafen. Sven baumelte mit den Beinen, beobachtete, wie die Polizisten hin und her liefen, und hörte zu, was sie sagten. Nichts davon schien mit ihm oder seiner Mutter zu tun zu haben.

Irgendwann betrat eine Frau den Raum, die keine Uniform, sondern ganz normale Kleider trug. Sie sprach leise mit einem der Polizisten und sah dabei immer wieder zu Sven hinüber. Gelegentlich wanderte ihr Blick auch zu Buster, und dann guckte sie ganz komisch.

Allmählich bekam Sven es mit der Angst zu tun. Da ging irgendetwas vor, das nicht gut war für ihn und Buster, das spürte er genau. Am besten, er würde einfach abhauen.

Er rutschte vom Stuhl. Buster war sofort auf den Beinen und folgte ihm unaufgefordert in Richtung Tür.

»Wo willst du hin?« Die Stimme des Polizisten, der mit der Frau gesprochen hatte, hielt ihn auf. Er drehte sich langsam um.

»Buster muss mal raus«, sagte er und griff nach der Türklinke.

»Nein«, sagte die Frau. »Setz dich kurz hin. Buster kann gleich raus.« Dann lächelte sie ihm zu und sah eigentlich ganz nett aus. Also setzte er sich wieder und schlenkerte mit den Beinen, bis die Frau mit dem Polizisten fertig war und zu ihm kam.

»Komm, mein Junge, wir gehen.« Sie legte eine Hand auf seine Schulter und schob ihn zur Tür. Sven mochte es nicht, wenn ihn jemand »mein Junge« nannte. Das klang irgendwie bedrohlich, so, als ob danach nichts Gutes käme.

Am Ende des Tages wusste er, dass er mit seiner Befürchtung völlig richtig gelegen hatte.

Zuerst hatte die Frau ihn mit ihrem Auto zu einem großen Haus gefahren, wo eine andere Frau ihn in Empfang nahm und ihm ein Zimmer mit vielen Betten zeigte, die nicht nur nebeneinander, sondern auch übereinander standen. Sie deutete auf eines der Betten im vorderen Teil des Raums und sagte: »Das ist deins.« Probehalber ließ er sich darauf nieder. Buster legte sich sofort zu seinen Füßen ab.

»Und den nehme ich mit«, sagte die erste Frau, griff nach Busters Halsband und zerrte ihn nach draußen. Sven sprang auf und rannte hinterher. »Buster soll hierbleiben. Sie dürfen ihn nicht einfach mitnehmen.«

Aber die Frau tätschelte ihm nur die Wange und sagte: »Tut mir leid, mein Junge. Es geht nicht anders.«

Und dann verschwand sie mit Buster durch die Tür, während er schrie und weinte und die zweite Frau ihn mit aller Kraft am Arm festhielt.

Von diesem Moment an war sein Leben nie mehr so, wie er es kannte.

*Heute*

Anna war langsam genervt von Svens rührseliger Geschichte. »Hör mal«, sagte sie, als er eine besinnliche Pause einlegte, »das ist ja alles furchtbar traurig, aber ich sehe immer noch nicht …«

»Halt den Mund«, schnitt er ihr barsch das Wort ab, und sie verstummte erschrocken.

»Halt den Mund und hör zu.«

*Vor zwölf Jahren*

Sven lernte bald, dass er nicht nur Freunde auf der Welt hatte. Nicht, dass er das nicht früher schon gewusst hätte, aber bisher hatte immer ein kleiner Hinweis auf seinen großen Bruder Achim ausgereicht, die Großmäuler in seiner Klasse im Zaum zu halten. Alle hatten Angst vor Achim, und das gefiel Sven.

Wenn er jetzt mit seinem großen Bruder drohte, erntete er nur höhnisches Gelächter. »Wo ist er denn, der große Achim?« oder »Wieso bist du hier, wenn du einen großen Bruder hast?« waren die Kommentare, die er zu hören bekam, kurz bevor eine Faust in seinem Magen landete oder ihm ein Veilchen verpasste.

Nach vier Wochen durfte er Achim zum ersten Mal besuchen. Die Frau, die ihn ins Heim gebracht und ihm Buster weggenommen hatte, begleitete ihn.

»Was ist mit Buster?«, fragte er sie, als er hinter ihr im Auto saß, fest angeschnallt in einem Kindersitz, in dem er sich furchtbar lächerlich vorkam.

»Buster geht es gut«, antwortete sie und beobachtete ihn im Rückspiegel.

»Er wird bald eine gute Familie finden, bei der er leben kann. Genau wie du.«

Sven dachte nach. Eine gute Familie finden, das war tägliches Gesprächsthema im Heim. Aber die anderen hatten ihm längst klar gemacht, dass Jungen in seinem Alter nie eine gute Familie fanden. Die guten Familien wollten immer nur kleine Kinder mit hübschen Gesichtern und blonden Locken. Und nicht solche, deren Brüder Mörder waren und im Gefängnis saßen.

Achim erwartete ihn in einem Raum, der rundherum grau angestrichen war und Gitter vor den Fenstern hatte.

Die Frau schob ihn den Raum, und der Wachmann, der vor der Tür gestanden hatte, schaute die ganze Zeit durch ein kleines Fenster in der Eisentür zu ihnen hinein. Aber das war Sven egal, denn Achim erwartete ihn mit ausgebreiteten Armen und schleuderte ihn ein paarmal im Kreis herum, bevor er ihn wieder absetzte und eingehend musterte.

»Du siehst aus, als ginge es dir ganz gut«, stellte er fest. Sven nickte. »Geht so.« Achim sollte nicht glauben, dass er noch ein Baby war.

»Setz dich.«

Sven kletterte auf einen Stuhl, Achim setzte sich ihm gegenüber. »Sind sie nett zu dir in dem Heim?«

Sven überlegte einen Moment und schnitt dann eine Grimasse. »Na ja, die Erwachsenen schon. Aber die anderen Kinder ... ein paar haben mich verprügelt. Sie sind stärker als ich und größer.«

Wütend zog Achim die Augenbrauen zusammen. »Verdammt.« Und dann gab er seinem kleinen Bruder ein paar Tipps. Immer so fest wie möglich auf die Nase schlagen. Gegen die Kehle war auch gut. Dann bekam der Gegner keine Luft mehr und man konnte ihn in die Nieren treten, wenn er auf dem Boden lag. Und auf keinen Fall zögern.

»Ob du zuerst schlägst oder als zweiter, die Prügel kriegst du sowieso. Aber wenn du zuerst schlägst, ist der andere schon geschwächt, verstehst du? Er kann sich nicht mehr richtig zur Wehr setzen. Das kannst du ausnutzen und nachtreten.«

Sven lauschte mit großen Augen und nickte hin und wieder. Achim verstand was davon, das wusste er. Als Achim endlich nichts mehr einfiel, was seinem kleinen Bruder das Leben erleichtern konnte, und Stille zwischen ihnen eintrat, wagte Sven, eine Frage zu stellen.

»Hast du der Frau wirklich wehgetan? Ich hab sie im Krankenhaus gesehen. Sie sah schlimm aus.«

Achim lehnte sich zurück und verschränkte die Arme. »Ja, das hab ich«, sagte er schließlich. »Sie hatte es nicht anders verdient, die Schlampe.«

Sven zwinkerte ein paarmal. »Aber wieso denn?«

Achims Gesicht schoss plötzlich ganz nahe an Svens heran, und er schien wirklich böse zu sein. Sven bekam Angst.

»Sie hat mich heiß gemacht, die Schlampe, und dann hat sie mich hängen lassen, verstehst du?« Sven nickte, obwohl er kein einziges Wort verstanden hatte.

»Sie hat es nicht anders gewollt«, schloss Achim und legte seinem kleinen Bruder eine Hand auf die Schulter. »Glaub mir, sie hatte es verdient. Sie ist ganz allein schuld an der Geschichte.«

Von diesem Tag an besuchte Sven seinen Bruder regelmäßig einmal im Monat und lernte sehr viel von seinem Vorbild: über die beste Art, sich zu prügeln, in einem Laden Sachen zu klauen, ohne erwischt zu werden, oder mit Weibern umzugehen. Vieles von dem, was er lernte, verstand Sven erst Jahre später, aber er vertraute seinem großen Bruder. Achim wusste, wie es auf der Welt zuging und wie man damit zurechtkam. Nur auf ihn konnte er sich verlassen.

## 19. Kapitel

*Heute*

Dani und Kraut telefonierten gleichzeitig mit ihren Handys, Kraut mit den Kollegen, Dani mit Elena, die in Tränen ausbrach, als sie realisierte, dass Anna tatsächlich vermisst wurde. Viola saß weinend auf der Couch und kam sich schrecklich nutzlos vor.

»Bitte, Elena«, sagte Dani. »Beruhige dich wieder. Du kannst mir nur helfen, wenn du ruhig zuhörst und nachdenkst. Verstehst du?«

Elena schniefte noch ein paarmal, riss sich dann aber zusammen.

»Ja, okay.«

»Hat Anna sich in der letzten Zeit irgendwie verändert? Hat sie von etwas Ungewöhnlichem erzählt, vielleicht von einem neuen Freund?«

Kraut sprach derweil mit Lothar Werner, dem Chef der Kriminalinspektion Ahrweiler.

»Ja. Eine Jugendliche. Anna Blumenthal. Sie ist fünfzehn …«, sie warf Viola schnell einen Blick zu und die nickte, »… und seit heute Morgen um halb acht abgängig.« Sie lauschte in den Hörer. »Das wäre möglich, allerdings halten wir das nicht für wahrscheinlich. Flegel spricht gerade mit ihrer besten Freundin. Wenn es Anhaltspunkte dafür gibt, wird sie es herausfinden.«

Viola sah abwechselnd von der einen zu der anderen Polizistin und versuchte, so viel wie möglich von den Gesprächen mitzuhören.

»Okay, schicken Sie die Kollegen her. Wir werden sie einweisen.« Sie gab Violas Adresse durch und legte auf.

»Gleich werden einige Kollegen die Wege absuchen, die Anna heute Morgen genommen haben könnte«, erläuterte

Kraut Viola, die sie mit großen, geröteten Augen ansah. »Allzu viele Möglichkeiten gibt es da ja nicht. Falls ihr …«, Kraut suchte nach den richtigen Worten, stellte aber fest, dass die nicht existierten, und setzte den Satz einfach fort, »… auf dem Weg zum Bahnhof irgendetwas passiert ist und sie dort irgendwo liegt, werden die Kollegen sie finden.«

Viola nickte und schaffte es, nicht wieder loszuheulen.

»Rufen Sie Ihre Eltern an und bitten Sie sie herzukommen«, sagte Kraut. Viola griff zum Telefon und wählte die Nummer ihrer Eltern.

Dani beendete ihr Gespräch mit Elena, nachdem sie deren Handynummer notiert hatte. Sie wollte das Mädchen nicht neben dem Telefon des Camps festnageln. So konnte sie sie jederzeit erreichen, auch wenn sie mit den anderen Jugendlichen unterwegs war.

Kraut berichtete ihr kurz von ihrem Gespräch mit dem Chef.

»Und bei dir?« Dani hob nur kurz die Hand. *Warte einen Moment.*

Tränenüberströmt legte Viola den Hörer auf. »Sie kommen sofort«, schluchzte sie. Dani und Kraut sahen sich hilflos an.

»Bitte, beruhigen Sie sich«, sagte Kraut und fasste Viola an der Schulter. »Wir brauchen jetzt Ihre Hilfe.«

Sofort griff Viola nach einem frischen Taschentuch, schnäuzte sich und riss sich zusammen.

»Ist schon gut«, flüsterte sie.

Kraut nickte Dani zu.

»Was wissen Sie über Sven?«

Mit gerunzelter Stirn dachte Viola nach. »Ich kenne keinen Sven«, sagte sie schließlich. »Wie heißt er mit Nachnamen?«

Dani schüttelte leicht den Kopf. »Das wusste Elena nicht. Sie und Anna haben Sven vor etwa vier Wochen kennengelernt. Angeblich ist er gerade zugezogen. Sein Vater soll Soldat sein. Er ist mindestens achtzehn und besucht das Peter-Joerres-Gymnasium.« Sie dachte kurz darüber nach, was Elena ihr noch erzählt hatte.

»Elena sagt, er sei ein netter Junge, aber Anna hätte ihn nicht so gemocht.«

»Nein«, Viola schüttelte den Kopf. »Sie hat mir nichts von ihm erzählt.«

Kraut und Dani wechselten einen raschen Blick. *Kein Wunder.*

Dani setzte sich neben Viola auf die Couch und griff nach ihrer Hand.

»Halten Sie es für möglich, dass Anna freiwillig verschwunden ist? Vielleicht mit diesem Sven?«

Sofort schossen wieder Tränen in Violas Augen. »Das kann ich mir nicht vorstellen. Sie hätte mir doch sicher … Sie würde doch nicht …«

Schluchzend brach sie ab und dachte daran, was Anna gesagt hatte: *Es muss sich etwas ändern. Ich halte das nicht mehr aus.*

»Ich weiß es nicht«, flüsterte sie und weinte.

Wieder ein stummer Blick zwischen Dani und Kraut. *Möglich wär's.*

In diesem Moment klingelte es an der Tür. Kraut öffnete und ließ die Kollegen herein. Ihnen auf dem Fuß folgte ein älteres Paar, das sich als Violas Eltern zu erkennen gab. Kraut führte sie ins Wohnzimmer, wo sofort eine tränenreiche Familienversammlung begann. Sie winkte Dani zu, und sie zogen sich mit den Kollegen in die Küche zurück.

»Was ist denn hier passiert?«, fragte Thorsten Weber, ein junger Streifenbeamter, mit einem Blick auf das Lebensmittelchaos in der Wohnung.

Dani schürzte die Lippen. »Ein Befreiungsschlag, der leider zu spät kam.« Weber verstand nicht, fragte aber nicht nach. Jetzt gab es Wichtigeres zu tun, als seine Neugier zu stillen.

Kraut trat ein paar Dosen und Schachteln beiseite und breitete einen Stadtplan auf dem Fußboden aus.

»Wir sind hier.« Sie deutete auf den entsprechenden Punkt. »Sie wollte direkt zum Bahnhof gehen. Möglich wäre das hier«, ihr Zeigefinger fuhr eine Straße entlang, »hier oder hier.« Sie sah zu den Kollegen hoch. »Falls sie irgendwo auf einem dieser Wege einen Unfall hatte oder überfallen wurde, wäre es möglich, dass sie irgendwo am Straßenrand liegt oder in einem Vorgarten.« Sie erhob sich. »Oder in einem Kleidercontainer oder Altglasbehälter. Ihr wisst schon …«

Die Kollegen nickten und machten sich auf den Weg.

»Und was machen wir?« Dani blickte über die Schulter ins Wohnzimmer, wo Viola und ihre Eltern immer noch leise weinten und sich an den Händen hielten.

»Ich denke, wir werden hier nicht mehr gebraucht«, antwortete Kraut. »Fahren wir ins Büro.«

Dani bat Viola, in der Nähe des Telefons zu bleiben und jederzeit anzurufen, falls ihr noch etwas einfalle. Dann überließen sie sie der Obhut ihrer Eltern.

* * *

Anna konnte kaum fassen, was für einen Stuss Sven da von sich gab. Wie alt war er eigentlich? Zehn? War ihm niemals in den Sinn gekommen, dass Achim wohl kaum im Gefängnis gelandet wäre, wenn er tatsächlich wüsste, wie man mit dem Leben zurechtkam?

Sie blickte ihn an. Sein Gesicht war nach draußen gewandt. Seine Augen schimmerten feucht.

Anna wäre am liebsten aufgesprungen und hätte ihn geschüttelt oder ihm die Faust ins Gesicht gerammt. Aber sie ahnte, dass das wohl nicht der beste Weg wäre, diese Geschichte zu einem friedlichen Ende zu bringen.

»Und wie ging es weiter?«, fragte sie und versuchte, nicht allzu genervt zu klingen.

Müde wandte ihr Sven sein tränenfeuchtes Gesicht zu. Anna konnte sich kaum noch beherrschen. Selbstmitleidiges Arschloch.

»All die Jahre haben wir Pläne geschmiedet. Wir wollten zusammen leben, wenn Achim wieder frei wäre. Das war das Ziel, das ihn und mich all die Jahre am Leben gehalten hat.« Mit einer Hand wischte Sven über seine Augen.

»Dann wurde sein Begnadigungsgesuch wieder abgelehnt. Das war vor ein paar Wochen. Er erhängte sich, einen Tag, bevor ich achtzehn wurde. Sie haben mir ein paar Euro in die Hand gedrückt und mich auf die Straße gesetzt.«

Anna nickte. Das war definitiv gelogen. Sie wusste, dass es Einrichtungen gab, in denen schwierige Jugendliche auch nach Erreichen der Volljährigkeit betreut werden konnten. Was Sven da schilderte, passierte seit mindestens zwanzig Jahren nicht mehr.

»Und jetzt bin ich hier«, schloss er, »und räche mich für all das Unrecht, das uns widerfahren ist. Deine Mutter soll ebenso leiden wie Achim und ich.«

Er klang wie aus einem alten Western entsprungen. Anna wartete ab, was Sven jetzt, nachdem er mit seiner Lebensgeschichte durch war, vorhatte. Im schlimmsten Fall würde er jetzt aufstehen und sie zusammenschlagen, im günstigsten würde er losheulen wie ein Baby.

Beides passierte nicht. Stattdessen blieb Sven einfach sitzen, wischte sich hin und wieder über die Augen und schaute hinaus in die Nacht.

Anna trank einen Schluck aus der fast leeren Wasserflasche und dachte nach. Sven hatte offenbar einen sehr sensiblen Punkt erreicht. Wenn sie Glück hatte, war er jetzt für ein paar vernünftige Worte empfänglich. Wenn nicht … Nun ja, sie hatte nicht mehr viel zu verlieren.

Sie stellte die Flasche wieder neben sich und forschte in seinem Gesicht nach Anzeichen eines drohenden Wutanfalls. Nur wenig Mondlicht schien von draußen herein, aber sie glaubte nicht, dass er wütend aussah. Sie würde es einfach versuchen.

»Sven?«

Er wandte stumm den Kopf.

»Ich hab dir jetzt ziemlich lange geduldig zugehört. Stimmt's?« Sie wartete sein Nicken ab, ehe sie fortfuhr.

»Und es tut mir ehrlich, ehrlich furchtbar leid, was dir passiert ist und dass du jetzt ganz allein bist.« Wieder wartete sie, aber er zeigte keine Reaktion.

»Jetzt möchte ich dir auch etwas erzählen und ich bitte dich, mir ebenso geduldig zuzuhören wie ich dir. Meinst du, das geht?«

Lange Zeit rührte Sven sich nicht, und Anna fürchtete schon, er habe ihr gar nicht zugehört. Dann sagte er matt: »Das klingt fair. Leg los.«

»Gut. Aber gib mir zuerst meinen Rucksack. Ich habe Hunger. Vielleicht hab ich irgendwas dabei.«

Sven griff nach ihrem Rucksack und warf ihn hinüber. Ohne in der Dunkelheit etwas zu sehen, wühlte sie darin herum und fand eine Stange Pfefferminzbonbons und eine Packung Schokoriegel. Und ihr Handy.

Ihr stockte der Atem. Eine Fülle von Möglichkeiten baute sich vor ihrem geistigen Auge auf, aber Sven beobachtete sie, also ließ sie die Hand weiterwandern und fand noch einen Apfel. Sie legte alles außer dem Handy vor sich hin und schob den Rucksack neben sich. Mit beiden Händen brach sie die Rolle Pfefferminz auseinander und warf eine Hälfte zu Sven hinüber. Das Gleiche machte sie mit der Packung Schokoriegel, riss dann gleich einen auf und biss hinein. Sven nahm seine Ration mit einem überraschten Gesichtsausdruck entgegen, öffnete aber ebenfalls sofort einen Riegel und aß ihn in wenigen Sekunden auf.

Anna hob den Apfel. »Hast du ein Messer?« Im gleichen Moment bereute sie die Frage.

Sven stand auf und trat auf sie zu. Sofort überfiel sie die Angst, er könne ihr etwas antun, doch er griff nur nach dem Apfel, drehte ihn mit beiden Händen, bis er in der Mitte auseinanderbrach, und reichte ihr eine Hälfte. Dann zog er sich wieder an seine Wand zurück. Anna atmete auf.

Sie biss in den Schokoriegel und direkt danach in den Apfel und murmelte undeutlich: »Besser als nichts, oder?« Sven grinste mit vollem Mund und nickte. Schließlich waren Apfel und Schokoriegel verputzt, und nur die Pfefferminzbonbons blieben übrig als Ration für die Nacht.

Anna trank noch einen Schluck Wasser. Dann schloss sie für einen Moment die Augen und überlegte, wie sie am besten anfangen sollte. Schließlich holte sie tief Luft und begann:

»Vor zwölf Jahren war ich drei Jahre alt und meine Mom dreiundzwanzig. Sie war glücklich verheiratet und im fünften Monat schwanger.«

* * *

»Dieser Sven kommt mir komisch vor«, sagte Kraut und schaltete ihren Rechner an. »Ich meine, es wäre natürlich alles möglich: frisch zugezogen, sucht Anschluss, netter Junge und so weiter, aber irgendwie …« Sie ließ den Satz in der Luft hängen.

Dani nickte. »Geht mir ähnlich. Ich kann es auch nicht wirklich in Worte fassen. Aber ich würde nicht ausschließen, dass Anna sich zum ersten Mal in ihrem Leben verliebt hat und einfach die günstige Gelegenheit ergriff, ihr elendes Leben zu ändern.«

Kraut dachte darüber nach, während sie auf Google nach einer bestimmten Seite suchte.

»Der angebliche Flug nach Ibiza hat ihr zumindest einen guten Vorsprung beschert, falls sie wirklich freiwillig abgehauen ist.«

»Ja. Wissen wir eigentlich, ob sie sich tatsächlich für dieses Feriencamp angemeldet hat? Falls nicht, wäre das ein Indiz für freiwilliges Verschwinden. Außerdem hätte sie dann auch ein paar Euro in der Tasche. Ich rufe da morgen noch mal an.«

»Aber selbst wenn«, wandte Kraut ein. »Sie könnte es sich danach noch anders überlegt haben. Wir müssen Viola mal vorsichtig aushorchen, wie viel Geld Anna wohl dabeihaben könnte.«

Dani ging zur Kaffeemaschine und füllte zwei Tassen für sich und Kraut.

Sie mussten diesen Sven finden und mit ihm sprechen. Falls er denn noch zu Hause war. Falls nicht, wäre das wieder ein Indiz.

Dani sah zur Uhr. Inzwischen war es nach Mitternacht. Das mussten sie also auf Morgen verschieben. Sie machte eine Notiz.

Kraut schrieb ein paar Zahlen vom Bildschirm ab und schob den Zettel zu Dani hinüber. »Das sind die Telefonnummern vom Peter-Joerres-Gymnasium und vom Logistikzentrum des Heeres. Da rufen wir gleich morgen früh an. Vielleicht finden wir so den Jungen.«

»Handyortung. Auch eine Möglichkeit.«

»Ja, aber nur, wenn das Handy auch eingeschaltet ist. Das ist im Moment offensichtlich nicht der Fall.«

Dani schrieb *Handy* auf ihren Notizzettel. Und darunter *Geld*.

Sie füllte Kaffee nach und trank vorsichtig. Da ihr im Augenblick nichts weiter einfiel, was sie noch tun könnte, griff sie nach ihrem Telefon und wählte noch einmal Annas Nummer. »The number you are calling ...«.

Sie klappte ihr Handy wieder zu.

Die Streifen trudelten nach und nach ein. Sie hatten Anna nicht gefunden, weder lebend noch verletzt im Straßengraben noch tot in einem Müllcontainer. Am Morgen würden sie die Suche bei Tageslicht wiederholen und gegebenenfalls ausdehnen.

* * *

»An einem Tag im Juli fuhr sie mit mir zum Einkaufen in den Supermarkt. Es war ein sehr heißer Tag, und außer uns war wohl niemand auf die Idee gekommen einzukaufen.«

Anna veränderte ein wenig ihre Position und hoffte, einen besseren Blick auf Svens Gesicht erhaschen zu können. Aber es lag inzwischen völlig im Dunkeln. Das war nicht gut. Sie musste seine Reaktionen beobachten, um vorbereitet zu sein, wenn er plötzlich einen Wutanfall bekam.

»Sven?«

»Ja?«

»Würdest du dich etwas näher an den Eingang setzen? Ich kann dich nicht sehen, und das möchte ich gerne, wenn ich weitererzähle.«

Sven sprang auf, und sofort erschauerte Anna vor Angst.

»Ich mache uns ein Feuer an.«

Er trat an eine Feuerstelle, die Anna, wie sie sich jetzt erinnerte, schon am Nachmittag gesehen hatte. Offenbar hatte Sven schon für ausreichend Holz gesorgt, denn in wenigen Minuten hatte er ein Bündel Reisig entzündet und Holz darauf geschichtet. Bald loderten die Flammen hell auf.

Sven ließ sich in der Nähe der Feuerstelle nieder, sodass der Schein sein Gesicht beleuchtete. »Besser so?«

»Ja«, antwortete Anna. Sven schien jetzt ganz entspannt zu sein. Anna konnte das nicht verstehen. Hatte er nicht gerade die tränenreiche Geschichte seines Lebens vor ihr ausgebreitet? Und jetzt saß er da und lächelte verträumt, während sie drauf und dran war, ihm ein paar hässliche Wahrheiten aufzutischen. Anna betete, dass sie mit ihrem Plan nicht völlig danebenlag.

»Wie gesagt, es war ein sehr heißer Tag. Jedenfalls waren wir ganz allein auf dem Parkplatz, als meine Mom mich anschnallte und losfahren wollte. Und dann sprang plötzlich ein Mann auf den Beifahrersitz. Dein Bruder. Achim.«

Misstrauisch beobachtete Anna, welche Wirkung ihre Worte auf Sven haben würde. Er runzelte ein wenig die Stirn, sagte aber nichts.

*Okay.*

»Er hielt meiner Mutter ein Messer an die Kehle und befahl ihr loszufahren. Als sie sich weigerte, richtete er das Messer gegen mich, ein dreijähriges Kind.« Wieder studierte sie sein Gesicht. Es war ernst, aber nicht wütend.

»Er zwang sie, mit ihm in den Wald zu fahren. Dort fiel er über sie her und stach über fünfzigmal auf sie ein. Er zerbrach vier Messer, bevor er aufhörte.«

Anna wartete. Sven rührte sich nicht, hatte aber inzwischen die Augen geschlossen.

»Er hatte meine Mutter noch nie zuvor gesehen. Sie kannten sich nicht. Er hat sie einfach so niedergestochen. Einfach so.«

Sven schlug die Augen auf. »Das ist nicht wahr. Sie hat ihn provoziert und herausgefordert. Sie war selbst schuld.«

»Sven, sie kannten sich nicht. Sie hatten sich nie zuvor gesehen. Meine Mutter war jung verheiratet und schwanger. Warum sollte sie einen wildfremden Mann herausfordern?«

Sven sprang auf und lief um das Feuer herum. Nervös legte

er ein paar Scheite nach, obwohl das noch gar nicht notwendig war.

»Das kann nicht sein. Du lügst!«, presste er schließlich hervor. »Du lügst, verdammt noch mal.« Seine Stimme wurde lauter. »Deine Mutter war eine Schlampe. Genau wie du!«

Anna versuchte, ruhig zu bleiben. Sven geriet in einen Zustand, der bedrohlich wurde. Schlampe? Was sollte das bedeuten?

»Was meinst du damit?«, fragte sie leise und versuchte, jeden Anflug von Angst oder Wut aus ihrer Stimme zu verbannen.

»Was meine ich wohl?«, schrie Sven, packte ein glimmendes Holzscheit und schwang es drohend in ihre Richtung.

»Die blonde Schlampe hat ihn aufgegeilt und dann hängen lassen. Er hat mir alles erzählt!«

Anna legte eine Hand an ihre Stirn und presste die Schläfen zusammen. Du lieber Himmel, was für ein Irrsinn.

»Sven«, setzte sie an, doch er unterbrach sie.

»Halts Maul! Du bist auch nicht besser als sie!«

Mit dem rauchenden Holzscheit in der Hand begann er, hektisch in der Hütte auf und ab zu rennen.

Anna beobachtete ihn voller Angst und versuchte zu verstehen, was in ihm vorging. Was konnte er nur damit meinen? Offenbar hatte er die abstrusen Erzählungen seines Bruders falsch verstanden. Viola hatte ihren Angreifer nie zuvor gesehen. Wie sollte sie ihn provoziert haben?

Plötzlich fiel ihr etwas ein. Das könnte die Erklärung sein. Sie hoffte nur, dass sie damit nicht alles noch schlimmer machte. Verdammt, sie hatte keine Ahnung, wie man mit Psychopathen umging. Im Zweifelsfall machte sie alles falsch.

»Sven, weißt du, dass man später in seiner Wohnung eine Frauenleiche gefunden hat?« Sie hielt den Atem an.

* * *

»Ich fahre noch mal kurz bei Viola vorbei, und dann lege ich mich ein paar Stunden hin.« Dani reckte und streckte sich und gähnte herzhaft. »Bis morgen früh können wir sowieso nichts weiter tun.«

Kraut stimmte ihr zu. »Ich fahre auch nach Hause. Bis später.«

Viola und ihre Eltern saßen im Wohnzimmer, als Dani eintraf, und sahen sie alle drei hoffnungsvoll an. Dani schüttelte den Kopf.

»Wir haben sie noch nicht gefunden.«

Sie setzte sich auf den Hocker vor Violas Staffelei.

»Morgen früh begeben wir uns auf die Suche nach diesem Sven. Vielleicht weiß er etwas. Und wir werden das Publikum an den beiden Bahnhöfen befragen. Möglicherweise ist Anna jemandem aufgefallen, falls sie mit dem Zug irgendwohin gefahren ist.«

Viola sah sie erwartungsvoll an, doch viel mehr hatte Dani nicht auf Lager.

»Wie viel Geld könnte sie dabeihaben?«

»Zweihundert Euro vielleicht«, vermutete Viola. »Das Reisegeld, das ich ihr gegeben habe.«

»Hat sie ein Sparbuch?«

Viola nickte.

»Schauen Sie, ob es noch da ist.«

Sofort sprang Viola auf, lief in Annas Zimmer und kehrte mit einem roten Sparkassenbuch in der Hand zurück.

»Können wir denn gar nichts tun?«, fragte Violas Vater. Seine Frau klammerte sich an ihn. Ihre Augen waren rot und verweint.

Dani erinnerte sich an ihre Namen: Margret und Viktor Wagner.

»Herr Wagner, wir können nur versuchen, Anhaltspunkte dafür zu finden, ob sie freiwillig oder unter Zwang verschwunden ist. Und allen Hinweisen nachgehen.«

Plötzlich kam ihr eine Idee. »Was ist eigentlich mit Annas Vater?«

»Carsten?« Viktor schnaubte verächtlich. »Ein Windhund. Hat sich einfach vom Acker gemacht, als es schwierig wurde.«

Margret schlug die Hände vors Gesicht und schluchzte auf. Viola schlang die Arme um ihren Oberkörper. »Wir haben seit fast zehn Jahren kaum Kontakt. Er hat uns verlassen. Anna mailt gelegentlich mit ihm.«

Dani dachte darüber nach. »Könnte es sein, dass Anna zu ihm gefahren ist?«

»Nein«, Viola schüttelte den Kopf, »das glaube ich nicht. Zumindest hat sie niemals auch nur angedeutet, dass sie das vorhat. Wir wissen nicht einmal genau, wo er jetzt lebt.«

»Das könnte sie ja herausgefunden haben.« Noch ein Punkt, um den wir uns morgen kümmern müssen, dachte Dani. Und uns Annas Computer ansehen. Genug zu tun.

Sie stand auf und reichte allen die Hand. »Ich muss jetzt noch ein paar Stunden schlafen. Ich würde Ihnen das Gleiche empfehlen. Morgen wird sicher ein langer Tag. Gute Nacht.«

Auf dem kurzen Heimweg durch die stille nächtliche Stadt überdachte Dani noch einmal, ob sie wirklich alles Mögliche getan hatten. Auf Anhieb fiel ihr kein Versäumnis auf. Egal, ob Anna freiwillig oder unfreiwillig verschwunden war – sie konnte jetzt, rund achtzehn Stunden nach Verlassen des Hauses, überall sein, direkt in der Nähe oder hunderte Kilometer entfernt.

Morgen würde sie sich als Erstes um diesen Sven kümmern.

Sie bremste den Wagen an einem Zebrastreifen ab, um ein paar angetrunkene Nachteulen hinüberzulassen. Sie stützten sich gegenseitig mehr schlecht als recht, wankten über die Straße und winkten Dani zu. Lächelnd hob sie die Hand.

Falls Anna weitere Bekanntschaften gemacht hatte in der letzten Zeit, würde Elena wahrscheinlich davon wissen. Das konnte man also vorläufig einmal ausschließen.

Dani dachte wieder an Carsten Blumenthal, Annas Vater. Laut Viola hatten sie kaum Kontakt, aber wie man heute Abend erfahren hatte, wusste Viola nicht allzu viel über Annas Leben.

Das wäre noch die beste Lösung, dachte Dani, dass Anna sich bei ihrem Vater verkrochen hatte.

Aber tief in ihrem Innern glaubte sie nicht daran. Das wäre zu einfach. Und passte nicht zu Anna.

## 20. Kapitel

Am Morgen war Dani bereits um kurz nach sieben wieder im Büro und setzte als Erstes Kaffee auf. In einer Bäckerei in der Nähe ihrer Wohnung hatte sie belegte Brötchen und Gebäck gekauft. Erfahrungsgemäß würden sie an einem Tag wie diesem weder zum Frühstücken noch zu einem Mittagessen kommen. Sie drapierte Brötchen und Gebäck auf einem Teller neben der Kaffeemaschine.

Wenige Minuten nach ihr traf Kraut ein und goss sich ohne weitere Verzögerung einen Kaffee aus der erst halb durchgelaufenen Kanne ein. Er musste fürchterlich stark sein, doch sie schlürfte ihn wie Nektar und seufzte.

»Zu wenig Schlaf macht mich fertig.«

Dani sah auf die Uhr. »Kein Training heute Morgen?«

Kraut schüttelte den Kopf. »Wir haben keine Zeit zu verlieren. Ich habe Viola angerufen, und sie hat ebenfalls keine Lust, durch den wunderbaren Sommermorgen zu schlendern.«

Endlich war der Kaffee fertig, und Dani nahm sich eine Tasse und einen Streuselkuchen.

»Du magst die beiden auch, oder?« Sie biss in den trockenen Kuchen und goss sofort einen Schluck Kaffee hinterher.

Kraut starrte in ihre leere Kaffeetasse, in der definitiv kein Satz zum Lesen war. Schließlich nickte sie und hob den Blick.

»Ja, ich mag sie beide. Anna ist ein tolles Mädchen. Jede andere wäre schon längst abgehauen und hätte die bekloppte Mutter allein gelassen. Aber sie hält durch und gibt nicht auf. Sie ist sehr stark.«

Kraut stand auf und holte sich noch einen Kaffee.

»Und Viola«, fuhr sie fort und setzte sich wieder Dani gegenüber, »sie ist wie … wie ein Küken, das man beschützen will. Man weiß, dass es alles schaffen kann, was es braucht, um zu überleben. Aber das Küken selbst weiß das noch nicht und hat Angst.«

Mit offenem Mund lauschte Dani Krauts philosophischem Exkurs. Meine Herren, dass sie das noch erleben durfte.

Kraut schien inzwischen selbst peinlich berührt von ihrem Gebrabbel, wandte sich um und schaute auf den Bildschirm, der überraschenderweise noch völlig schwarz war. Sie schaltete den Rechner ein.

»Du übernimmst das Gymnasium und ich die Bundeswehr«, sagte sie und griff bereits zum Telefon.

Das passt, dachte Dani und lächelte in sich hinein.

Sie musste ein paar Minuten warten, bis die Direktorin des PJG ihre Tasche abgelegt und sich eingerichtet hatte – was auch immer das bedeuten sollte. Richtete die sich etwa jeden Morgen neu ein? Wie anstrengend.

Kraut dagegen hatte offenbar schon jemanden an der Strippe, dem sie ordentlich den Marsch blasen konnte. Fast gleichzeitig legten sie kurze Zeit später die Hörer wieder auf.

»Das PJG hat in den letzten zwei Monaten zwei neue Schüler in den oberen Jahrgängen aufgenommen. Keiner heißt Sven.«

»Im Logistik-Zentrum haben sie mehrere Versetzungen in den vergangenen Wochen verzeichnet. Sie suchen jetzt nach einem, der infrage kommt, und rufen zurück.«

Dani wählte Annas Handynummer, während Kraut mit einem Techniker telefonierte und herauszufinden versuchte, ob man eine vorsorgliche Handyortung einrichten konnte, selbst, wenn das Telefon noch abgeschaltet war.

»Nur die Computeransage«, sagte Dani und klappte ihr Handy wieder zu.

»Läuft«, teilte Kraut mit.

Dani nickte. Das bedeutete: Sobald Anna ihr Handy anschalten würde, leuchtete irgendwo im Haus ein grünes

Lämpchen auf, und ein begnadeter Techniker würde versuchen, es zu orten. Aber so viele Worte verschwendete Kraut nicht auf eine einfache Information.

Gelegentlich vermutete Dani, dass Kraut fürchtete, nur einen begrenzten Vorrat an Worten zu besitzen, so, wie manche Männer fürchten, ihr Spermavorrat sei festgelegt und ginge irgendwann zur Neige. Mit begrenzten Ressourcen ging man vernünftigerweise sparsam um. Kraut würde sich demnach bis zu ihrem einhundertzehnten Lebensjahr problemlos mitteilen können. Dani würde mit fünfzig endgültig verstummen.

Das Telefon klingelte. Dani nahm ab und meldete sich.

»Logistikzentrum des Heeres, Brigadegeneral Braun hier«, meldete sich eine tiefe und unglaublich attraktive, männliche Stimme. Dani schmolz regelrecht dahin.

»Einen Moment, bitte« sagte sie und reichte den Hörer an Kraut weiter. »Bundeswehr«, flüsterte sie und dachte bereits darüber nach, welche abstrusen Gründe sie finden könnte, Brigadegeneral Braun persönlich kennenzulernen. Halleluja. Wenn der Mann auch nur halbwegs so aussah, wie seine Stimme klang, würde sie ihn sofort heiraten.

»Der Chef persönlich«, bemerkte Dani, nachdem Kraut aufgelegt hatte.

»Ja, die haben es nicht gern, wenn Untergebene irgendeine Außenfunktion übernehmen.« Kraut blickte auf die Notizen, die sie während des Telefonats gemacht hatte.

»Er hat drei Neuzugänge ausgemacht, die infrage kommen.« Sie reichte Dani den Zettel. Die sagte: »Wir schicken eine Streife vorbei. Wenn sie einen Sohn namens Sven haben, sollen sie ihn mitbringen oder abholen, wo auch immer er ist.«

Kraut nickte. »Genau so.«

Sie erhob sich und ging zur Wand neben der Tür, wo ihre Sprossenwand angebracht war. Mit dem Rücken lehnte sie sich dagegen, griff nach oben, packte mit beiden Händen eine Sprosse über ihrem Kopf und zog sich mühelos hoch.

Dani schickte eine Streife los und telefonierte anschließend mit Viola, während sie Kraut beobachtete. Kein Wunder, dass sie so stark war. Dani war sicher, dass sie sich auf diese Weise keinen Zentimeter anheben könnte.

Wie nicht anders zu erwarten, hatte Viola kein Auge zugetan und war fix und fertig. Ihre Eltern hatten immerhin ein paar Stunden in Violas Bett geschlafen und bereiteten gerade ein Frühstück zu.

Dani erläuterte Viola ihre gegenwärtigen Maßnahmen und versprach, sich gegen zehn noch einmal zu melden.

Anna war inzwischen seit über vierundzwanzig Stunden verschwunden.

* * *

Vögel zwitscherten, ein Käuzchen rief und weckte Anna auf. Sie hasste das. Jeden Morgen pünktlich um halb fünf fingen die Viecher zu schreien an, und sie wurde wach und musste ihr Fenster schließen, um noch zwei Stunden Schlaf zu finden.

Sie öffnete die Augen und wusste sofort, dass sie nicht zu Hause war. Ihr Gesicht lag nicht im weichen Kissen, sondern auf einem harten Untergrund, und das blasse Morgenlicht kam nicht von rechts, sondern von links.

Sie hob den Kopf und schüttelte ihn leicht, um den Schlaf zu vertreiben. Das Feuer in der Feuerstelle war erloschen, wahrscheinlich schon vor Stunden, und die kalte Asche stank. Bevor sie sich aufsetzte, ließ sie den Blick durch die Hütte schweifen. Sven war nirgends zu sehen. Eine trügerische Hoffnung keimte in ihr auf. Er war weggelaufen, während sie schlief.

Langsam schob sie sich an der Wand in eine sitzende Haltung. Die Luft war noch empfindlich kühl, und sie fror in ihrem kurzärmeligen T-Shirt. Offenbar war sie irgendwann heute Nacht eingeschlafen und einfach umgefallen. Sie konnte sich jedenfalls nicht erinnern, wie der Abend geendet hatte.

Das Letzte, was ihr einfiel, war, dass sie Sven nach der Frauenleiche gefragt hatte und er aufgestanden und hinausgerannt war. Dann hatte sie ihn lange Zeit vor der Hütte auf und ab laufen gehört, und irgendwann musste sie wohl eingeschlafen sein.

Jetzt saß sie aufrecht an der Holzwand. Here again, dachte sie zynisch und suchte nach der Wasserflasche. Sie war leer.

Um ihren Hals lag immer noch die Schlinge, die Sven geknüpft hatte, aber er hing nicht mehr am anderen Ende. Sie streifte sie über den Kopf und warf das Seil auf die erloschene Glut der Feuerstelle.

Wie es wohl Mom inzwischen ging? Sicher war sie bereits halb durchgedreht. Anna hoffte, dass sie sich an ihren Rat gehalten und Daniela oder ihre Eltern angerufen hatte. Sie versuchte, sich vorzustellen, was Viola wohl unternahm, um sie zu finden, aber es fiel ihr nicht allzu viel ein. Das Beste, was sie tun konnte, war, Daniela und Kraut um Hilfe zu bitten. Die beiden hatten sicher Erfahrung mit so etwas. Und außerdem den ganzen Polizeiapparat hinter sich.

Wo mochte Sven sein? Sie beschloss nachzusehen, ob sein Auto noch da war.

Leise schlich sie zur offenen Wand der Hütte und blickte sich um. Sven lag auf einer Holzbank ohne Lehne an der linken Seite der Hütte und schlief fest. Sofort dachte sie an Flucht, aber die Erfahrung gestern Abend hatte gezeigt, dass er sehr schnell aufwachte oder aber nur vortäuschte, zu schlafen. Sie konnte kein Risiko eingehen.

Die Hütte war rundherum von Wald umgeben. Da sie gestern stetig bergauf gefahren waren, vermutete Anna, dass sie sich hoch oben auf einem der Hügel rund um die Stadt befanden. Die dicht stehenden Bäume ließen leider keinen Blick ins Tal zu, und auch ringsum entdeckte Anna keine Orientierungspunkte. Sie versuchte, sich zu erinnern, wie lange die Fahrt hierher gedauert hatte, aber durch den Schlag auf die Nase war sie eine Zeit lang weggetreten gewesen und konnte es nicht sagen.

Sie schlich in die Hütte zurück und dachte nach, was sie wohl am besten tun könnte. Das Seil auf der erloschenen Holzkohle brachte sie auf eine Idee. Sven besaß offenbar ein Feuerzeug. Sie sah sich um und erspähte seinen Rucksack an der hinteren Wand. Leise schlich sie hinüber und wühlte darin herum, ohne die Öffnung der Hütte aus den Augen zu lassen. Endlich erfühlte sie einen flachen Gegenstand und förderte ein Taschenmesser zutage. Sie steckte es in ihre Hosentasche, suchte weiter und fand schließlich ein Einwegfeuerzeug.

Reisig war noch genügend vorhanden. Anna legte es auf die kalte Asche, drapierte das Seil darüber und baute einen kleinen Kranz aus schmalen Holzscheiten darauf auf. Dann drückte sie auf den Zündknopf des Feuerzeugs. Es klickte, in ihren Ohren entsetzlich laut, zündete aber gleich beim ersten Mal. Vorsichtig hielt sie die Flamme an das Reisig, das sofort aufflammte. Sie blies in die winzigen Flammen, bis sie größer und größer wurden und schließlich auf das Seil und die Holzscheite übergriffen.

Damit fesselst du mich nicht mehr, dachte sie triumphierend und blies noch einmal ins Feuer.

Als das Seil fast vollständig verbrannt war, schlich sie wieder zur offenen Hüttenseite. Sven schlief noch oder tat zumindest so.

Anna dachte an ihr Handy. Wenn sie es doch nur einschalten könnte. Sie wusste, dass man den Standort eines Handys herausfinden konnte, allerdings nur, wenn es eingeschaltet war. Das war aber ganz unmöglich. Anna konnte sich lebhaft vorstellen, dass Elena den ganzen Tag über eine Sms nach der anderen geschrieben hatte, und wenn sie jetzt ihr Handy einschaltete, würden die Nachrichten innerhalb von Sekunden eintreffen, und jede einzelne würde mit einem lustigen und ziemlich durchdringenden Piepston angekündigt. Theoretisch konnte Anna den Ton abstellen, aber praktisch würde das einige Sekunden dauern. Sie traute sich nicht. Wenn Sven einen Piepston hörte, würde er ihr das Handy wegnehmen, und das konnte sie nicht riskieren. Aber das konnte auch passieren, wenn er plötzlich auf die Idee kam, ihren Rucksack zu durchsuchen. Vorsichtshalber nahm sie das Handy heraus und schob es in die andere Hosentasche. Falls sich jetzt eine Möglichkeit zur Flucht bot, hatte sie immerhin ein Handy und ein Messer dabei.

Durst.

Anna sah sich um. Neben Svens Sitzplatz lag seine Wasserflasche. Viel war nicht mehr darin. Sie trank es auf einen Zug aus. Wenn sie erreichen konnte, dass er vor Durst oder Hunger runter in die Stadt fuhr, taten sich neue Chancen für sie auf. So leise wie möglich öffnete sie ihren Koffer. Darin befanden sich zwei weitere Päckchen Schokoriegel und eine Schachtel Kekse. Sie aß so viel wie möglich davon und verstaute den Rest ganz unten im Koffer unter ihren Kleidern. Sie trank noch einen Schluck aus der Wasserflasche, die in ihrem Rucksack versteckt war, und schob sie wieder zurück.

Okay Sie war gestärkt, und er würde Hunger und Durst haben. Eine gute Ausgangsbasis.

## 21. Kapitel

Leider kam die Streife ohne einen Sven zurück. Die Kollegen hatten auch keinen Hinweis darauf gefunden, dass es in einer der infrage kommenden Familien einen Sven gab oder gegeben hatte.

»Ich denke, jetzt können wir davon ausgehen, dass Sven tatsächlich etwas mit Annas Verschwinden zu tun hat«, sagte Dani. »Er hat sie entführt oder sie ist mit ihm durchgebrannt.«

»Entführung ist wahrscheinlicher«, gab Kraut zurück. »Immerhin hat er eine Identität erfunden, um sie kennenzulernen. Wir haben nicht die geringste Ahnung, wer er wirklich ist.«

»Elena kennt ihn«, erinnerte Dani.

Kraut dachte nach. »Sprichst du Spanisch?« Dani verneinte.

Kraut sprang auf und riss die Bürotür auf.

»Spricht hier irgendjemand Spanisch?«, brüllte sie mit ohrenbetäubender Lautstärke in den Flur.

Dani schüttelte lächelnd den Kopf. Sie sah förmlich vor sich, wie die Kollegen auf ihren Bürostühlen zusammenzuckten. Alle fürchteten sich vor Kraut, ausgenommen der Chef, Lothar Werner, der ihr mit der gleichen Gelassenheit begegnete wie jedem anderen Kollegen.

Kurze Zeit später hallten eilige Schritte über den Flur, und Thorsten Weber stand in der Tür.

»Ich ... spreche ... Spanisch«, keuchte er atemlos und hielt sich am Türrahmen fest.

Kraut nickte Dani zu.

»Setzen Sie sich, Thorsten.« Sie stand auf. »Kaffee?« Er nickte und ließ sich in einen der Besucherstühle fallen.

Dani schenkte ihm einen Kaffee ein, stellte Zucker und Milch und den Teller mit Gebäck daneben und setzte sich wieder.

Thorsten trank einen Schluck und erholte sich allmählich von seinem kleinen Sprint.

»Auf Ibiza befindet sich ein junges Mädchen, das jemanden gesehen hat, den wir nicht kennen, aber unbedingt kennenlernen möchten.«

Sie schilderte Thorsten kurz die Situation. Das Meiste kannte er schon von seinem nächtlichen Sucheinsatz.

»Elena kennt Sven seit einigen Wochen. Sie dürfte also in der Lage sein, eine passable Beschreibung abzuliefern.«

Thorsten nickte und starrte Dani an. Er verehrte die schöne Kollegin, ahnte aber, dass sie ihn für viel zu jung erachten würde. Umso dankbarer war er, ihr jetzt einen Beweis seiner Tüchtigkeit liefern zu können.

»Ihre Aufgabe«, fuhr Dani fort, »ist es, mit den Kollegen auf Ibiza Kontakt aufzunehmen und einen Polizeizeichner zu Elena zu dirigieren. Und natürlich einen Dolmetscher. Ich nehme nicht an, dass Elena Spanisch spricht.«

Thorsten nickte. »Kein Problem.«

Dani lächelte ihn an, und seine Knie wurden ganz weich.

»Sie können gleich von hier aus telefonieren und alles in die Wege leiten. Bitte.«

Sie schob das Telefon zu ihm hinüber und einen Zettel, auf dem sie die Nummer der Kollegen auf Ibiza notiert hatte.

Während Thorsten sich auf Spanisch von einem Büro zum nächsten durchfragte und jedes Mal eine ellenlange Erklärung ablieferte, wählte Dani Elenas Handynummer.

* * *

Anna stand unschlüssig im Eingang der Hütte und knetete nervös die Hände. Sven schlief augenscheinlich fest, aber sie traute ihm nicht. Dennoch: Einfach hier herumzustehen und darauf zu warten, dass er aufwachte, erschien ihr völlig idiotisch. Hin und her gerissen zwischen dem Wunsch zu fliehen und der Angst, wieder erwischt und verprügelt zu werden, fand sie einen Kompromiss. Sie würde sich hinausschleichen und sich hinter den Busch hocken. Wenn sich Sven nach dem Pinkeln immer noch nicht rührte, würde sie rechts um die Hütte herumgehen und wie der Teufel rennen.

Mit angehaltenem Atem schlich sie rückwärts an der Hütte entlang und ließ Sven nicht aus den Augen. Hinter dem Busch hockte sie sich hin und versuchte, das Plätschern zu verhindern, indem sie die Beine eng zusammenkniff. Es funktionierte einigermaßen. Sie zog sich wieder an und spähte um den Busch herum. Die Bank war leer.

Erschrocken sog sie die Luft ein und blickte sich um. Sven lehnte grinsend an der hinteren Ecke der Hütte und blockierte den Weg, den sie hatte nehmen wollen.

Sie warf ihm einen hochmütigen Blick zu, legte den Kopf in den Nacken und ging zurück zur Hütte.

Sven folgte ihr gemächlich. Als er die Hütte betrat, zog er die Nase kraus und schnupperte. Er entdeckte die Reste des verbrannten Seils in der noch qualmenden Asche und grinste wieder.

»Ich hab Hunger und Durst«, sagte Anna und versuchte, matt und erschöpft zu klingen.

»Ich hab nichts.« Sven setzte sich an der Wand auf den Boden.

»Dann besorg was. Oder sollen wir hier verdursten?«

Sven nickte nachdenklich ein paarmal, antwortete aber nicht.

»Sven, was soll das hier eigentlich werden? Willst du mich ewig gefangen halten?«

Mit gesenktem Kopf sah er sie an. »Ewig wirst du wohl nicht durchhalten. Aber eine Zeit lang.«

»Was soll das bedeuten?«

Sven stand auf und ging die paar Schritte bis zur offenen Seite.

»Ich hab dir ja gesagt, dass du nur Mittel zum Zweck bist.« Er wandte ihr den Rücken zu und sprach weiter, den Blick nach draußen gerichtet.«

»Inzwischen wird deine Mutter wohl mitbekommen haben, dass du Ibiza nicht erreicht hast. Sie wird ganz schön in Panik sein, was meinst du? Das war der erste Schritt.«

Anna starrte seinen Rücken an und wartete ängstlich darauf, dass er weitersprach.

»Als Nächstes werde ich ihr wohl etwas von dir schicken.« Er wandte den Kopf und lächelte Anna an. »Ein Ohr vielleicht oder einen Finger. Auf was würdest du lieber verzichten?«

Schlagartig begann Anna zu zittern. »Das ist nicht dein Ernst, oder?« Sie versuchte, in seinem Gesicht zu erkennen, ob er einen Scherz gemacht hatte, aber sie konnte es nicht feststellen. Sein Lächeln war unverändert freundlich und entspannt. Das konnte alles bedeuten.

Ihre Angst steigerte sich zu einer Panik. Zitternd presste sie den Rücken an die Holzwand und schlang die Arme um den Leib. Vielleicht scherzte er, aber es fühlte sich nicht so an.

Ohne es zu wollen, begann sie, mit dem Oberkörper vor und zurück zu schaukeln.

Er trat ein paar Schritte auf sie zu. Sie erschauerte und presste sich an die Wand.

»Das ist mein voller Ernst, Schätzchen. Deine Mutter soll leiden wie ein Tier.«

Er warf einen Blick auf seine Armbanduhr. »Ich denke, ich werde mir gleich mal ansehen, wie es ihr geht.« Er wandte den Kopf und warf Anna einen verschlagenen Blick zu. »Ich hab sie schon ein paarmal beobachtet.«

Mit aller Kraft versuchte Anna, das Zittern zu unterdrücken, und presste ihren Rücken fest an die Wand. Sie wollte nicht wie ein Heimkind mit Hospitalismus hin und her schaukeln. Das war entwürdigend.

»Und?«, fragte sie. »Was hast du gesehen?«

Irritiert sah Sven sie an.

»Du hast eine Frau gesehen, die sich kaum traut, ihre Wohnung zu verlassen. Die völlig traumatisiert ist, weil dein Bruder sie überfallen und fast getötet hat.« Anna redete sich in Rage. »Die ihrer Tochter, die ebenfalls von deinem Bruder überfallen wurde, ein normales Leben unmöglich macht.« Sie schlang die Arme um ihren Oberkörper. Ihr Herz flatterte wie ein Kolibri.

»Dein geisteskranker Bruder hat eine Frau und ihr Kind überfallen und zu einem Leben in Gefangenschaft verurteilt. Und du hältst ihn für den Helden der Nation. Du bist genauso bekloppt wie er.« Die Worte waren heraus und sie konnte sie nicht mehr zurückholen, so sehr sie sich das in diesem Moment auch wünschte.

Sven trat auf sie zu und schlug ihr mit der flachen Hand ins Gesicht. »Noch ein Wort und ich bringe dich um.«

Durch die Wucht des Schlages fiel Anna seitwärts auf den Boden und rührte sich nicht mehr. Mit geschlossenen Augen spürte sie dem Schmerz nach, der sich schnell über das ganze Gesicht und den Kopf ausbreitete. Ein warmes, feuchtes Rinnsal lief von ihrer Nase über ihre Lippen. Sie atmete flach.

»Steh auf.«

Anna schüttelte den Kopf und begann zu weinen.

»Steh auf! Oder muss ich dir helfen?«

Sie schluchzte heftig und schob sich an der Holzwand hoch. Ihr ganzer Körper zitterte so sehr, dass sie kaum stehen konnte. Ihr Kopf hämmerte.

»Bitte, Sven«, weinte sie. »Tu mir nichts.«

Ihre Tränen schienen ihn nicht im Mindesten zu beeindrucken.

»Steck die Hände in die Hosentaschen.«

»Was?«

»Die Hände in die Hosentaschen. Na los!«

Sie gehorchte, doch es war nicht leicht, ihre zitternden Hände in die engen Jeanstaschen zu schieben.

Sven öffnete den Gürtel seiner Hose und grinste sie an.

»Nein«, schrie sie und schluchzte heftig. »Nein, bitte nicht!«

Er zog den Gürtel durch die Schlaufen und trat dicht an sie heran.

»Keine Angst, Schätzchen«, sein Grinsen wurde breiter. »Ich stehe nicht auf Blondinen.«

Dann schlang er den Gürtel in Höhe der Ellbogen um ihren Körper, zog so fest zu, dass sie kaum noch atmen konnte und schloss die Schnalle auf ihrem Rücken. Jetzt konnte sie weder Arme noch Hände bewegen.

»Komm mit«, befahl er und schubste sie vor sich her. Weinend stolperte sie aus der Hütte. Sven trieb sie in Richtung seines Autos, öffnete den Kofferraum und nahm ein mehrfach zusammengerolltes Seil heraus.

»Na, wie gefällt dir das?« Er schwenkte die Seilrolle vor ihrem Gesicht hin und her. Anna schluchzte und ließ den Kopf hängen.

In der Hütte stieß er sie zu Boden, setzte sich auf ihre Beine und fesselte ihre Fußgelenke. Dann zerrte er sie auf die Füße und stützte sie, bis sie das Gleichgewicht wiedergefunden hatte.

»Hinknien!«

Anna ließ sich auf die Knie sinken. Da sie sich nicht abstützen konnte, landete sie unsanft und schmerzhaft auf dem harten Boden.

Ohne das Seil von den Fußfesseln abzutrennen, wickelte er es mehrfach um ihre Taille und fixierte ihre Hände damit fest in den Hosentaschen. Dann löste er den Gürtel. Mit dem restlichen Seil bildete er eine Schlinge um ihren Hals und verknotete das Ende schließlich um einen Fuß der eisernen Feuerstelle. Sie konnte sich nicht mehr rühren, ohne sich selbst zu erdrosseln.

Sven fädelte seinen Gürtel wieder in den Hosenbund ein und beobachtete Anna teilnahmslos. Sie schluchzte und weinte immer heftiger.

»Hör auf zu flennen, sonst wirst du noch ohnmächtig«, sagte er, doch Anna konnte nicht aufhören. Schließlich ging Sven hinaus und kehrte mit einigen Wasserflaschen zurück. Er trank ein paar kräftige Schlucke, trat dann zu Anna und goss ihr etwas Wasser über den Kopf.

Schockiert schnappte sie nach Luft und schüttelte den Kopf. Die Bewegung schnürte ihr sogleich die Luft ab.

»Du hörst sofort auf mit dem Geflenne, verstanden?«

Anna schluchzte noch einmal und versuchte sich zusammenzureißen. Wenn sie bis jetzt noch tief im Innern gehofft hatte, das alles sei ein kranker Scherz, so war diese Illusion nun endgültig geplatzt. Sven meinte es bitterernst.

## 22. Kapitel

Thorsten legte den Hörer auf und schob das Telefon zurück. »Alles klar«, sagte er zu Dani. »Sie werden gleich eine Zeichnung anfertigen und per E-Mail schicken. Ich habe Ihre Mailadresse weitergegeben. Es kann allerdings eine Weile dauern.«

Dani nickte. »Vielen Dank, Thorsten. Sie sind uns eine große Hilfe.«

»Sehr gerne.« Er strahlte und schickte sich an, das Büro zu verlassen.

»Thorsten«, hielt Dani ihn zurück. »Bleiben Sie bitte im Haus. Es könnte sein, dass wir Sie noch einmal brauchen.«

Er lächelte. »Nichts lieber als das.«

Als er die Tür hinter sich geschlossen hatte, sagte Dani: »Er ist niedlich, oder?« Kraut blickte sie an und zog eine Grimasse. »Ein Bübchen. Aber immerhin hilfreich.«

Dani überblickte die Notizzettel, die sich inzwischen auf ihrem Tisch häuften, und strich das eine oder andere durch, das sich inzwischen erledigt hatte.

»So, und jetzt suche ich nach Annas Vater.« Sie drehte ihren Stuhl in Richtung Bildschirm.

»Nicht mehr nötig.« Kraut hielt eine ihrer Notizen hoch. »Die letzte bekannte Adresse, die hier registriert wurde, ist in München. Er arbeitet dort in einer Anwaltskanzlei. Daran hat sich vermutlich nichts geändert.«

Dani zupfte den Zettel aus Krauts Fingern. »Danke, Chef.«

Kraut blickte grinsend über ihre Schulter: »Schon gut, Kleines.«

Dani wählte die Nummer.

»Anwaltskanzlei von der Gruen, Blumenthal und Schmidt. Mein Name ist Lisa Minnert. Was kann ich für Sie tun?«

»Guten Tag. Mein Name ist Daniela Flegel. Ich möchte Carsten Blumenthal sprechen.«

»Worum geht es, bitte?«

»Das möchte ich ihm selbst sagen.«

Lisa war offensichtlich schockiert ob ihrer Dreistigkeit. »Tut mir leid, Sie müssen mir schon sagen, worum es geht.«

»Hören Sie, Lisa, ich möchte Herrn Blumenthal sprechen, und zwar sofort. Und es geht Sie überhaupt nichts an, worum es geht. Haben wir uns verstanden?«

»Einen Moment, bitte.« Lisa klang deutlich verschnupft und schob sie in die Warteschleife. Das konnte dauern, dachte Dani. Sie hatte absichtlich verschwiegen, dass sie Polizistin war. Wer weiß, wie der gute Carsten darauf reagieren würde.

Nach zwei kompletten Durchgängen von Mozarts Zauberflöte einschließlich Ouvertüre schmollte Lisa wieder in der Leitung. »Ich verbinde Sie.«

»Recht herzlichen Dank auch«, flötete Dani, aber Lisa war schon weg und konnte ihren Charme-Anfall nicht mehr würdigen.

»Blumenthal.«

»Hallo, Herr Blumenthal. Mein Name ist Daniela Flegel.«

»Ja, bitte, was kann ich für Sie tun?« Er sprach kurz angebunden und barsch. Lisa hatte ihn offenbar entsprechend eingestimmt. Allmählich verlor Dani ihre gute Laune, sofern man an einem solchen Tag überhaupt davon reden konnte.

»Erinnern Sie sich, dass Sie mal eine Frau und eine Tochter hatten?«

Schweigen. Langes Schweigen. Dann: »Wer sind Sie?«

»Das sagte ich bereits. Mein Name ist Daniela Flegel. Meinen Beruf habe ich Ihnen zunächst verschwiegen, um Sie nicht zu beunruhigen, aber da die Sorge um Ihre Familie offenbar nicht Ihr größtes Problem ist, sage ich es Ihnen jetzt. Ich bin Kriminaloberkommissarin bei der Kripo Ahrweiler.«

Kraut, die dem Gespräch mit einem Ohr lauschte, hob den Daumen. *Gib's ihm!*

»Ich verstehe immer noch nicht, was Sie von mir wollen. Was ist mit meiner Familie?« Carsten Blumenthal war eindeutig verstimmt.

Ich muss ruhig bleiben, dachte Dani. Es hatte keinen Sinn, den Mann so vor den Kopf zu stoßen, selbst, wenn er es verdient hatte. Das brachte sie nicht weiter.

»Ihre Tochter Anna wird seit gestern Morgen vermisst. Inzwischen mehr als vierundzwanzig Stunden. Wir hatten gehofft, sie wäre vielleicht bei Ihnen.«

»Anna«, sagte Blumenthal leise, und Dani stellte sich vor, wie vor seinem geistigen Auge ein kleines, blond gelocktes Mädchen auftauchte, das die Arme nach ihm ausstreckte und »Papi« rief.

»Ja, Anna«, sagte sie, »inzwischen fünfzehn Jahre alt, etwa 1,65 groß, 54 Kilo, trug zuletzt eine Jeans und ein weißes T-Shirt, außerdem einen Koffer und einen Rucksack. Haben Sie zufällig eine Person, auf die die Beschreibung passt, in den letzten vierundzwanzig Stunden gesehen?« Okay, sie hatte es versucht. Aber mit ihrem Charme war es heute nicht weit her.

»Was soll der Sarkasmus?«, sagte Blumenthal leise und er klang betroffen. »Nein, sie ist nicht hier, und ich habe sie nicht gesehen. Schon lange nicht mehr, wie Ihnen offenbar bekannt ist.«

Dani atmete durch. »Gut. Sollte sie sich bei Ihnen melden, rufen Sie mich bitte sofort an. Wir suchen fieberhaft nach ihr. Hier ist meine Telefonnummer.«

Sie gab ihre Nummer durch und legte auf.

»Der sollte dir besser nicht persönlich begegnen«, schmunzelte Kraut. »Du warst ja ganz schön geladen.«

»Ich habe kein Verständnis für Männer, die ihre Familie in einer solchen Situation wie damals im Stich lassen. Und nach Heucheln ist mir heute einfach nicht zumute.«

Sie hakte Carsten Blumenthal auf ihren Notizen ab.

»Was können wir noch tun?«

»Die Kollegen haben die verschiedenen Wege zum Bahnhof noch einmal abgesucht und Passanten dort und auf den Bahnhöfen befragt. Ohne Ergebnis.« Kraut sah auf. »Sie ist einfach von der Bildfläche verschwunden. Mit Sack und Pack.«

Dani sah auf die Uhr. »Bald wird die Phantomzeichnung aus Ibiza eintreffen. Was fangen wir eigentlich damit an? Wir können sie Viola zeigen, aber da sie Sven nicht kennt und auch keinen anderen Jungen aus Annas Umfeld, wird das nicht viel bringen.«

Fast schon routinemäßig wählte sie Annas Handynummer. »The number you are calling …«

Sie stand auf und holte die Kaffeekanne herbei, verteilte den Rest auf ihre beiden Tassen und setzte sofort eine neue Kanne an.

»Okay, lass uns mal einen Moment innehalten und rekapitulieren, was passiert sein könnte.«

Kraut holte sich eine Apfeltasche von der Anrichte und sah Dani an. *Du auch?*

Sie nickte, und Kraut reichte ihr einen Berliner.

Dani biss hinein und sagte kauend: »Also, wir gehen davon aus, dass Anna nicht freiwillig abgehauen ist. Und die Geschichte, die Sven den Mädchen erzählt hat, ist offenbar von vorne bis hinten gelogen. Kein Gymnasium, kein Soldat als Vater, kein gar nichts.«

Kraut nickte und biss in die Apfeltasche.

»Demnach können wir von Vorsatz ausgehen«, schmatzte Dani. »Er lernte die Mädchen nicht zufällig kennen und sagte ihnen von Anfang an nicht die Wahrheit. Aber er wollte Vertrauen aufbauen und erzählte deshalb von der Schule und seiner angeblichen Familie.«

Kraut nickte wieder.

»Das heißt, er hat sich an die beiden herangemacht, um entweder Anna oder Elena zu entführen oder irgendein Mädchen. Vielleicht hat er die beiden nicht gezielt ausgesucht, sondern die nächstbesten Mädchen angesprochen, auf die er getroffen ist.«

Von Kraut kam nur ein zustimmendes Mampfen.

»Da niemand sie auf dem Weg zum Bahnhof oder an einem der Bahnhöfe gesehen hat, müssen wir davon ausgehen, dass er sie recht nah an ihrer Wohnung abgefangen hat, wahrscheinlich mit einem Auto.« Dani biss in den Berliner und traf die Mitte. Marmelade tropfte auf ihre Finger und sie leckte sie rasch ab. »Herrgott, ist das immer eine Sauerei.«

Kraut grinste mit vollem Mund. *Was glaubst du, warum ich einen Berliner für dich ausgewählt habe?*

»Das Auto muss angemeldet sein. Vielleicht kommen wir weiter, wenn wir das Phantombild bei der Zulassungsstelle vorzeigen.«

»Mmh«, grunzte Kraut.

Nachdenklich stützte Dani ihr Kinn in den Berliner. »Du hast recht. Er könnte auch einfach ein paar Nummernschilder geklaut haben. Ist sogar wesentlich wahrscheinlicher.«

Kraut nickte zufrieden und griff nach einem tellergroßen Streuselkuchen.

»Okay.« Dani wischte ihr Kinn mit einer Serviette ab. »Er packt sie und zerrt sie in den Wagen. Aber sie hätte sich doch gewehrt und geschrien.«

Kraut runzelte die Stirn.

»Oder sie steigt freiwillig ein. Sie kennt ihn schließlich. Selbst, wenn sie ihn nicht leiden kann. Sie hat gute Manieren und möchte ihn nicht beleidigen.«

Krauts Stirnfalten verschwanden wieder.

»Wo fährt er mit ihr hin? Theoretisch könnte er überall sein. Er hatte Zeit genug.«

Ein großer Bissen Streuselkuchen verschwand in Krauts Mund. Sie wiegte den Kopf hin und her.

»Stimmt. Gewöhnlich bleiben Entführer in der Nähe, entweder, weil sie zu geil sind, um lange zu warten, oder um mitzukriegen, was passiert. Sehr wahrscheinlich sind sie nicht weit entfernt.«

Beifälliges Nicken von Kraut.

»Bleibt noch die Frage, was er eigentlich will. Wenn sein Interesse rein sexueller Natur ist, könnte Anna jetzt schon vergewaltigt und tot sein. Aber die ganze Vorgehensweise deutet auf ein anderes Motiv hin. Diese Lügengeschichte, die lange Wartezeit und schließlich der Zeitpunkt – nein, ich denke, da steckt was anderes dahinter.«

Interessiert beobachtete Kraut ihr grübelndes Gesicht.

»Und wenn es um Lösegeld geht, werden wir bald von ihm hören. Wahrscheinlich noch heute.«

Sie holte den frischen Kaffee und goss beide Tassen voll. Erleichtert ließ sie sich in ihren Stuhl fallen.

»Das hat uns zumindest gedanklich etwas weitergebracht. Man sollte in der Ausbildung mehr Wert auf ein gezieltes Brainstorming legen, findest du nicht?«

Kraut wischte sich die letzten Krümel aus den Mundwinkeln. »Absolut.«

Eine halbe Stunde später fand Dani die E-Mail mit dem Phantombild und druckte die Zeichnung zweimal aus. Ein Blatt reichte sie Kraut, und dann starrten beide die Schwarz-Weiß-Zeichnung eines jungen Mannes mit hübschen Augen und struppigem dunklen Haar an.

»Irgendwie kommt er mir bekannt vor.« Dani suchte in den Erinnerungen der letzten Wochen nach einem Bild des jungen Mannes. Aber da stellte sich nichts ein.

»Mir auch«, bestätigte Kraut.

»Aber er sieht auch wieder nicht so außergewöhnlich aus, findest du nicht? Dunkles Haar, hübsches Gesicht. Solche Jungs sieht man jeden Tag in der Stadt.«

Kraut blickte sie stirnrunzelnd an. »Ich war schon lange nicht mehr in der Stadt.«

»Na ja, oder irgendwo halt.«

»Ich war schon lange nicht mehr irgendwo«, stellte Kraut fest.

Dani sah sie kopfschüttelnd an. »Und was heißt das?«

Kraut lehnte sich zurück, den Blick nach wie vor auf die Zeichnung in ihrer Hand gerichtet. »Das heißt, ich habe ihn vor nicht allzu langer Zeit gesehen, und zwar weder in der Stadt noch irgendwo.«

Meine kryptische Freundin, dachte Dani, stand auf und steckte die Zeichnung in ihre Handtasche. »Ruf mich an, wenn es dir einfällt. Ich fahre zu Viola und zeige ihr das Bild. Wer weiß, vielleicht kennt sie ihn doch.«

* * *

Viola drückte den Türöffner, kaum, dass Dani geklingelt hatte. An der Wohnungstür stieß sie auf drei hoffnungsvolle Gesichter, die sie leider würde enttäuschen müssen. Am besten, so schnell wie möglich.

»Wir haben noch nichts«, sagte sie deshalb anstelle einer Begrüßung. »Es tut mir leid.«

Viola bat sie ins Wohnzimmer und servierte eine Tasse Kaffee und belegte Brötchen. Das Chaos war inzwischen weitgehend beseitigt. Vermutlich hatte Margret Hand angelegt, dachte Dani. Viola war wohl kaum dazu in der Lage, an etwas anderes als an Anna zu denken. Sie sah verweint und völlig erschöpft aus.

Dani dachte kurz nach, ob sie ihrem mit Süßigkeiten überladenen Magen wohl ein Schinkenbrötchen zumuten konnte, und griff dann zu.

Zwischen ihren Bissen erstattete sie Meldung über die bisherigen Bemühungen, Anna zu finden.

»Bei ihrem Vater ist sie offenbar nicht. Ich habe eben mit ihm telefoniert.«

Viola und ihre Mutter starrten sie schockiert an. Viktor schnaubte ungeduldig.

»Keine Überraschung«, murmelte er.

»Die Geschichte, die Sven den Mädchen erzählt hat, ist komplett erfunden. Deshalb könnte es sein, dass er mit ihrem Verschwinden zu tun hat. Aber wir haben ihn noch nicht identifiziert, also alles reine Vermutung.«

Sie biss noch einmal in das Brötchen.

»Obwohl wir es noch nicht völlig ausschließen können, gehen wir nicht davon aus, dass Anna freiwillig verschwunden ist. Das wäre uns und Ihnen vermutlich lieber, aber es sieht leider nicht danach aus.«

Viola schniefte und wischte sich mit einem zerknüllten Taschentuch die Nase.

Schnell ablenken, dachte Dani und griff nach ihrer Tasche.

»Außerdem«, sie zog den Reißverschluss auf, um der Tasche das Phantombild zu entnehmen, »haben wir noch das hier.«

In diesem Moment klingelte ihr Handy. Sie sah auf das Display. Es war Kraut.

»Ja?«

»Zeig ihr das Bild nicht.«

Überrascht runzelte Dani die Stirn. »Warum?«

»Ich weiß, wer er ist. Zeig es ihr nicht, sondern komm sofort wieder her.«

»Okay.«

Verwirrt klappte Dani ihr Handy zu, trank rasch noch einen Schluck Kaffee und überlegte, was sie der erwartungsvollen Familie wohl als Erklärung anbieten könnte, aber ihr fiel nichts ein.

»Ich muss dringend weg«, sagte sie deshalb. »Ich melde mich, sobald ich mehr weiß. Danke für das Frühstück.«

Und schon war sie aus der Tür und flitzte zurück zur Inspektion.

## 23. Kapitel

Kraut saß vor einer aufgeschlagenen Akte, als Dani das Büro betrat.

»Sieh dir das an«, sagte sie und blätterte zu einer Seite zurück, an die ein Foto geheftet war. Dani beugte sich darüber.

»Das ist Achim Wolter«, stellte sie fest. »Du hast recht. Die Zeichnung sieht ihm wirklich sehr ähnlich.«

»Ein Arsch und ein Kopp«, bestätigte Kraut.

Dani richtete sich auf. »Aber erstens ist er viel älter als Sven, und zweitens ist er tot, das ist absolut sicher.«

Kraut blätterte einige Seiten weiter. »Dann lies das hier.« Sie deutete auf eine Textpassage in der Mitte der Seite.

*Tatverdächtiger: Achim Wolter, 19 Jahre alt, wohnhaft Landskroner Str. 85*

*Angehörige:*

*Beate Wolter, 37 Jahre, Mutter*

*Sven Wolter, 6 Jahre, Bruder, beide wohnhaft Tilsiter Str. 67*

*Hans-Josef Wolter, 42 Jahre, Vater, Aufenthaltsort unbekannt.*

»Sven Wolter. Achims kleiner Bruder. Tatsächlich. Das ist er.« Dani ließ sich schwer in ihren Stuhl fallen und stützte den Kopf in die Hände.

»Scheiße, was hat das zu bedeuten?«

»Nichts Gutes«, murmelte Kraut. »Vielleicht ist er genauso krank im Kopf wie sein Bruder und will dessen Werk vollenden.«

»Deshalb sollte ich Viola das Bild nicht zeigen. Sie würde völlig durchdrehen. Also hat sie zweimal Sven gesehen und geglaubt, es sei Achim.«

»Okay, lass uns loslegen. Jetzt wissen wir wenigstens, nach wem wir suchen.« Kraut griff zum Telefon. »Ich rufe beim

Einwohnermeldeamt an. Und du beim Jugendamt. Vielleicht haben die sich damals eine Zeit lang um die Familie gekümmert.«

* * *

Eine Stunde später hatten sie ein ziemlich klares Bild von Sven Wolter. Nach dem Selbstmord seiner Mutter lebte er zunächst in einem Kinderheim in der Nähe von Mayen, wurde aber schon nach drei Jahren in eine Einrichtung für schwer erziehbare Kinder und Jugendliche in Remagen überstellt. Dort hatte er bis zu seinem achtzehnten Geburtstag gelebt. Bis dahin war er immer wieder durch seine unkontrollierte Gewalttätigkeit aufgefallen, deshalb bot die Heimleitung ihm an, weiterhin in einer betreuten Wohngruppe des Heims zu bleiben. Doch Sven hatte rundheraus abgelehnt und war mit seinen wenigen Habseligkeiten einfach verschwunden.

»Das ist jetzt sechs Wochen her«, schloss Dani ihren Bericht.

»Er ist nicht im Kreis als wohnhaft gemeldet«, ergänzte Kraut. »Möglicherweise treibt er sich einfach herum und übernachtet im Auto oder irgendwo in einem Park auf der Bank.«

»Wir sollten uns mit seinen Freunden aus dem Heim unterhalten«, schlug Dani vor. »Vielleicht hat er etwas über seine Zukunftspläne erzählt. Möglicherweise haben sie sogar noch Kontakt mit ihm.«

»Gute Idee.«

Dani meldete sie telefonisch an. Mit einem zivilen Dienstwagen machten sie sich auf den Weg nach Remagen.

* * *

Die Einrichtung für schwer erziehbare Kinder und Jugendliche war in einem völlig normal aussehenden, großen Einfamilienhaus in einer Wohnsiedlung am Südrand von Remagen untergebracht. Von der Straße zur Haustür führte ein schmaler Kiesweg durch einen mit Blumen und Sträuchern bepflanzten Vorgarten. In dem Heim lebten acht Jugendliche zwischen zehn und achtzehn Jahren mit einem Erzieherpaar, zwei Zivildienstleistenden und einer Küchenhilfe.

Dani klingelte, und es dauerte ein paar Minuten, bis die Tür von einem jungen Mann mit blond gefärbten Stachelhaaren geöffnet wurde. Er betrachtete die beiden Frauen, entdeckte Krauts Haarpracht, die seiner verblüffend ähnlich sah bis auf den Umstand, dass Kraut naturblond war, und grinste sie breit an.

»Tolle Frisur!«

Kraut grinste ebenfalls. »Dito!«

Dani stellte sie beide vor, und der Stachelkopf bat sie ins Haus und führte sie in die Küche.

»Bitte, nehmen Sie Platz. Ich sage Gerhard Bescheid.« Er zeigte noch einmal grinsend auf Kraut und verschwand über eine Treppe in das obere Stockwerk.

Während der Wartezeit blickte Dani sich um. Die Küche war groß und zweckmäßig, aber dennoch gemütlich eingerichtet. Den ovalen, ausziehbaren Esstisch aus Kiefer umstanden sechs Stühle aus dem gleichen Holz. Vier weitere lehnten zusammengeklappt an der Wand unter dem Fenster. Die Arbeitsflächen waren sauber und bis auf die Kaffeemaschine, einen Obstkorb, Flaschen mit Essig und Öl und ein paar Holzbretter leer. Ordnung und Sauberkeit schienen ein wichtiger Teil des Erziehungskonzeptes in diesem Haus zu sein.

Schwere Schritte polterten die Treppe hinunter, und ein großer, fast schon hünenhafter Mann in Jeans und kariertem Holzfällerhemd füllte den Türrahmen aus.

»Ah, jetzt verstehe ich«, lachte er anstelle einer Begrüßung und reichte den Frauen die Hand. »Gerhard Bergmann. Ich bin der Heimleiter.«

Dani stellte sie beide vor und fragte: »Was verstehen Sie jetzt?«

Bergmann lachte wieder. »Dennis sagte, seine Zwillingsschwester und ihre Freundin seien zu Besuch gekommen.«

Dani lächelte, und selbst Kraut konnte sich ein Grinsen nicht verkneifen.

»Dennis ist übrigens einer unserer Zivildienstleistenden. Ein pfiffiger Bursche.«

Bergmann nahm die Glaskanne aus der Kaffeemaschine und füllte sie halb mit Wasser. »Sie interessieren sich also für Sven Wolter«, sagte er, während er Kaffeepulver in den Filter gab, die Maschine anschaltete und Tassen aus dem Schrank nahm. »Hat er was angestellt?«

»Möglicherweise«, sagte Dani. »Wissen Sie, wo er sich zurzeit aufhält?«

»Nein.« Aus dem Kühlschrank nahm Bergmann eine Flasche Mineralwasser und stellte sie und drei Gläser auf den Tisch.

Gut organisiert, der Mann, dachte Dani.

Er setzte sich auf einen Stuhl am Tisch, der unter seinem Gewicht beängstigend knarrte, und goss, ohne nachzufragen, Wasser in die Gläser, während er weitersprach.

»An seinem achtzehnten Geburtstag hat Sven seine Sachen gepackt und ist verschwunden. So was kommt vor, doch gewöhnlich wissen wir, was die Heranwachsenden vorhaben, wenn sie das Heim verlassen.«

Er trank einen Schluck Wasser, lehnte sich zurück und verschränkte die Arme über der mächtigen Brust.

»Nicht so bei Sven. Er hat jede Diskussion über seine Zukunft verweigert und ist fest davon ausgegangen, dass er nach seiner Entlassung mit seinem Bruder zusammenleben wird. Daraus wurde ja nichts, wie Sie sicher wissen.«

Dani nickte.

»Demnach hatte er also gar keine ernsthaften Pläne wie eine Ausbildung oder ein Studium?«

Bergmann schüttelte den Kopf. »Bis zu seinem Auszug besuchte er das Rhein-Gymnasium in Sinzig, aber seitdem ist er dort nicht mehr aufgetaucht. Er hätte im nächsten Jahr Abitur gemacht.« Bedauernd zuckte er mit den Achseln. »Das wird jetzt wohl leider auch nichts.«

Die Kaffeemaschine röchelte zum Zeichen, dass sie fertig war, und Bergmann versorgte sie, wieder ungefragt, mit Kaffee in großen bunten Tassen.

»Was ist Sven für ein Typ?«, fragte Dani.

Bergmann schürzte die Lippen und ließ sich einen Moment Zeit zum Nachdenken.

»Schwierig. Klar, sonst wäre er nicht hier gelandet. Aber auch sonderbar. Sehr verschlossen. Jähzornig. Fast immer wütend auf irgendwen oder irgendwas.«

Schnelle Schritte liefen die Treppe hinab, und Bergmann lehnte sich zurück, um zu sehen, wer es war.

»Marc? Komm mal eben rein«, rief er dann.

In der Tür erschien ein bildhübscher Junge mit dichtem dunklen Haar und großen Augen. Fragend blickte er von einem zum anderen.

»Wo willst du hin?«

»Ins Schwimmbad«, antwortete Marc verunsichert.

»Sei so gut und warte noch etwas. Die beiden Frauen hier sind von der Polizei und haben ein paar Fragen über Sven. Danach kannst du ins Schwimmbad gehen, okay?« Marc nickte und blieb abwartend stehen.

»Du kannst solange in deinem Zimmer warten. Ich hole dich dann.«

Ohne Antwort wandte sich der Junge um und stieg die Treppe wieder hinauf.

»Marc war, na ja, Freund ist vielleicht zu viel gesagt, aber derjenige, der Sven am nächsten stand. Ich nehme an, Sie wollen sich auch mit ihm unterhalten.«

»Danke.« Dani nickte erstaunt. »Das war sehr aufmerksam von Ihnen.« Auch Kraut zog anerkennend die Augenbrauen in die Höhe.

Auf Bergmanns breitem Gesicht erschien ein schiefes Grinsen. »Ich sage es nicht gern, aber ich habe mehr als genug Erfahrung mit Stippvisiten der Polizei in diesem Haus.«

Dani nickte verständnisvoll. Sicher kein einfacher Job, dachte sie, aber Bergmann schien genau der richtige Typ dafür zu sein. Stark und souverän.

»So, wo waren wir stehen geblieben?« Er sammelte sich kurz. »Wie gesagt, Sven ist ein Sonderling. Soweit ich das beurteilen kann, zeigte er keinerlei Interesse an Mädchen. Sehr merkwürdig, nicht? Immerhin ist er ein gut aussehender Bursche. Nein«, schob er nach, als Dani den Mund öffnete, »auch kein Interesse an Jungen, jedenfalls kein sexuelles. Zumindest war das mein Eindruck. Bei solchen verschlossenen Charakteren kann man sich nie sicher sein.«

Vielleicht hat Anna zumindest in diesem Punkt Glück und ist noch nicht vergewaltigt worden, dachte Dani erleichtert.

»Wollen Sie mir nicht sagen, was Sie ihm vorwerfen?«

Dani blickte Kraut an. Üblich war es ganz sicher nicht, mit Informanten und Zeugen über unbewiesene Vermutungen zu sprechen, aber vielleicht könnte es in diesem Fall hilfreich sein. Kraut nickte knapp.

»Also gut«, begann Dani zögernd. »Es handelt sich um einen bloßen Verdacht, und wir müssen Sie bitten, mit niemandem darüber zu sprechen.«

»Kein Problem.«

»Ein Mädchen ist verschwunden. Sie und ihre Freundin haben Sven vor ein paar Wochen kennengelernt. Er hat ihnen eine Lügengeschichte über seine Familie erzählt und über die Schule, die er besucht.«

Bergmann lauschte konzentriert.

»Das Mädchen, das verschwunden ist, ist die Tochter der Frau, die Svens Bruder vor zwölf Jahren überfallen hat. Es war selbst bei dem Überfall damals dabei.«

Bergmann lehnte sich zurück. »Wow, das ist heftig.«

Dani ließ ihm Zeit, die Zusammenhänge zu begreifen.

»Und jetzt vermuten Sie, dass Sven sie entführt hat?«

»Ja, vielleicht, um Rache für den Selbstmord seines Bruders zu üben. Wer weiß, was in seinem Kopf vorgeht.«

Bergmann verschränkte die Arme, ließ den Kopf auf die Brust sinken und nickte ein paarmal bedächtig vor sich hin.

»Zuzutrauen wär's ihm«, sagte er schließlich. »So sehr, wie er an seinem Bruder gehangen hat …«

»Haben Sie irgendeine Vorstellung, wo Sven sich aufhalten könnte?«

Bergmann schüttelte den Kopf. »Nein. Familie hat er nicht. Sein Bruder war sein letzter Angehöriger, abgesehen von dem Vater, den seit fünfzehn Jahren niemand mehr gesehen hat. Er wird sich irgendwohin zurückgezogen haben. Freunde außerhalb dieses Hauses hat er meines Wissens nicht.« Er legte den Kopf in den Nacken, blickte zur Decke und dachte nach. »Nein, keine Ahnung«, sagte er schließlich. »Tut mir leid.«

»Okay, vielen Dank für den Versuch. Dann sollten wir jetzt mit Marc sprechen.«

Geräuschvoll schob Bergmann seinen Stuhl nach hinten und stand auf. Am Fuß der Treppe ließ er seinen dröhnenden Bass erklingen: »Marc, komm bitte herunter.«

Zurück in der Küche reichte er Dani und Kraut die Hand zum Abschied. »Dann will ich Sie dabei nicht stören. Falls Sie noch Fragen haben, ich bin oben in meinem Büro. Und bedienen Sie sich am Kaffee.«

Dani folgte der Aufforderung unverzüglich und füllte ihre beiden Tassen nach.

Zögernd, mit in die Hosentaschen geschobenen Händen, erschien Marc in der Tür.

»Bitte, setz dich«, forderte Dani ihn auf und lächelte ihm ermutigend zu. Er setzte sich auf denselben Stuhl, auf dem Bergmann gesessen hatte.

»Du warst also mit Sven befreundet?«, begann Dani ohne Einleitung.

Marc nickte. »Zumindest so was Ähnliches.«

»Was meinst du damit?«

»In der ersten Zeit, als ich ins Heim kam, haben wir uns angefreundet. Ich war damals dreizehn, ein Jahr jünger als Sven, und er kümmerte sich irgendwie um mich.«

Marc hing schief auf dem Stuhl, einen Arm über die Rückenlehne gelegt, und sah sie mit seinen dunklen Augen von unten herauf an.

»Ziemlich bald hab ich gemerkt, dass er ein krankes Arschloch ist.« Er schwieg.

»Wieso das?«, hakte Dani nach. Kraut saß wie immer stumm und mit verschränkten Armen neben ihr und starrte Marc nur an.

»Ständig wollte er mich überreden, irgendjemanden zu verprügeln, und wenn ich nicht wollte, hat er mich ausgelacht oder beschimpft, je nachdem, wie er gerade drauf war. Ich hab mich dann lieber von ihm zurückgezogen.«

»Hat er mal irgendwas über seine Pläne nach dem Heim erzählt?«

Marc nickte. »Ständig. Er redete dauernd davon, dass er mit seinem großen Bruder zusammenleben würde, wenn der aus dem Knast käme. Der saß wegen Mordes, und Sven schien auch noch stolz auf ihn zu sein. Einfach krank.«

Marc stand auf und nahm eine Cola aus dem Kühlschrank. »Wollen Sie auch eine?«

»Nein, danke.« Kraut winkte ebenfalls ab.

»Als der Bruder sich dann erhängt hat, ist er völlig ausgerastet und hat seine Bude zerlegt. Die ganze Nacht tobte er durchs Haus und faselte was von Racheplänen. Und am nächsten Tag ist er abgehauen.«

Marc trank direkt aus der Flasche, setzte sie dann auf dem Tisch ab und spielte damit herum. Unter seinen langen dunklen Wimpern warf er immer wieder verstohlene Blicke zu Kraut hinüber. Offenbar war sie ihm unheimlich. Dani verkniff sich ein Lächeln.

»Und das war das letzte Mal, dass du Sven gesehen hast?«

Marc schüttelte den Kopf. »Nein, vor Kurzem hab ich ihn im Schwimmbad getroffen. Offenbar geht er da regelmäßig hin, um zu duschen.«

»Hat er das gesagt?«

»Ja. Er war mit zwei Mädchen da, und als die weg waren, bin ich zu ihm rüber.« Er verstummte schon wieder. Offenbar musste sie ihm jedes Wort aus der Nase ziehen.

»Und?«

»Er hat sich eine alte Schrottkarre gekauft und sich irgendwo im Weinberg in einer Grillhütte eingerichtet. Tolles Leben.« Marc grinste spöttisch.

»Hat er gesagt, wo die Hütte ist?« Kraut schoss die Frage so schnell ab, dass nicht nur Marc, sondern auch Dani erschrak.

»Irgendwo bei Ahrweiler, glaube ich. Aber was Genaues weiß ich nicht.«

»Hast du sein Auto gesehen?«

»Ja, er hat es mir ganz stolz vorgeführt. Ein uralter Opel Astra, silberfarben, ziemlich zerschrammt und verbeult. Vermutlich vom Schrottplatz.«

»Kannst du dich an das Kennzeichen erinnern?«, fragte Dani.

»Nein.«

Dani überdachte kurz die neuen Informationen.

»Wer waren die Mädchen? Hat er etwas über sie erzählt?«

Marc nickte. »Er sagte, die eine sei ganz verrückt auf ihn und er habe sie bald so weit.« Über sein hübsches Gesicht zog ein verächtliches Grinsen. »Dabei hat er noch wie was von Mädchen gewollt. Der weiß gar nicht, was er mit denen anfangen soll.«

»Hältst du ihn für schwul?« Krauts unverblümte Frage schien Marc nicht weiter zu schocken.

»Könnte schon sein. Aber das würde er selbst nie zugeben.«

»Du sagtest eben, du willst ins Schwimmbad gehen. Könnte es sein, dass Sven auch da ist?«

»Glaub nicht. Ich hab ihn im Freibad in Ahrweiler getroffen. Gleich gehe ich aber hier nach Remagen ins Freibad.«

»Okay.« Dani erhob sich und legte eine Visitenkarte vor Marc auf den Tisch. »Vielen Dank erst mal. Ruf mich sofort an, wenn dir noch etwas einfällt oder wenn du Sven noch mal triffst.« Marc steckte die Karte in die Hosentasche, ohne einen Blick darauf zu werfen.

Während der Fahrt zurück nach Ahrweiler blickte Kraut aus dem Fenster und entdeckte überall in den Weinbergen Holzhütten. »Wie viele Grill- und Wanderhütten mag es wohl geben in der Gegend?«

»Unzählige, fürchte ich.«

In der Inspektion gaben sie den Streifenkollegen eine Beschreibung von Svens Wagen und besprachen anschließend mit Lothar Werner ihr weiteres Vorgehen.

## 24. Kapitel

Es war heiß in der Hütte. Die Sonne brannte nun schon seit Stunden auf sie herab, und die Luft wurde immer schwerer und stickiger. Annas Mund war völlig ausgetrocknet, und jeder Muskel in ihrem Körper schmerzte vor Anspannung. Sven hatte auf ihr inständiges Flehen hin die Halsschlinge so weit gelockert, dass sie ausreichend atmen und den Kopf in eine etwas weniger anstrengende Haltung sinken lassen konnte. Ansonsten befand sie sich nach wie vor in der gleichen, fest verschnürten Position.

»Ich hab Durst«, flüsterte sie heiser. Ihr Hals war ausgetrocknet, und jedes Wort schmerzte. Mühsam hob sie den Kopf etwas an, um zu sehen, ob Sven sie überhaupt gehört hatte. Svens einzige Antwort bestand in einem teilnahmslosen Blick, dann sah er wieder hinaus ins Grün der Bäume oder in den strahlenden blauen Himmel. So saß er bereits den ganzen Vormittag da, stumm und reglos. Er machte auf Anna einen irgendwie weggetretenen Eindruck, obwohl er augenscheinlich bei vollem Bewusstsein war. Aber dieses stille Hinausstarren seit Stunden schien ihr kein normales Verhalten. Andererseits – normal war er offenbar ohnehin nicht, wie die Lage bewies, in der sie beide sich befanden. Ihre Ansprüche an Normalität waren ganz eindeutig kein Maßstab für das hier.

Mom hat recht, dachte sie entmutigt. Ich bin ein Opfer, genau wie sie, und ich bin ihm hilflos ausgeliefert. Sollte ich jemals hier herauskommen, werde ich ein genauso kaputtes Leben führen wie Mom. Nie mehr irgendwo hingehen. Keine Leute mehr treffen. Wäre ich doch bloß zu Hause geblieben.

Ihr erschöpfter Blick fiel auf Sven, der immer noch unverändert an der Hüttenwand saß und nicht wirklich bei sich zu sein schien.

Sven ist auch ein Opfer, dachte sie. Ein Opfer seines gestörten Bruders, genau wie wir. Nur dass er, im Gegensatz zu uns, von der Opfer- in die Täterrolle gewechselt hat. Sie dachte einen Moment nach. Das Denken fiel ihr schwer. Sie hatte Durst, und ihr war furchtbar heiß. Ihre Glieder schmerzten.

Er hatte die Rolle gewechselt. Das war seine Entscheidung. Nicht länger Opfer zu sein. Sondern Täter.

Ich will auch nicht Opfer sein, dachte Anna. Ich will das hier überleben. Und danach will ich ein normales Leben führen. Leute treffen. Ausgehen. Ohne Angst. Ohne Schutzwälle.

*Nicht ich bin hier das Problem, verdammt, sondern Sven.*

Wieder sah sie zu ihm hin. Er hatte sich nicht gerührt.

Anna versuchte, sich zu konzentrieren und darüber nachzudenken, was Svens seltsames Verhalten bedeuten konnte. Was es für sie bedeuten konnte. Die Aggressivität, die er heute Morgen gezeigt hatte, als er sie in Fesseln legte, war völlig verschwunden und dieser merkwürdigen Teilnahmslosigkeit gewichen. Vielleicht ist er tatsächlich verrückt, dachte Anna, oder schizophren. Oder er hatte einen leichten Schlaganfall.

Ihre Gedanken drifteten ab. Ihr Gehirn trocknete offenbar auch aus.

»Bitte, Sven, lass mich etwas trinken«, flehte sie. Vor Hitze, Wassermangel und körperlicher Erschöpfung schwirrte ihr Kopf, und sie fürchtete, nicht mehr allzu lange durchzuhalten und ohnmächtig zu werden. Was dann wohl passierte? Würde er sie einfach hängen lassen, bis sie sich selbst erdrosselt hätte?

Wie aus einem Traum kehrte sein leerer Blick zu ihr zurück, und er betrachtete sie auf eigenartige Weise verwirrt, so, als schien er zwischendurch vergessen zu haben, dass Anna da war.

Mit trägen Bewegungen öffnete er seine Wasserflasche und trank einen langen Schluck. Das schien seinen Verstand wieder etwas zu beleben, denn er erhob sich, kam mit schleppenden Bewegungen zu ihr und hielt ihr die Flasche an den Mund. Anna trank schnell und so viel wie möglich und atmete erleichtert auf, als er die Flasche wieder wegnahm. Ein »Danke«, wie es ihr gestern noch über die Lippen gekommen war, sparte sie sich. Ihre freundliche, Verständnis heuchelnde Taktik hatte sie keinen Schritt weitergebracht, wie ihre ausweglose Situation bewies.

Sven blieb mitten im Raum stehen und starrte auf den Holzboden. Anna ließ ihn nicht aus den Augen. Vielleicht dachte er darüber nach, wie es weitergehen sollte. Sie fragte sich, ob seine offensichtliche Planlosigkeit gut oder schlecht für sie war, und versuchte, sich zu erinnern, was sie darüber in Kriminalromanen gelesen hatte. Es gab organisierte und nicht organisierte Täter. Vage vermutete sie, dass die organisierten schlimmer waren als die anderen. Aber sie war zu erschöpft, um ihre Gedanken beisammenzuhalten.

Plötzlich kam wieder Leben in Sven. Er trank den Rest Wasser und warf die leere Plastikflasche gegen die Wand. Anna zuckte zusammen. Dann kniete er sich vor Annas Koffer nieder. Sie beobachtete ihn furchtsam, doch sein Rücken verdeckte, was er tat. Offenbar wühlte er in ihren Kleidern. Plötzlich wandte er den Oberkörper und schwenkte etwas kleines Rotes über seinem Kopf.

»Guck an, wie niedlich«, sagte er. Jetzt erkannte Anna, dass er einen ihrer Slips in der Hand hielt.

Er stopfte den Slip in seine Gesäßtasche, wühlte weiter im Koffer und förderte einen feinen, pfirsichfarbenen Seidenschal zutage. Das schien zu sein, was er gesucht hatte, denn jetzt stand er auf und trat wieder zu Anna.

»Ich besorge uns jetzt was zu essen, und damit du in der Zeit keinen Alarm schlägst, wirst du dein eigenes Höschen fressen.«

Mit einer Hand packte er sie fest zwischen Ober- und Unterkiefer und zwang ihre Lippen auseinander. Mit der anderen stopfte er den Slip in ihren Mund und schlang schnell den Schal um ihr Gesicht. Anna würgte und versuchte, den Slip mit der Zunge hinauszustoßen, doch der Schal fixierte ihn fest.

»Bis dann«, sagte er und verschwand aus ihrem Blickfeld. Sekunden später hörte Anna den Wagen stotternd starten und wegfahren.

Sie geriet in Panik. Das Atmen fiel ihr schwer, und sie kämpfte mit einem heftigen Würgereiz. Großer Gott, sie würde ersticken. Durch die Nase atmete sie hektisch und pfeifend. Wenn ich jetzt erbreche, dachte sie entsetzt, ersticke ich an meiner eigenen Kotze. Das wär's dann.

Es dauerte bedrohlich lange, bis sie wieder ausreichend Sauerstoff bekam, und kurz war sie einer Ohnmacht gefährlich nah. Svens Abwesenheit machte es ihr zwar ein wenig leichter, sich zu beruhigen, andererseits wäre, falls sie bewusstlos würde, niemand da, der sie aus der Halsschlinge befreien konnte. Endlich schaffte sie es, ruhig und gleichmäßig durch die Nase ein- und auszuatmen.

Reiß dich jetzt zusammen, befahl sie sich selbst. Du musst die Zeit nutzen, die dir bleibt.

Sven würde in die Stadt zu einem Supermarkt fahren, überlegte sie. Das würde selbst bei günstigsten Bedingungen alles in allem mindestens eine halbe Stunde dauern. Wenn sie die nicht nutzte, war sie verloren.

Mit geschlossenen Augen atmete sie ein paarmal so tief, wie es mit dem Knebel ging, ein und aus. Dann streckte sie ihren Körper so weit wie möglich in die Länge und zog den Bauch tief ein. Die Fesseln um ihre Arme lockerten sich ein wenig, und sie versuchte, die Hände aus den Taschen zu ziehen. Aber ihre Hände waren fest eingeklemmt und überdies eingeschlafen. Schließlich musste sie wieder atmen und ließ sich ein wenig sacken, um zu entspannen.

Sie atmete zweimal durch und versuchte es noch einmal. Jetzt ging es schon besser. Ihre Hände bewegten sich ein wenig, und sie zog sie ein kleines Stück aus den Taschen, nicht mehr als einen Zentimeter. Aber es war ein Anfang, und sie schöpfte Hoffnung.

Einatmen, ausatmen, Baucheinziehen, Hände lockern.

Und noch einmal.

Plötzlich spürte sie, wie ihre Hände bis zu den Knöcheln aus der Jeans rutschten. Jetzt konnte sie die Finger krümmen, und beim nächsten Ausatmen waren sie frei.

Annas Stirn war schweißbedeckt vor Anstrengung, aber sie konnte sich jetzt keine Pause leisten.

Mit dem nächsten Ausatmen schob sie die Hände unter dem Seil nach hinten. Sie ruckten nur millimeterweise rückwärts, aber sie bewegten sich immerhin.

Mit aller Kraft zerrte sie die Arme nach hinten. Plötzlich verlor sie das Gleichgewicht und fiel mit dem Oberkörper vornüber. Ruckartig bremste die Halsschlinge ihren Sturz, und sie röchelte und hustete, bis sie endlich wieder Halt fand und in die kniende Position zurückkehren konnte. Ihr Hals brannte innen und außen wie Feuer, aber darauf konnte sie jetzt keine Rücksicht nehmen.

Mühsam versuchte sie durchzuatmen und sich wieder zu beruhigen. Ihr Atem rasselte, aber ihr blieb nicht mehr viel Zeit. Mindestens zwanzig Minuten, schätzte sie, waren seit Svens Aufbruch vergangen.

Mit einem letzten, entschlossenen Ruck zerrte sie die Arme nach hinten und ertastete mit den fast gefühllosen Händen die flachen Umrisse des Telefons in der Gesäßtasche. Ihre Finger zitterten vor Anstrengung. Ruhig, Anna, ruhig, mahnte sie sich selbst und schloss kurz die Augen, um sich zu konzentrieren. Dann schob sie zwei Finger der rechten Hand in die enge Gesäßtasche, fasste das Handy und zog es langsam hinaus. Nur nicht fallen lassen. Bloß das nicht.

Sie hatte es. Mit der linken Hand tastete sie sich an ihrem Gesäß entlang, bis sie die glatte Plastikoberfläche spürte. Sie klappte das Handy auf und stellte sich vor, wie es aussah. In der oberen Hälfte das Display, in der unteren Hälfte die Tastatur. Okay. Sie musste den Ausschaltknopf einige Sekunden drücken, um das Handy einzuschalten. Leider war ihr Telefon eins von der hochmodernen Sorte, die keine ertastbaren Knöpfe mehr hatte, sondern nur flach in den Rahmen eingebettete Points. Sie versuchte sich zu erinnern, wo genau der Ausschaltknopf wohl sein mochte, ertastete die Stelle und drückte mit einem Finger darauf. Nichts passierte. Mit dem Zeigefinger erfühlte sie die Entfernung bis zum Rand. Okay, sie war wahrscheinlich etwas zu hoch gewesen. Sie ließ den Finger ein paar Millimeter nach unten rutschen und drückte noch einmal.

Das Handy gab einen kurzen Piepston von sich. Anna sackte vor Erleichterung in sich zusammen.

Innerhalb weniger Sekunden trudelten verschiedene Sms ein, jedes Mal angekündigt von drei aufeinanderfolgenden, nervigen Piepstönen, genau so, wie Anna befürchtet hatte.

Wenn sie nur den Ton abstellen könnte. Nicht auszudenken, was passieren würde, wenn später in Svens Anwesenheit eine weitere SMS oder ein Anruf kämen.

Endlich war die Flut von SMS verklungen.

Noch einmal befühlte sie die Tastatur, konnte aber nicht herausfinden, auf welchen Knopf sie drücken musste, um das Handy auf »lautlos« zu stellen.

Ich muss es einfach riskieren, dachte sie verzweifelt und schob das flache Telefon wieder in ihre Hosentasche. Hoffentlich ruft Elena nicht an. Oder Mom. Bitte. Bitte. Hoffentlich ruft keiner an.

Ihr fiel das Taschenmesser in der anderen Gesäßtasche ein. Gerade hatte ihre Hand die Umrisse des Messers ertastet, da hörte sie ein Motorengeräusch. Das musste Sven sein. Rasch stieß sie die Luft aus, zog den Bauch ein und zwang ihre Arme wieder auf die Vorderseite ihres Körpers. Bevor sie die Hände wieder in die Taschen schieben konnte, stand Sven in der Tür. Anna verharrte augenblicklich reglos und starrte ihn an.

Er blieb einen Moment stehen und betrachtete sie und das Innere der Hütte aufmerksam. Offenbar suchte er nach Veränderungen.

Dann entspannte er sich, trat ein und legte eine Plastiktüte an der hinteren Wand ab.

»Na, wie geht's meinem Mädchen?«, fragte er, trat zu ihr und tätschelte ihr die feuchte Wange. »N'bisschen warm, was?«

Er löste den Knoten des Schals in ihrem Nacken und zog den Slip aus ihrem Mund. Erleichtert atmete Anna ein paarmal keuchend durch, bis sich ihre Lungen wieder ausreichend mit Sauerstoff gefüllt hatten.

Die Anspannung der letzten halben Stunde fiel von ihr ab, und sie spürte, dass sie ihre letzten Kräfte verbraucht hatte. Oh Gott, sie war total fertig. Wenn er ihr jetzt die Fesseln abnehmen würde, könnte sie nicht davonlaufen, so sehr sie es auch wollte.

»Wasser«, flüsterte sie und war nicht in der Lage, den Kopf zu heben. Sven nahm eine Flasche aus der Plastiktüte, drehte sie auf, hob ihr Kinn und goss ihr die kalte Flüssigkeit in den Mund. Anna schluckte gierig und verzweifelt. Sven betrachtete sie stirnrunzelnd, ließ sie trinken, bis sie freiwillig das Gesicht abwandte, schloss die Flasche wieder und stellte sie ab.

»Du siehst nicht besonders gut aus«, stellte er fest und hob ihr Gesicht an.

Anna beschloss, seine Worte nicht mit einem Kommentar zu belohnen und hielt die Augen geschlossen. Eigentlich wollte sie sowieso nur noch schlafen.

»Ist das wahr, was du gesagt hast? Das mit der Frauenleiche?«

Anna wollte antworten, doch plötzlich schossen scharfe Schmerzen durch ihren Magen. Das kalte Wasser zerrte an ihren ausgetrockneten Eingeweiden, und sie krümmte sich stöhnend zusammen, wobei sie unfreiwillig wieder die Schlinge um ihren Hals zusammenzog.

Verwirrt stand Sven vor ihr und versuchte mit beiden Händen, ihren Kopf oben zu halten, aber Anna krümmte sich immer wieder ruckartig zusammen und stöhnte laut.

Da ließ er sie los, trat ein paar Schritte zurück und beobachtete sie ratlos, völlig unentschlossen, was er jetzt tun sollte. Seine Hände klatschten wie Schmetterlingsflügel immer wieder gegeneinander, mal trippelten nur seine Finger, dann schlug die ganze Handfläche auf. Er begann hin und her zu laufen, wandte dabei nicht eine Sekunde den Blick von Anna, die mit hochrotem Gesicht stöhnte und würgte.

Schließlich trat er hinter sie, löste die Knoten ihrer Fesseln und streifte die Schlinge über ihren Hals. Sie stürzte um wie ein gefällter Baum, aber Sven fing sie in seinen Armen auf und ließ sie sanft zu Boden gleiten.

»Wird alles wieder gut«, flüsterte er heiser. Seine Stimme überschlug sich, und Schweißperlen traten auf seine Stirn. »Wird alles wieder gut.«

Er zog ihren Rucksack herbei und bettete ihren schweißfeuchten Nacken darauf. Dann löste er die Fußfesseln, streckte ihre Beine und setzte sich neben sie. Seine Hände griffen nach ihren, die sehr weiß geworden waren. Er massierte und streichelte sie und ließ Annas Gesicht keine Sekunde aus den Augen. Sie atmete angestrengt und keuchend in kurzen, flachen Zügen. Sven griff nach der Flasche, goss Wasser über den Schal und befeuchtete damit erst Annas Lippen und dann das ganze Gesicht. Doch ihre Augen blieben geschlossen, und ihr Atmen klang wie Sandpapier auf rostigem Metall.

## 25. Kapitel

Die technische Zentrale mit ihren Schaltern, Reglern und kleinen Lichtern verschwamm vor seinen Augen. Den ganzen Tag hockte er nun schon davor und wartete darauf, dass oben rechts in der Ecke das Lämpchen von rot auf grün schaltete. Aber das tat es nicht.

Harald schloss für einen kurzen Moment die Augen. Er würde sich gleich noch einen Kaffee holen, denn ansonsten könnte er das nicht mehr lange durchstehen. Die Hitze war mörderisch, die Luft schlecht, und seine Konzentration schwand von Sekunde zu Sekunde.

Er riss die Augen auf. Oh, Gott. Er war doch wohl nicht eingeschlafen!

Sein Blick wanderte zu dem wichtigsten Lämpchen des Tages. Immer noch rot.

Erleichtert atmete er auf und streckte sich. Kaffee war angesagt.

Müde schleppte er sich in den schmutziggelb gestrichenen Flur, wo die Kaffeemaschine der technischen Abteilung auf einem dreigeschossigen Rollwagen stand. In den unteren Etagen war sauberes und schmutziges Geschirr aufgetürmt. Manche Kollegen nahmen es mit der Trennung nicht so genau, und Harald hatte mehr als einmal eine benutzte Tasse erwischt. Das ekelte ihn an. Er fürchtete, schon beim Anblick einer gebrauchten Tasse Herpes zu kriegen.

Das Papiertuch, das als Tischdecke unter der Kaffeemaschine lag, sah mehr als mitgenommen aus. Kein Wunder. Es war seit heute Morgen um fünf in Gebrauch, und jetzt ging es allmählich auf Feierabend zu.

Aus dem mittleren Fach nahm er eine Tasse, begutachtete sie gründlich und befand sie für hinreichend sauber, schüttete etwas von der tintenschwarzen Brühe aus der Glaskanne hinein und schlurfte in den Schaltraum zurück. Ein Blick auf die Uhr sagte ihm, dass er noch eine Stunde würde ausharren müssen, bevor die Ablösung kam. Eine ganze Stunde. Sechzig Minuten. Dreitausendsechshundert Sekunden.

Bevor sein übermüdeter Verstand ihn zwang, die Zehntelsekunden auszurechnen, nippte er schnell an dem grässlichen Kaffee und spuckte ihn fast wieder aus, als sein Blick auf das wichtigste Lämpchen des Tages fiel. Es war gerade grün geworden, in eben dieser Sekunde.

Harald ließ die Tasse neben den Tisch hinter ihm fallen und griff zum Telefon.

* * *

»Wir haben sie! Sie hat gerade ihr Handy eingeschaltet.« Dani sprang auf, lief um den Schreibtisch herum und drückte den Lautsprecherknopf des Telefons. »Okay, jetzt ist es nur noch eine Frage der Zeit.«

Sie presste den Hörer fest ans Ohr, um kein Wort von dem zu verpassen, was Harald Borden im Schaltraum im Keller der Inspektion gerade herausfand.

»Ihr Handy benutzt die Funkstation Landskroner Berg«, schnarrte seine Stimme durch den Hörer. »Stabil. Das heißt, sie bewegt sich nicht weiter.«

»Was bedeutet das? Wo kann sie sein?«

»Ich würde sagen, sie befindet sich im Umkreis von zwei Kilometern um die Landskrone herum.«

»Herrgott, Harald, das ist ein furchtbar großes Gebiet. Wie sollen wir sie da finden?«

»Tja, tut mir leid. Ich kann erst Näheres sagen, wenn sie wieder telefoniert. Oder eine SMS bekommt. Ich melde mich, sobald es was Neues gibt.«

Dani warf den Hörer auf die Gabel und ließ sich in den Stuhl fallen. »Scheiße.«

Ihr erster Impuls war, nach dem Handy zu greifen und Anna anzurufen, aber Kraut legte ihre Hand über Danis und hielt sie auf. »Denk doch mal nach. Wenn ihr Handy klingelt, wer wird es wohl abnehmen?«

Erschrocken ließ Dani ihr Telefon wieder fallen. »Oh Gott, du hast recht. Wir müssen unbedingt verhindern …«

Schon griff sie wieder nach dem Telefon und rief Viola und Elena an. Auf keinen Fall sollten sie mit Anna telefonieren oder eine SMS schicken.

»Lass uns mal nachsehen, wo im Umkreis der Landskrone Wanderhütten sind«, sagte Kraut und breitete eine Karte aus, die sie am Nachmittag von einem führenden Mitglied des hiesigen Eifelvereins bekommen hatten. Die Karte bedeckte den großen Schreibtisch fast zur Gänze. Kraut nahm einen Kugelschreiber und zeichnete ein Kreuz auf die Spitze der Landskrone. »Hier steht der Funkturm. Zwei Kilometer drum herum …«, sie zeichnete einen Kreis um den Berg, »… ist das hier. Und Hütten sind hier und hier und hier. Und da ist noch eine.«

Dani sah sie an. »Vier Hütten. Das schaffen wir. Es ist noch etwa vier, fünf Stunden hell. Bis dahin haben wir sie.«

Kraut nickte. »Ruf die Kollegen zusammen.«

Wenige Minuten später schilderten sie dem versammelten Team die Lage. In einer von vier Wanderhütten wurde wahrscheinlich ein junges Mädchen von einem nicht einschätzbaren Täter festgehalten. Er war mit ziemlicher Sicherheit gefährlich und möglicherweise bewaffnet.

Je ein Zweierteam aus Frau und Mann sollte, als Wanderer getarnt, an der Hütte vorbeispazieren, die Lage sondieren und Meldung machen.

»Keine heldenhaften Alleingänge«, sagte Dani nachdrücklich. »Wir können den Täter praktisch nicht einschätzen. Er könnte völlig harmlos, aber auch tödlich sein. Also, seien Sie vorsichtig.«

Während die Kollegen in zivile Dienstwagen stiegen und ihren Routen entsprechend losfuhren, sammelte Dani den Rest der Mannschaft um sich.

»Sobald wir wissen, in welcher Hütte sie sich befinden, gehen wir los. Wir umstellen die Hütte und sehen, was uns erwartet. Schusswaffengebrauch nur auf Befehl. Kriminalhauptkommissarin Kraut hat das Kommando.«

Fast alle warfen Kraut, die mit verschränkten Armen an einem Tisch lehnte und noch keinen Ton von sich gegeben hatte, einen respektvollen Blick zu. Sie unterdrückte ein Lächeln. So mag ich das, dachte sie.

»Gut«, schloss Dani. »Holen Sie sich noch einen Kaffee und halten Sie sich bereit.«

* * *

Es klingelte, und Viola stürzte zur Wohnungstür in der Hoffnung, es möge Daniela mit guten Neuigkeiten sein. Ohne nachzufragen drückte sie den Türöffner und riss die Wohnungstür auf. Alle Vorsicht der vergangenen Jahre war verblasst angesichts der Tragödie, die sich tatsächlich ereignete.

Viola hörte Schritte auf der Treppe, aber Danis »Hallo, ich bin's« blieb aus. Gespannt starrte sie die Treppe hinab. Ein groß gewachsener Mann im dunklen Anzug bog um den Treppenabsatz und stieg ihr entgegen. Im diffusen Licht konnte sie ihn zunächst nicht richtig sehen. Dann stockte ihr der Atem.

»Carsten?«

Er blieb auf der zweitletzten Stufe stehen. »Ja, ich bin's.«

Stumm und reglos starrte Viola ihn an. Schließlich erklomm er auch noch die letzte Stufe und breitete die Arme aus. »Komm her.«

Sie schluchzte auf und warf sich in seine Arme. »Carsten. Unser Kind ist verschwunden. Anna ist verschwunden.«

Carstens Arme schlangen sich fest um ihren mageren Oberkörper. »Ich weiß, mein Schatz«, flüsterte er. »Ich weiß.«

* * *

»Was hat die Polizei bisher unternommen?« Carsten hatte sein Jackett abgelegt und stand mit aufgekrempelten Hemdsärmeln vor dem Fenster. Die lange Autofahrt hatte ihn sichtlich erschöpft. Margret und Viktor sahen ihn stumm an, völlig überfordert von der Tatsache, dass ihr lange von der Bildfläche verschwundener Schwiegersohn plötzlich wieder aufgetaucht war. Nach so vielen Jahren.

Viola atmete zitternd ein und aus. »Sie versuchen, den Jungen zu finden. Er hat eine Geschichte erfunden, um Anna und ihre Freundin kennenzulernen. Alles erlogen. Deshalb nehmen sie an, dass er sie entführt hat.«

Viola unterdrückte ihre Tränen und fuhr fort. »Ihr Handy war ausgeschaltet, deshalb konnten sie nicht feststellen, wo sie sich befindet. Jetzt ist es an, aber wir sollen auf keinen Fall anrufen, damit der Täter nicht bemerkt, dass sie es eingeschaltet hat.«

»Handyortung. Gute Idee«, sagte Carsten, wählte eine Nummer auf seinem Mobiltelefon und sagte: »Paul, ich habe einen Auftrag für dich. Ja, es ist dringend, Es geht um meine Tochter.« Er lauschte kurz. »Ja, sie wird vermisst, hat aber ein Handy dabei. Ja, genau. Die Nummer ist …«. Er sah zu Viola hinüber, die ihm mit zittriger Stimme Annas Handynummer nannte. Er wiederholte sie fast zeitgleich. »Sobald sich was tut, melde dich.«

»Das versucht die Polizei auch schon den ganzen Tag«, sagte Viola. Carsten nickte. »Ja, aber bis die an Pauls Standard heranreichen, dauert es noch fünf Jahre. Er ist der Beste, glaub mir.«

Viola nickte nur und wischte die Tränen von ihrem verweinten Gesicht. Carsten trat zu ihr und drückte ihr Gesicht an seine Brust. »Es wird alles gut«, sagte er leise. »Wir finden sie.«

Plötzlich sprang Viktor von der Couch auf. »Was fällt dir eigentlich ein?«, schrie er. Margret fing sofort an zu weinen und legte eine Hand auf seinen Arm, doch er schüttelte sie heftig ab.

»Nach neun Jahren tauchst du hier auf und spielst den besorgten Vater. Du Nichtsnutz. Wo warst du in all den Jahren, als Anna und Viola dich gebraucht haben?«

Sein Gesicht verfärbte sich gefährlich rot. Margret und Viola sahen sich bestürzt an. Carstens Blick wanderte hilflos von Viola zu seiner Schwiegermutter.

Schließlich löste sich Viola von Carsten und ging zu ihrem Vater hinüber. »Vater, Carsten hat all die Jahre versucht, Kontakt zu halten, aber ich habe es verweigert. Es ist nicht seine Schuld. Anna hat ihm geschrieben, aber ich wollte ihn nicht sehen.« Sie zögerte. »Nicht hier, verstehst du? Und ich wollte nicht, dass Anna zu ihm fährt. So weit weg.«

Viktor sank wie vom Schlag getroffen auf die Couch zurück. »Was?«

Margret streichelte seinen Arm. »Er hat auch für Anna gesorgt. Sie hat mittlerweile ein Sparbuch, das ihr ein Studium finanzieren kann.«

Mühsam schnappte Viktor nach Luft. »Also hast du deinem Kind auch noch den Vater vorenthalten?« Viola schlug entsetzt die Hände vors Gesicht.

Betroffen blickte Carsten von einem zum anderen. Er hatte ja keine Ahnung gehabt, vor was für eine Zerreißprobe die Situation Violas Familie gestellt hatte.

Dann straffte er die Schultern.

»Hört zu, alle drei. Es geht hier nicht um mein Versagen oder um Violas oder um irgendwelche Missverständnisse. Das alles können wir später noch klären. Es geht um Anna, die vermisst wird. Reißt euch zusammen!«

Alle drei schwiegen betroffen und starrten ihn an. Er deutete auf die Couch, während er bereits eine Nummer in sein Telefon eintippte, die er von einer Haftnotiz ablas. Margret und Viktor ließen sich auf den roten Samt sinken. Viola trat zu Carsten und lauschte seinem Telefongespräch.

»Carsten Blumenthal hier. Hallo, Frau Flegel. Gibt es etwas Neues über Anna?«

Er lauschte und warf Viola, die nervös ihre Hände knetete, hin und wieder einen beruhigenden Blick zu.

»Bitte, halten Sie uns weiter auf dem Laufenden. Ich bin inzwischen bei meiner Frau in Ahrweiler.«

Er beendete das Gespräch. »Sie konnten Annas Aufenthaltsort zumindest weiträumig lokalisieren. Jetzt suchen sie nach einer Wanderhütte, in der sie vermutlich gefangen gehalten wird. Natürlich wollte sie mir nicht sagen, wo in etwa sich Anna befindet, aber das werden wir bald von Paul erfahren.«

# 26. Kapitel

Hast du so einen Einsatz schon mal mitgemacht?« Simone blickte ihren Kollegen von der Seite an. Sie kannte Michael noch nicht sehr gut, denn er war erst vor Kurzem direkt nach der Ausbildung in ihre Schicht versetzt worden. Aber er schien ein netter Kerl zu sein.

»Nein. Bisher hab ich nur die normale Schicht geschoben.«

»Was machen wir, wenn wir sie finden?«

Michael verzog die Lippen. »Wie befohlen. Wir gehen weiter, melden uns über Funk und warten in der Nähe auf neue Anweisungen.«

Simone nickte. Es klang einfach aus seinem Mund. Sie sah an sich hinab. Über den schwarzen Einsatzstiefeln war ihre private, beigefarbene Jeans aufgekrempelt. Statt ihres Uniformhemdes trug sie ein Shirt, das ein Kollege mit etwa der gleichen Statur ihr geliehen hatte. Auf dem Rücken schwappte ein Rucksack hin und her, dessen Inhalt sie nicht einmal kannte, abgesehen von der großen Mag-Lite und der Wanderkarte, die sie selbst hineingestopft hatte. Im Hosenbund hinten steckten natürlich ihre Dienstwaffe und das Funkgerät, durch Rucksack und T-Shirt verdeckt, und eine große Sonnenbrille verbarg ihre Augen.

Michaels Aufzug sah ihrem ganz ähnlich. Er trug eine normale blaue Jeans und Sportschuhe, ein kariertes Hemd und ebenfalls einen Rucksack.

Verstohlen musterte Simone Michael. Er war fast so jung wie sie, knapp über zwanzig.

»Was willst du mal werden, wenn du groß bist?«, scherzte sie, um ihre Nervosität zu überspielen. Überrascht sah Michael sie an und strich mit einer Hand über sein borstiges rotes Haar. »Lokomotivführer, natürlich«, antwortete er, und sie lächelten beide.

»Und ich Stewardess«, bekannte Simone.

Tatsächlich war das ihr ursprünglicher Berufswunsch gewesen, den sie aufgeben musste, weil sie mit sechzehn dafür zu jung gewesen war. Um Polizistin zu werden, war sie nicht zu jung. Ironie der Geschichte, dachte sie und tastete nach hinten, um zu überprüfen, ob ihre Waffe noch am Platz war.

Hinter den dicht stehenden Laubbäumen zeichneten sich die Umrisse einer Hütte ab, Entfernung etwa fünfzig Meter, schätzte sie.

»Glaubst du tatsächlich, wir kommen auf diesem Weg bis nach Dernau?«, fragte sie laut. Michael starrte sie ob des plötzlichen Themenwechsels überrascht an, schaltete gerade noch rechtzeitig und blickte nach vorn. Sobald er die Hütte ausgemacht hatte, antwortete er. »Mann, ich weiß ja auch nicht. Ich glaube, wir haben uns irgendwie verfranst.«

Sie gingen so nahe wie möglich an die Hütte heran. Sie lag im Sonnenschein auf einer kleinen Lichtung, umgeben von Bäumen und Büschen. Bislang war kein Lebenszeichen zu erkennen.

Direkt an der linken Wand der Hütte blieben sie stehen. Simone nahm ihren Rucksack ab und ließ ihn auf den Boden fallen.

»Lass uns noch mal auf die Karte sehen«, sagte sie, zerrte die Wanderkarte heraus und breitete sie auf dem Boden aus.

»Wir sind hier.« Sie deutete auf einen Punkt und blickte zu Michael hoch, der seinen Blick hinter der undurchdringlichen Sonnenbrille über die Hütte und die Umgebung schweifen ließ.

»Wenn wir hier entlanggehen«, sagte Simone und blickte sich ebenfalls um, »müssten wir nach Dernau kommen.«

Michael stand ganz still und lauschte. Schließlich schüttelte er leicht den Kopf.

»Ich denke, nicht«, sagte er leise. Simone faltete die Karte wieder zusammen und stopfte sie in den Rucksack.

Sie wollte gerade um die Hütte herumgehen, um sich endgültig zu vergewissern, dass niemand darin war, da legte Michael ihr eine Hand auf den Arm. Mit einem Finger auf den Lippen bedeutete er ihr, still zu sein. Jetzt hörte sie es auch. Ein leises Keuchen oder Röcheln aus der Hütte. Genau war es nicht zu erkennen.

»Weißt du was? Ich denke, wir sollten einfach weitergehen. Wenn wir in Buxtehude auskommen, ist es auch egal, oder?«

Sie setzten ihre Rucksäcke wieder auf und gingen zum Weg zurück. »Das Wetter ist ja so schön, da kommt es doch auf eine Stunde nicht an«, schob Simone nach. Und Michael setzte ein »Wenn du recht hast …« obendrauf.

Scheinbar entspannt wanderten sie weiter auf dem Weg, der an der Hütte entlangführte. Aus den Augenwinkeln erspähte Simone einen Wagen, der, hinter Büschen verborgen, im Wald versteckt stand. Vor Aufregung fiel ihr kein weiterer Smalltalk ein und sie marschierte einfach weiter.

Als sie hinter der nächsten Kurve außer Sicht- und Hörweite der Hütte waren, gab Simone eine Meldung über Funk durch.

»Sie sind unterwegs.«

Leise schlichen sie so weit zurück, dass sie die Hütte beobachten konnten, und bezogen im Gebüsch Stellung.

* * *

»Wir haben sie«, rief Dani über den Flur, und das Team strömte aus allen Richtungen herbei in ihr Büro. Bald war der kleine Raum völlig überfüllt. Kraut stand auf und öffnete ein Fenster.

»Gerade haben die Kollegen einen Funkspruch durchgegeben. In dieser Hütte …«, sie deutete auf die Karte, »haben sie verdächtige Geräusche gehört und wenige Meter daneben ein Auto im Wald entdeckt. Das müssen sie sein.«

Sie richtete sich auf und blickte in die gespannten oder nervösen Gesichter ihrer Kollegen.

»Wir fahren bis zur vorletzten Serpentine. Von da aus verteilen wir uns weiträumig um die Hütte. Das Wichtigste ist das Leben des Mädchens. Falls Sie sich zwischen beiden entscheiden müssen, lassen Sie ihn notfalls laufen. Den kriegen wir auf jeden Fall.«

Die Kollegen nickten einmütig.

»Okay. Sobald wir die Hütte umstellt haben, werden Kraut und ich die Lage sondieren. Und entsprechende Anweisungen geben. Irgendwelche Fragen?«

»Sollen wir das Schwein notfalls erschießen?«

Dani sah sich verwirrt nach dem Sprecher um und machte einen älteren Kollegen aus, der offenbar schon längst in Rente sein sollte.

»Falls Sie auf ein Wildschwein treffen, können Sie es gern als Abendessen mit nach Hause nehmen«, sagte sie. »Auf den Täter wird nur im äußersten Notfall geschossen.« Sie machte eine Pause und sah den älteren Kollegen durchdringend an. »So, wie wir es im Allgemeinen zu handhaben pflegen.«

Er nickte mürrisch und senkte den Kopf. Alter Depp, dachte Dani. Sie wandte sich wieder der Karte zu, aber sie hatte den Faden verloren.

»Funkverkehr auf Kanal fünf«, sprang Kraut mit ruhiger Stimme ein und wandte sich von der besinnlichen Betrachtung der dämmrigen Außenwelt ab und den Kollegen im Raum zu. »Im Umkreis von zweihundert Metern um die Hütte nur noch Handzeichen, nicht mehr reden. Klar?«

Die Mannschaft nickte stumm.

»Schusswaffengebrauch nur auf meinen ausdrücklichen Befehl. Der lautet: Schießt, verdammt noch mal!«

Einige Kollegen lachten, aber die meisten waren zu eingeschüchtert von Krauts Auftreten. Manche hatten sie im

Verdacht, ein Robocop zu sein, würden aber nie wagen, diesen Verdacht zu äußern, es sei denn, hinter vorgehaltener Hand und mit angelegter Schutzweste.

Sekundenlang war Kraut versucht, anzufügen, dass das eigene Leben selbstverständlich über allem stand, aber, Herrgott, das lernten sie in der Polizeischule, oder?

Dani hatte sich inzwischen wieder gefasst.

»Dann los, Leute. Viel Glück, und kommt alle heil nach Hause.«

* * *

»Paul. Paul! Bitte!« Carsten bemühte sich sichtlich, Ruhe zu bewahren. Viola ließ ihn keine Sekunde aus den Augen.

»Paul. Ich finde deine technischen Errungenschaften wirklich fantastisch, aber halt jetzt bitte mal die Luft an!«

Er schenkte Viola ein angespanntes Lächeln.

»Paul! Wo ist meine Tochter? Das ist alles, was mich im Augenblick interessiert.« Pause. Dann gab er Viola ein Zeichen, dass er etwas aufschreiben wollte. Rasch gab sie ihm einen Kugelschreiber und die Zeitung, die auf dem Tisch lag. Carsten notierte einige Zahlen auf dem freien Rand.

»Ich danke dir, Paul. Du hörst von mir.« Er legte auf.

»Anna, oder zumindest ihr Handy, befindet sich auf der Rückseite der Landskrone, von hier aus gesehen, etwa auf halber Höhe.« Er deutete mit einer Hand in Richtung des Küchenfensters, hinter dem die Landskrone mit ihrer charakteristischen kleinen Kapelle aufragte.

»Paul hat mir die Koordinaten durchgegeben.« Er deutete auf die notierten Zahlen und hatte schon wieder das Handy am Ohr. »Blumenthal noch mal, Frau Flegel. Wir wissen jetzt, wo …« Er brach ab und lauschte. »Okay, ja. Viel Glück.« Er legte auf. »Sie haben die Hütte gefunden und sind schon unterwegs.«

Viola schlug eine Hand vor den Mund. Margret und Viktor umarmten sich. Margret weinte wieder.

»Es gibt nur einen Weg hinauf«, sagte Carsten. »Ich fahre hin.« Er riss seine Notizen aus der Zeitung und steckte sie in die Tasche.

»Ich komme mit«, sagte Viola.

Carsten nahm sie in den Arm. »Nein, Liebes, bleib hier bei deinen Eltern. Ich melde mich, so schnell ich kann.«

Ihre Augen waren voller Tränen, ihr Blick aber fest entschlossen.

»Vergiss es«, sagte sie, ging zur Tür und schnallte ihr Messer um.

* * *

Viola zog die Wohnungstür hinter sich zu und wollte hinablaufen, aber Carsten hielt sie zurück.

»Viola, sei doch vernünftig. Das könnte gefährlich werden. Immerhin hat der Mann einen Menschen entführt. Möglicherweise ist er bewaffnet, vielleicht sogar ein Psychopath.«

Viola dachte einen Moment ernsthaft nach. Dann sagte sie: »Ich habe keine Angst mehr vor Männern, Carsten. Und auch nicht vor Psychopathen. Vermutlich bin ich selbst einer.«

Sie lief ein paar Stufen hinab und sah zu ihm hoch. »Ich will nur mein Kind wiederhaben. Und bewaffnet bin ich auch.« Im Laufen zog sie ihren Ärmel hoch und zeigte ihm das Messer.

Also gut, dachte Carsten und tastete in der Innentasche seines Jacketts nach seiner Pistole. Dann sind wir schon zwei. Rasch folgte er ihr die Treppe hinunter.

Im Wagen gab er die Koordinaten in sein Navigationsgerät ein und fuhr los.

Während der Fahrt durch die Abenddämmerung in Richtung Heppingen fingerte Carsten an seinem Handy herum und stellte den Ton ab.

»Nicht, dass zufällig jemand anruft und wir den Entführer warnen«, erklärte er.

»Die Polizei wird schon da sein. Wir halten uns auf jeden Fall zurück und lassen sie ihre Arbeit machen, okay? Die wissen, wie man mit so etwas umgeht.«

Sanft tätschelte er Violas Hände, die sie verkrampft im Schoß hielt. »Bald haben wir Anna wieder.«

Viola nickte. »Hoffentlich geht es ihr gut.«

Er fädelte den Wagen in den Feierabendverkehr auf der Heerstraße ein und bemühte sich, nicht zu drängeln. Das würde ohnehin nichts nützen.

»Ich hab sie manchmal beobachtet, weißt du das?«

Viola sah ihn erstaunt an. »Wen? Anna?«

Carsten nickte. »Ich hab vor ihrer Schule gewartet, bis sie herauskam. Sie ist so hübsch.« Er lächelte Viola an und wischte sich eine Träne aus dem Augenwinkel. »Sie sieht dir sehr ähnlich.«

»Und du hast sie nie angesprochen?«

»Nein. Ich wusste nicht, wie du reagieren würdest. Das war mir einfach zu gefährlich.« Er zog die Nase hoch. »Und ich konnte ja sehen, dass es ihr gut geht.«

Viola nickte und wischte die Tränen von ihren Wangen.

An der Kreuzung in der Ortsmitte von Heppingen bog Carsten auf Anweisung des GPS links ab, folgte der Straße durch Gimmigen und fuhr dann nach rechts den Berg hoch in Richtung Kirchdaun. Oben auf der Höhe, die Plattborn genannt wurde, wie ihm unvermittelt einfiel, verließen sie die Straße und bogen nach rechts auf einen Feldweg ab. Direkt vor ihnen lag jetzt die Rückseite der Landskrone, von dieser Höhe aus nicht mehr als ein kleiner, bewaldeter Hügel. Carsten hielt kurz an und deutete nach vorn.

»Da irgendwo muss die Hütte sein.« Beide suchten mit zusammengekniffenen Augen den Wald ab, doch die Baumkronen bildeten ein dichtes, undurchdringliches Dach.

Carsten nahm das Navigationsgerät aus der Halterung und tippte eine Weile darauf herum, bis er die Stelle fand, an der die Sprachausgabe abgeschaltet werden konnte. Jetzt konnte er sich nur noch an dem Pfeil auf dem kleinen Bildschirm orientieren.

Er ließ den Wagen wieder rollen. Sie erreichten den Rand des Waldes und ließen das schwindende Tageslicht hinter sich. Der Waldweg war schmal und von schweren Traktorreifen ausgefahren. Carstens BMW rumpelte durch die Furchen. Gelegentlich setzte der Wagen auf dem hochgeschobenen Erdwall in der Mitte zwischen den Fahrrinnen auf, aber Carsten schaffte es, ihn am Rollen zu halten. Der Weg führt sanft bergan. Nach einigen hundert Metern lenkte Carsten so weit wie möglich an den Wegesrand und schaltete die Zündung aus.

»Von hier aus gehen wir zu Fuß weiter.« Sie stiegen aus und lauschten in die Dunkelheit des Waldes. »Ich wundere mich, dass wir noch nicht auf die Polizisten gestoßen sind«, sagte Carsten. »Wahrscheinlich haben sie die Hütte schon umzingelt. Ab jetzt müssen wir sehr leise sein.« Viola nickte. Gemeinsam betrachteten sie das Display des GPS. Der richtungweisende Pfeil zeigte ein Stück geradeaus, machte dann einen Knick nach links und wieder nach rechts. Am unteren Bildschirmrand stand: *0,69 Km*. Ihre Blicke folgten dem Weg bis ins Dunkel der Bäume. In der Ferne erklang Donnergrollen. Vielleicht das Gewitter, das seit Tagen angekündigt war.

Carsten nickte Viola ermutigend zu, und sie marschierten los.

## 27. Kapitel

Ein leichter Wind raschelte in den Kronen der Bäume und übertönte die leisen Geräusche, die die Polizisten bei ihrem Anmarsch auf die Hütte nicht vermeiden konnten. Dani sah sich um. Der Ring war fast geschlossen. Das schwindende Licht half ihnen, sich zu verbergen. Unter dem dichten Blätterdach war es inzwischen dämmrig.

Die Hütte lag dunkel und still etwa hundert Meter vor ihr. Kraut schlich sich von der linken Seite heran. Obwohl Dani in der grün schimmernden Dämmerung nicht mehr viel erkennen konnte, wusste sie, dass auf allen Seiten Kollegen mit der Waffe im Anschlag gleichmäßig auf die Hütte zurückten.

Jetzt waren sie auf etwa zwanzig Meter an die Hütte herangeschlichen. Kraut hob den rechten Arm zum Zeichen, dass sie stehen bleiben sollten. Dann wandte sie den Kopf und sah Dani an. Als ihre Blicke sich trafen, deutete Kraut mit der rechten Hand auf Dani und dann auf die rechte Seite der Hütte, dann auf sich selbst und die linke Seite der Hütte. Dani nickte. Gleichzeitig schlichen sie in gebückter Haltung vorwärts.

Die Hütte schien schon ein paar Jährchen auf dem Buckel zu haben. Das Holz war grau und verwittert. In der Vorderfront, auf die sie jetzt zugingen, war eine Tür angebracht. Sie war geschlossen. An den beiden Seitenwänden befanden sich zwei Fensteröffnungen ohne Glas. Ein Kamin auf dem Dach ließ darauf schließen, dass dieses Häuschen als Grillhütte benutzt wurde.

Dani hielt ihre Walther fest in beiden Händen, schräg vor sich auf den Boden gerichtet. Sie versuchte, langsam und ruhig zu atmen und gleichzeitig die Hütte und den Boden vor sich im Auge zu behalten. Ein laut knackender Zweig oder ein aufgescheuchtes Tier konnten das Ende ihrer Überraschungsaktion bedeuten.

Kraut hatte die linke Wand der Hütte erreicht und ging neben der Fensteröffnung in Stellung. Auf der anderen Seite nahm Dani die gleiche Position ein.

Beide lauschten.

Die Geräusche des Waldes waren fast verstummt bis auf einen gelegentlichen Käuzchenruf. Der Wind war aufgefrischt und kühlte die heiße Luft des Sommertages rasch ab. In der Ferne kündigte sich ein Gewitter mit heftigem Grollen an.

Dani wartete, dass die Geräusche verklangen, und lauschte wieder durch das offene Fenster in die Hütte hinein.

Leises Seufzen und Stöhnen drang an ihr Ohr. Sie runzelte die Stirn. Das klang eher wie …

Vorsichtig schob sie sich an das Fenster heran und blickte hinein.

In der zunehmenden Dunkelheit konnte sie zunächst nicht viel erkennen. Dann machte sie eine Bewegung am Boden aus. Sie fixierte den Punkt. Nach und nach erkannte sie den nackten Rücken eines Mannes, der sich gleichmäßig bewegte. Sein gleichfalls nacktes Hinterteil war nur noch halb zu sehen. Der Rest verschwand in der Dunkelheit der Hütte. Zwei Arme streichelten über seinen Rücken.

Dani zuckte zurück.

Was auch immer das war und wer auch immer das war, es sah überhaupt nicht nach Gewalt aus.

Gebückt schlich sie unter dem Fenster vorbei in Richtung Vorderfront und stieß dort fast mit Kraut zusammen. Fragend sahen sie sie sich an. Dann hob Kraut den Daumen und stand auf.

Vor der Hüttentür blieben sie eine Sekunde lang stehen, sammelten sich und nickten sich zu. Kraut drückte die Klinke nieder, stieß die Tür mit dem Fuß auf und sprang mit der Waffe im Anschlag in den Raum.

»Polizei! Keine Bewegung!«

Dani folgte ihr auf dem Fuße und richtete ihre Waffe ebenfalls auf die am Boden liegenden Personen. Sie zog die Mag-Lite aus der Schlaufe an ihrem Gürtel und schaltete sie an. Eine Frau schrie auf, und der Strahl der Taschenlampe fiel in das Gesicht eines Mannes, der verwirrt die Augen zusammenkniff.

»Was zum Teufel …«, rief er und richtete den nackten Oberkörper auf. Dani betrachtete sein Gesicht. Er war zwischen dreißig und vierzig Jahre alt. Sie lenkte den Lichtschein auf die Frau, die beide Hände vor das Gesicht geschlagen hatte und versuchte sich zu verstecken.

»Hände runter. Sofort!«

Wimmernd ließ die Frau die Hände sinken. Es war definitiv nicht Anna.

Dani lenkte die Mündung ihrer Waffe auf den Boden.

»Entschuldigen Sie die Störung«, sagte sie und richtete den Kegel der Taschenlampe auf ihr eigenes Gesicht und dann auf Kraut.

»Es liegt eine Verwechslung vor.«

Sie schob ihre Waffe in den rückwärtigen Hosenbund und leuchtete zur Tür. Kraut verließ vor ihr die Hütte.

»Entwarnung«, rief sie laut und hob die Hand. »Das ist die falsche Hütte. Alle zurück zu den Wagen.«

In der Dunkelheit knisterte und raschelte es plötzlich überall, und viele Schritte entfernten sich von der Hütte, die sich als Schauplatz für ein Techtelmechtel wohl ein für alle Mal erledigt hatte.

* * *

»Das ist echt scheiße, verdammt noch mal!« Dani rannte vor den Streifenwagen auf und ab. »Wie konnte das passieren? Jetzt sind wir genauso weit wie vor zwei Stunden.«

Die Kollegen standen betreten neben ihren Wagen, sahen zu Boden oder reinigten ihre Fingernägel. Niemand war schuld. So etwas passierte einfach.

Kraut saß halb auf der Kühlerhaube ihres Dienstwagens und presste stumm die Zähne aufeinander. Ihre Kiefermuskeln zeichneten sich deutlich ab, und ihre Augen bestanden nur noch aus schmalen Schlitzen.

»Ich muss Blumenthal anrufen«, sagte Dani und griff zu ihrem Telefon. »Ich glaube, er wollte mir eben sagen, dass er weiß, wo Anna ist, aber ich blöde Kuh dachte, ich sei ihm voraus.« Sie suchte die Liste der eingegangenen Anrufe, wählte Carstens Nummer aus und drückte die grüne Taste. Das Freizeichen ertönte, aber Blumenthal meldete sich nicht.

»Verdammt. Er geht nicht dran.«

Sie drückte die Wahlwiederholung und lauschte. »Wenn er wirklich weiß, wo Anna ist, wird er vermutlich dahin gefahren sein. Mein Gott, nicht auszudenken …«

Wütend klappte sie ihr Handy wieder zu.

»Was ist mit den anderen Hütten?«

Suchend blickte sie sich um, aber niemand sah sie an. Endlich meldete sich eine Stimme: »Wir haben die Streifen abgezogen, als die Meldung von dieser Hütte kam.«

Scheiße. Am liebsten hätte Dani ihr Handy auf den Boden geschmettert, aber das sparte sie sich. Wahrscheinlich führte sie sich auch so schon verrückt genug auf. Sie atmete tief durch und versuchte, sich zusammenzureißen.

»Irgendeine Idee?«, fragte sie, erntete aber nur Kopfschütteln.

»Ruf bei Viola zu Hause an«, sagte Kraut.

Dani nickte und wählte die Nummer, die sie inzwischen auswendig kannte.

»Bei Blumenthal«, meldete sich eine ältere, männliche Stimme.

»Herr Wagner, hier ist Daniela Flegel. Geben Sie mir bitte Carsten.«

»Er ist nicht da«, stammelte Viktor Wagner nervös. »Er und Viola sind zu der Hütte gefahren, in der Anna … Aber warum sind Sie nicht dort?«

Gute Frage, dachte Dani wütend. »Wissen Sie, wo die Hütte ist?«

Viktor dachte offenbar nach, denn sekundenlang hörte Dani nur sein Atmen.

»Nicht genau«, antwortete er dann. »Carsten sagte etwas von der Rückseite der Landskrone, von uns aus gesehen. Er hat die Koordinaten von einem Freund bekommen.«

Dani bedankte sich, legte auf und versuchte, sich die Karte auf ihrem Schreibtisch ins Gedächtnis zu rufen. Rückseite der Landskrone … Da gab es nur eine Hütte, wenn sie sich recht erinnerte.

»Ich glaube, ich weiß, wo wir hinmüssen«, sagte sie laut und rief die Kollegen mit einer Handbewegung näher heran.

# 28. Kapitel

Ein heftiger Hustenanfall riss sie aus ihrer Bewusstlosigkeit. Unkontrolliert warf sie den Kopf hin und her. Ihre Kehle brannte wie Feuer, und das Husten wollte einfach nicht aufhören. Jede Eruption steigerte den Schmerz bis ins Unerträgliche.

Plötzlich legte sich ein kühles Band auf ihre Stirn, und sie schlug abrupt die Augen auf. Ihr erster Blick fiel auf Sven. Sein Gesicht befand sich dem ihren sehr nahe. Sie konnte nur die obere Hälfte erkennen, seine blaugrünen Augen, den besorgten Blick. Ich träume, dachte sie vage und schloss müde die Lider.

Doch die Schmerzen in ihrer Kehle blieben. Ihr Atem ging rasselnd, und jeder Atemzug brannte sich in ihren Hals.

Etwas berührte ihre trockenen Lippen und sie öffnete instinktiv den Mund. Kühles Wasser floss über ihre ausgetrocknete Zunge, hinab in den wunden Hals. Jeder Tropfen war Glückseligkeit und Qual zugleich. Nach den ersten Tropfen konnte sie einen kleinen Schluck nehmen, dann einen größeren. Schließlich trank sie, und ihr Bewusstsein erhellte sich mit jedem Tropfen Wasser, der in ihren Körper floss.

Plötzlich wurde die Flasche wieder weggezogen. »Mehr«, flüsterte sie, aber Sven stellte die Flasche hinter sich ab, hob ihren Oberkörper an und legte ihren Kopf in die Beuge seines rechten Arms.

»Jetzt nicht. Sonst bekommst du wieder Krämpfe.«

Krämpfe. Was für ein komisches Wort, dachte Anna. Krämpfe. Kürempfe. Sie sprach es aus wie ein Texaner. Und jetzt italienisch. Krrlämpfe. Und jetzt wie eine französische Nutte. Körempfö. Sehr komisches Wort. Sie wusste nicht, was es bedeutete.

»Wasser«, flüsterte sie und schob ihre trockene Zunge über die rissigen Lippen.

Sven gab schließlich nach, goss etwas Wasser über den Schal und drückte ihn fest an Annas Mund.

Um besser hantieren zu können, bettete er ihren Kopf auf seinen Oberschenkel. Jetzt hatte er beide Hände frei. Mit der Linken presste er das feuchte Tuch an ihre Lippen, mit der Rechten öffnete er eine Schokoladentafel und brach ein Stück ab.

»Lutsch das«, flüsterte er und schob es zwischen Annas graue Lippen.

Ihre Zunge streifte vorsichtig an dem Schokostück entlang und löste die obere Schicht auf, die sich sämig und weich in ihrem Mund verteilte. Sie wusste es in diesem Moment nicht, aber ihr Körper spürte, dass das etwas Gutes war, etwas, das Kraft gab, und zwang die Zunge, weiterzulecken.

* * *

Ein Blitz zuckte über den wolkenverhangenen Himmel und erleuchtete kurz den dunklen Wald. Wenige Sekunden später folgte ein heftiger Donnerschlag, und fast gleichzeitig fielen die ersten schweren Regentropfen durch das Blätterdach. Carsten legte schützend die Hand über das GPS. Die Entfernungsanzeige am unteren Rand des Displays war auf 0,15 Km gesunken. Sie blieben stehen und versuchten, zwischen den Bäumen hindurch eine Hütte zu erkennen.

Irgendwo da vorne ist mein kleines Mädchen, dachte Carsten und tastete noch einmal nach seiner Pistole. Hoffentlich kommen wir nicht zu spät.

Anna, dachte Viola. Anna, mein Liebling. Was habe ich dir angetan? Alles wird wieder gut, mein Schatz. Ich verspreche es.

Beide atmeten tief durch und schlichen weiter. Das stärker werdende Trippeln des Regens verschluckte die unvermeidbaren Geräusche ihrer Schritte. Immer wieder blickten sie sich um auf der Suche nach den Polizisten, die irgendwo hier auf der Lauer lagen und auf den richtigen Zeitpunkt warteten. Sie haben sich verdammt gut versteckt, dachte Carsten. Wir haben noch nicht einmal einen Streifenwagen gesehen.

Viola schlich neben ihm her, den Blick starr geradeaus gerichtet. Da vorne würde jeden Moment die Hütte auftauchen, in der Anna gefangen gehalten wurde. Zumindest ging sie nach wie vor davon aus, denn dass Anna sich freiwillig mit diesem Sven hier aufhielt, ohne sich wenigstens bei ihr zu melden, schien Viola unvorstellbar. Nervös fingerte sie an der Messerscheide an ihrem linken Handgelenk herum, öffnete sie, zog das Messer probeweise ein Stückchen heraus, schob es wieder zurück und schloss die Scheide wieder. Sie war froh, dass Carsten ebenfalls bewaffnet war. Eine Pistole war natürlich viel effektiver als ein Messer, vor allem, weil man aus größerer Entfernung damit agieren konnte.

Ob sie tatsächlich in der Lage sein würde, mit ihrem Messer auf jemanden einzustechen, stand in den Sternen. Aber noch war sie fest entschlossen, es im Notfall zu benutzen.

Plötzlich blieb sie stehen und legte Carsten eine Hand auf den Arm. Sie deutete nach vorn, wo die Baumreihen sich lichteten und den Blick auf die dunkle Silhouette der Hütte freigaben. Offenbar näherten sie sich der Hütte von der Rückseite. Dort war alles dunkel, doch ein warmes Licht schien von der Vorderseite auf die kleine Lichtung und beleuchtete Büsche und Sträucher. Sie waren noch etwa vierzig Meter von der Hütte entfernt.

»Wir gehen erst einmal drum herum zur anderen Seite«, flüsterte Carsten, und Viola nickte. »Wir müssen aufpassen, dass wir die Polizisten nicht behindern.«

»Ich habe noch keinen Polizisten gesehen«, flüsterte Viola. Carsten zuckte die Schultern. »Gut versteckt.«

Ein Blitz zuckte über die Lichtung, und sie nutzten das anschließende Donnergrollen, um sich ein wenig zurückzuziehen. Der Regen hatte sich inzwischen zu einem leichten Nieseln eingependelt, das dennoch ihre Kleider fast völlig durchnässt hatte.

Langsam umrundeten sie die Hütte. Der Lichtschein wurde stärker und flackerte. Offenbar brannte drinnen ein Feuer.

Viola begann zu zittern, teils wegen der kühlen Feuchtigkeit ihrer Kleider, teils aus Angst vor dem, was kommen mochte.

Sie hatten die Hälfte der Runde geschafft und sahen nun, dass die Hütte nur an drei Seiten mit festen Wänden umgeben war. Die vierte Seite, die immer mehr in ihr Blickfeld geriet, je weiter sie schlichen, schien komplett offen zu sein. In gebückter Haltung arbeiteten sie sich weiter vor, bis sie vollständigen Einblick in das Innere der Hütte hatten. Der Lichtschein stammte von einer Feuerstelle im hinteren Bereich der Hütte und beleuchtete nur die Mitte des Raums und einen kleinen Bereich der Lichtung davor. Carsten und Viola hockten sich hinter einigen Sträuchern nieder und versuchten, Details zu erkennen. Ein paar Gegenstände lagen im Bereich des Feuerscheins auf dem Boden, Flaschen vielleicht, vermutete Viola. Niemand war zu sehen. Angst und Enttäuschung überfielen sie. Wenn Anna nun doch nicht da wäre. Oder es die falsche Hütte war. Langsam keimte Panik in ihr auf, und sie betastete das Messer, um sich zu beruhigen.

Carsten spähte durch die Büsche, sicher, dass jeden Moment jemand auftauchen würde. Schließlich hatte irgendwer dieses Feuer entzündet.

* * *

»Verdammte Scheiße.« Im Licht des Scheinwerfers tauchte ein am Wegesrand geparkter Wagen auf. »Das ist Blumenthal«, zischte Dani zwischen zusammengebissenen Zähnen hervor.

Sie parkte gleich hinter dem BMW mit dem Münchner Kennzeichen. Die Kollegen in den anderen Wagen suchten sich ebenfalls rechts und links des Weges Lücken zwischen den Bäumen.

Die Besprechung im kühlen Nieselregen war kurz und bündig.

»Alles wie gehabt«, sagte Kraut leise. »Die Hütte muss in dieser Richtung liegen«, sie deutete den Weg hinauf. »Also, dann los.«

Leise verteilten sich die Polizisten ringförmig zu beiden Seiten des Weges und kämpften sich über Sträucher und Unterholz hinweg bergauf.

* * *

Seite an Seite hockten Viola und Carsten hinter den Sträuchern und ließen den Innenraum der Hütte nicht aus den Augen. Inzwischen waren beide bis auf die Haut durchnässt. Violas Haar hing in tropfenden Strähnen über ihre Stirn und behinderte ihre Sicht. Rasch wischte sie es zur Seite.

Aus der Dunkelheit im hinteren Bereich der Hütte trat jetzt ein Mann zum Feuer. Viola hielt den Atem an.

Mit dem Rücken zu ihnen gewandt stocherte er in den Flammen herum, die daraufhin einen Funkenregen versprühten. Er bückte sich und legte einige Holzscheite nach. Dann wandte er sich um, trat zum Eingang und blickte hinaus in den Regen.

Viola zog heftig die Luft ein und schlug beide Hände vor den Mund. Carsten kniff die Augen zusammen und blinzelte. Das konnte doch nicht wahr sein. Dieser Mann – das letzte Mal hatte er ihn vor mehr als elf Jahren im Gerichtssaal gesehen.

»Carsten«, flüsterte Viola und klammerte sich so fest an seinen Arm, dass er durch den Stoff des Jacketts ihre Fingernägel spüren konnte. »Er ist es, Carsten, nicht wahr? Du siehst ihn doch auch?«

Carsten nickte, noch völlig fassungslos.

Jetzt trat der Mann, den sie beide als den toten Achim Wolter identifizierten, zurück in die Hütte und verschwand wieder im Schatten. Ratlos sahen sie einander an. Was sollten sie nur tun?

Carsten löste Violas Hand von seinem Arm und griff nach seiner Waffe. Er entsicherte sie und lud sie durch. Das Klicken schien ohrenbetäubend laut.

»Wir schleichen uns von der Seite an«, flüsterte er und deutete ins Dunkel rechts von der Hütte.

In diesem Moment tauchte der Mann wieder auf, diesmal tief gebückt, und zerrte etwas aus dem Dunkel ins Licht des Feuers. Er legte es ab, reckte seitlich nach etwas, das eine Tasche oder ein Rucksack sein konnte und hantierte damit vor seinen Füßen herum. Dann erhob er sich und trat beiseite.

Eine Flut blonden Haares ergoss sich über den Rucksack hinab bis auf den Boden.

Viola stieß einen spitzen Schrei aus, sprang auf und rannte los. »Lass die Finger von ihr, du Schwein«, schrie sie und sprintete direkt auf Sven zu. Carsten folgte ihr, die Pistole in der rechten Hand.

* * *

Sven zog Anna aus der dunklen Ecke in den Schein des Feuers. Es war Zeit, sie wieder mit Wasser und Schokolade zu versorgen. Sie schwankte immer noch zwischen Bewusstlosigkeit und Erwachen und realisierte in den kurzen Momenten ihres Wachseins offenbar nicht, wo sie war. Sven bedauerte inzwischen heftig, sie so gequält zu haben. Eigentlich mochte er sie doch, und ihre Angst hatte sich längst nicht so gut angefühlt, wie er sich das vorgestellt hatte. Und jetzt war sie in einem Zustand, der ihm ernstlich Sorge bereitete. Was, wenn sie sich nicht mehr erholte?

Er schob seinen Rucksack unter ihren Kopf und erhob sich, um Wasser zu holen.

Plötzlich ertönte ein undefinierbarer schriller Schrei aus der Dunkelheit. Er wandte sich verblüfft um und sah eine Gestalt auf sich zu rennen. Völlig ungebremst prallte sie gegen ihn. Er stolperte nach hinten, verlor das Gleichgewicht und stürzte zu Boden. Der Angreifer stürzte mit ihm und schlug ihm beide Fäuste gleichzeitig ins Gesicht, immer wieder. Sven begriff nicht, was geschah. Er versuchte die Schläge abzuwehren, doch die Fäuste waren überall. Schließlich wusste er sich nicht anders zu helfen, als die Arme um den Brustkorb seines Gegners zu schlingen und so fest wie möglich zuzudrücken.

Plötzlich ragte ein Schatten über ihnen auf, und jemand drückte ihm etwas Hartes gegen die Schläfe. »Sofort aufhören oder ich schieße.«

Sven ließ los und streckte die Arme seitlich von sich. Viola rollte von ihm herab und atmete keuchend. Dann kroch sie zu Anna hinüber und streichelte und küsste sie.

Carsten hielt nach wie vor die Mündung seiner Pistole an Svens Kopf gedrückt und wagte es nicht, den Blick von ihm zu lösen. Er führte die Waffe zwar schon seit Jahren mit sich, hatte sie aber noch nie benutzen müssen. Was sollte er jetzt tun?

Eine laute Stimme erlöste ihn.

»Polizei. Hände hoch, alle beide. Lassen Sie die Waffe fallen.«

Überrascht und erleichtert wandte Carsten sich um. Zwei Frauen mit Polizeiwesten standen zu beiden Seiten des Hütteneingangs und richteten ihre Waffen auf ihn und Sven.

Carsten legte die Pistole neben sich und stand auf. »Gott sei Dank, dass Sie da sind.« Er tat zwei Schritte in den Raum, doch Kraut herrschte ihn an. »Schieben Sie die Waffe mit dem Fuß zu mir und treten Sie beiseite. Drei Schritte nach rechts. Sofort!«

Verstört wollte Carsten ihrem Befehl folgen, doch Sven kam ihm zuvor und griff nach der Pistole. Da ertönte ein Schuss, er schrie, und seine Hand mitsamt der Waffe verteilte sich in blutigen Fetzen in der Hütte.

Mit schmerzverzerrtem Gesicht registrierte Sven, dass immer mehr Polizisten herbeiliefen. Plötzlich schnarrten Funkgeräte, jemand telefonierte, Annas Mutter weinte und schaukelte Anna in ihren Armen.

Er umklammerte seine verletzte Hand und betrachtete fassungslos die blutig zerrissene Stelle, an der eben noch seine Finger gewesen waren. Ströme von Blut liefen an seinem Arm hinab. Ein Polizist mit einem Verbandskasten kniete sich neben ihn, band mit einer Schlaufe seinen Arm ab und umwickelte die Wunde mit weißem Mull, das sich innerhalb von Sekunden rot färbte. Dann legte er ihm Handschellen an und zerrte ihn auf die Füße. Sven schrie vor Schmerz, aber das schien weder diesen noch einen der anderen Polizisten zu interessieren. Aus der Ferne erklang die Sirene eines Rettungswagens, und wenige Minuten später sprangen Sanitäter und ein Notarzt aus dem Wagen und kümmerten sich um Anna. Viola saß weinend neben ihr auf dem Boden und hörte nicht auf, ihr Gesicht zu streicheln.

»Bitte, machen Sie etwas Platz«, bat der Notarzt und blickte sich hilfesuchend um, als Viola nicht reagierte. Carsten, den Kraut inzwischen als unbedenklich eingestuft hatte und nicht mehr mit der Pistole bedrohte, eilte herbei und zog Viola beiseite.

Noch in der Hütte legte der Arzt bei Anna eine Infusion, dann hoben sie sie vorsichtig auf eine Trage und verfrachteten sie in den Rettungswagen. Carsten begleitete Viola und half ihr beim Einsteigen. Er selbst blieb zurück, um mit den Polizisten zu sprechen und seine Schwiegereltern anzurufen.

Dani und Kraut standen etwas abseits und beobachteten die Bemühungen der Ärzte um Anna. Dem ersten Rettungswagen folgte ein zweiter, mit dem Sven in Begleitung zweier Polizisten abtransportiert wurde.

Kraut blickte Dani prüfend an. Ihr Gesicht war sehr blass und sie zitterte ein wenig.

»Wie geht es dir?«, fragte Kraut.

»Geht schon.« Dani atmete tief durch. »Das hätte verdammt schiefgehen können.«

Kraut legte eine Hand auf Danis Arm. »Ist es aber nicht.«

Dani nickte ein paarmal, nahm mit zittrigen Fingern eine Schachtel aus ihrer Jacke und steckte sich eine Zigarette an.

# Epilog

Aus der Küche klang das Klirren von Geschirr herüber, dann folgten ein metallisches Scheppern und ein unterdrückter Fluch. Der CD-Player spielte Countrymusik, aber so dezent, dass die Gespräche im Wohnzimmer nicht gestört wurden.

Viola lehnte mit einem Glas Weißwein in der Hand an dem schönen alten Buffet, das sie vor vielen Jahren von ihrer Großmutter geerbt hatte und das nun das Schmuckstück des Raums war. Sie hatte es mit Zitronenöl poliert, und jetzt schimmerte es dunkel und verströmte einen zarten, frischen Duft. Viola glaubte manchmal, unter dem Zitronenduft einen zarten Hauch von Lavendel zu riechen.

An dem runden Esstisch vor dem Fenster plauderten ihre Eltern mit Daniela. Margret und Viktor schienen so glücklich und gelöst. Viola lächelte gerührt.

Ihr Blick wanderte weiter. Die Balkontür stand weit offen, und das durchsichtige Fliegennetz flatterte in den Raum hinein. Im warmen Licht der Oktobersonne stand Kraut mit dem Rücken an die Brüstung gelehnt, die Arme verschränkt. Das Licht zauberte helle Reflexe in ihr blondes Haar und ließ es regelrecht leuchten. Still beobachtete sie Carsten, der am Grill herumhantierte und eine kleine Aschenwolke aufstob, als er in die Glut blies. Er hatte Violas bunte Küchenschürze umgebunden und sah einigermaßen albern aus.

Mit dem Glas in der Hand wanderte Viola durch die Wohnung. Anna stand an der Arbeitsplatte in der Küche und schnippelte Kräuter und Knoblauch. Elena flatterte wie ein Huhn um sie herum, schien mehr verkehrt als richtig zu machen und schnatterte unentwegt vor sich hin.

Abgesehen von den Spuren der Vorbereitungen für das Abschiedsessen war die Wohnung tadellos aufgeräumt. Die

Wände des Flurs zierten nur noch gut gefüllte Bücherregale, Tüten und Päckchen waren völlig verschwunden und hatten Blumenständern und dekorativen Tischchen Platz gemacht.

Vor der Garderobe standen ihre gepackten Koffer.

Viola konnte bei ihrem Anblick ein leises, ängstliches Flattern im Magen nicht unterdrücken.

Nach der Befreiungsaktion im Wald hatte Anna eine schwierige Woche im Krankenhaus verbringen müssen. Sie war völlig erschöpft und dehydriert und stand unter Schock. Ein Psychologe führte lange Gespräche mit ihr, äußerte aber keine größeren Bedenken. Psychisch schien sie die Entführung einigermaßen unbeschadet überstanden zu haben. Zu irgendeinem Zeitpunkt während ihrer Entführung hatte sie offenbar beschlossen, dass nicht sie ein Problem hatte, sondern Sven. Das half ihr, das Erlebnis zu verarbeiten. Sie ließ sich einfach nicht den Stempel *Opfer* auf die Stirn brennen.

Als sie nach Hause entlassen worden war, hatte sie ganz offen mit Viola darüber gesprochen, über ihre Angst, das Gefühl der Ohnmacht und die immer wieder aufkeimende Hoffnung, unweigerlich gefolgt von tiefer Enttäuschung. Es war zermürbend gewesen, aber es hatte sie nicht zerstört. Das hatte Viola die Kraft gegeben, ihrerseits mit Anna über den Überfall zu sprechen, der ihr Leben so nachhaltig beeinflusst hatte. Jetzt konnten sie sich gegenseitig Halt und Stärke geben und das Leben gemeinsam in die Hand nehmen.

Sven wurde in eine psychiatrische Anstalt eingewiesen. Ob er dort bleiben oder vor Gericht gestellt werden würde, stand noch nicht fest. Die Finger seiner rechten Hand waren nur teilweise zu retten gewesen. Dani hatte ganze Arbeit geleistet.

Mit Hilfe eines Computers hatte Sven einen Brief an Anna und Viola verfasst, in dem er sie um Verzeihung bat, nicht nur für das, was er getan hatte, sondern auch für die Verbrechen seines Bruders. Er gestand ein, dass er seiner kindlichen Verblendung und Verehrung für seinen Bruder jetzt erst entwachsen war, und schloss mit den Worten: »Ihr beide müsst euch nicht mehr fürchten. Egal, was mit mir passiert: Ihr werdet mich niemals wiedersehen müssen.«

Anna und Viola hatten den Brief mehrmals gelesen. Dann hatte Anna ihn in den Umschlag zurückgeschoben und in eine Schublade ihres Schreibtisches gelegt.

Nachdem Anna sich völlig erholt hatte, erwähnte sie gelegentlich, wie schade es sei, dass sie den Ibiza-Urlaub verpasst hatte. Auch Elena hatte ihre Ferien verständlicherweise nicht wirklich genießen können. Deshalb hatte sich Viola entschlossen, sie diesen Urlaub nachholen zu lassen, und zwar in den Herbstferien, gemeinsam mit ihr und Elena.

Ihr Blick fiel wieder auf die Koffer, und das mulmige Gefühl kehrte zurück. Aber das würde sie auch noch schaffen. Schließlich wäre es nicht nur für sie, sondern auch für Anna die erste Flugreise. Gemeinsam würden sie das schon durchstehen.

Morgen Nachmittag würden sie fliegen, und heute wurde ein Abschiedsessen zelebriert. Anna und Elena hatten darauf bestanden, die Vorbereitungen ganz allein zu übernehmen. Lediglich Carsten durfte seine Grillkünste beweisen. Er besuchte sie inzwischen regelmäßig, alle drei oder vier Wochen, und ihr Verhältnis war harmonisch und entspannt. Sie waren Freunde geworden.

Viola wanderte ins Wohnzimmer zurück und füllte ihr Glas aus einer Weinflasche auf dem Buffet nach.

Was hab ich nur alles verpasst in all den Jahren, dachte sie mit einem Anflug von Wehmut. Freunde, Familie, gemeinsame Essen, Urlaub. Sie würde nicht alles nachholen können, was sie aus irrationaler Angst versäumt hatte, aber sie würde sich auch nicht mehr nehmen lassen, was sie gewonnen hatte.

Aus der Küche erscholl ein schriller Schrei: »Oh, nein!« Sekunden später stand Anna in der Tür zum Wohnzimmer und hob verzweifelt die Hände in die Höhe. Alle wandten sich um und blickten sie erschrocken an. Sogar Kraut verließ den Balkon, um nachzusehen, was passiert war.

»Was ist los, Schatz?«, fragte Viola erschrocken und stellte rasch ihr Glas ab, um Anna zu Hilfe zu eilen.

Annas Gesicht verzog sich missmutig. »Wir haben keine Nudeln mehr!«

Verzweifelt blickte sie von einem zum anderen. Plötzlich entspannten sich ihre Gesichtszüge, und sie grinste breit. »Hey, wir haben keine Nudeln mehr!«

Alle lachten erleichtert.

Nur Viola nicht. Sie dachte an den Koffer, der in ihrem Schlafzimmer auf dem Bett lag, noch nicht ganz fertig gepackt.

Es sind noch Nudeln da, dachte sie.

Aber wer will das wissen?

ENDE

KBV KRIMINALROMAN

Stephan Everling
**TOTENKAMMERWALD**

Taschenbuch, 248 Seiten
ISBN 978-3-940077-68-4
9,50 EURO

Als der Kriminalbeamte Schwarz von Köln in die Eifel versetzt wird, hat er noch die Hoffnung, dass die friedvolle Umgebung eine heilende Wirkung auf sein zutiefst erschüttertes Seelenleben hat. Während die beginnende Weltfinanzkrise ihren Weg um den Globus nimmt und unheilvolle Schatten auf eine schwierige Zukunft wirft, betraut man den frisch Eingetroffenen mit der Aufgabe, das Verschwinden eines Bankdirektors zu untersuchen. Doch der vermeintliche Zeitvertreib erweist sich als sicherer Pfad in das Pandämonium: Schüsse fallen, Geld verschwindet, und als im Kammerwald eine Leiche gefunden wird, ist jedem klar, dass man von einer einfachen Lösung weit entfernt ist.
Unter dem Druck der Medien entwickelt sich das friedliche Eifelstädtchen Schleiden zu einem Hexenkessel. Doch noch bevor die Natur des Nationalparks Eifel und die Begegnung mit einer geheimnisvollen Malerin im einsamen Forsthaus ihre heilende Wirkung auf seine Seele ausüben können, begreift Schwarz, dass nicht nur in seinem Dasein zwischen der blutigen Vergangenheit und der grausamen Gegenwart eine Brücke geschlagen wurde. Und diese unheilvolle Verbindung wird noch weiteren Menschen den Tod bringen, wenn es ihm nicht gelingt, das Schicksalsrad zum Stehen zu bringen.

Ein frischer Wind weht durch den Eifelkrimi-Blätterwald. Stephan Everling versteht sein mörderisches Handwerk!